Jonathan Coe

Ein Hauch von Liebe

Roman

Aus dem Englischen von
Anette Grube

Piper München Zürich

Von Jonathan Coe liegt in der Serie Piper außerdem vor:
Allein mit Shirley (2464)

Deutsche Erstausgabe
Oktober 1997

Titel der englischen Originalausgabe:
»A Touch of Love«,
Gerald Duckworth & Co. Ltd., London 1989

Umschlag: Büro Hamburg
Simone Leitenberger, Susanne Schmitt, Annette Hartwig
Foto Umschlagvorderseite: Ole Graf
Gesamtherstellung: Clausen & Bosse, Leck
Printed in Germany ISBN 3-492-22433-4

Inhalt

TEIL EINS
Ein intellektuelles Verhältnis

Dienstag, 17. April 1986

»Liebling, sei nicht albern, selbstverständlich wird es keinen Atomkrieg geben.«

…

»Ich komm jetzt zur Ausfahrt 21 und sollte in ungefähr zwanzig Minuten in Coventry sein. Ich muß zur Universität.«

…

»Vergiß, was er gesagt hat. Er weiß nicht, wovon er redet. Die Welt wird regiert von geistig gesunden, vernünftigen Menschen so wie du und ich.«

…

»Du fehlst mir auch. Gib Peter einen Kuß von mir. Und sag ihm –«

…

»Was? Nein, auf der Gegenfahrbahn hat ein Wahnsinniger überholt. Der ist mindestens hundertvierzig gefahren. Ich frag mich, warum die Polizei da nicht einschreitet.«

…

»Ich weiß nicht, ob ich noch Zeit habe, bei ihm vorbeizuschauen. Nicht, wenn ich heute abend zu Hause sein will.«

…

»Und worüber soll ich mich mit ihm unterhalten? Ich hab ihn seit Jahren nicht mehr gesehen. Ich kann mich kaum noch erinnern, wie er aussieht.«

…

»Nein, ich sehe nicht ein, warum wir ihm unser Urlaubshäuschen zur Verfügung stellen sollen. Wir haben es schließlich für uns gekauft und nicht, um es an Fremde zu vermieten.«

...

»Was soll das heißen: er hat merkwürdig geklungen?«

...

»Liebling, er weiß nicht, wovon er redet. Libyen, Syrien, Amerika, Rußland – es ist eine hochkomplizierte Situation. Wenn du wirklich glaubst, daß die ganze Welt in einen Krieg schlittert, dann... dann komm ich natürlich nach Hause.«

...

»In Ordnung, gib mir seine Adresse.«

...

»Ja, ich werde heute abend bei ihm vorbeischauen, nach der Universität. Das heißt, daß ich wahrscheinlich nicht vor zehn nach Hause kommen werde. Vielleicht auch später. Nein, ich werd's schon finden, ich hab einen Stadtplan.«

...

»Mach dich nicht verrückt. Wenn es dich so aufregt, dann schau eben keine Nachrichten. Vergiß, was er gesagt hat.«

...

»Ich werd ihm das mit unserem Häuschen erklären. Ich bezweifle, daß mit ihm irgendwas nicht stimmt. Vielleicht ist er einfach überarbeitet. Du weißt doch, wie Studenten sind, wochenlang tun sie nichts, und dann arbeiten sie nächtelang durch.«

...

»Mach dir keine Gedanken. Ich werd vorbeischauen.«

...

»Du mir auch.«

...

»Küßchen.«

An der Ausfahrt 21 bog Ted ab und fuhr auf die M69. Das Wichtigste war, das hatte er schnell begriffen, gute Beziehungen zu den Kunden zu unterhalten. Er hegte kaum Hoffnung, in der Universität erneut etwas verkaufen zu können, aber er hatte seit

Wochen nicht mehr mit Dr. Fowler gesprochen und wollte sich erkundigen, ob das neue System einwandfrei arbeitete. Nachdem er sich vergewissert hatte, daß die mittlere Spur frei war, gestattete er sich einen Blick auf den Beifahrersitz und die Aktenmappe, in der er die persönlichen Daten seiner Kunden archivierte. Mit der linken Hand schlug er den Buchstaben F auf. Fowler, Dr. Stephen. Verheiratet, zwei Kinder: Paul und Nicola. Nicola war am 24. März beim Zahnarzt gewesen. Zwei Extraktionen. Das sollte ihm einen Ansatzpunkt bieten. (»Steve! Freut mich, Sie zu sehen. Hab gedacht, ich schau schnell vorbei. War gerade in der Gegend. Wie geht's Ihrer Frau und den Kindern? Nicky hat doch hoffentlich keine Probleme mit den Zähnen mehr? Wunderbar. Freut mich zu hören... «)

Kurz vor fünf traf er auf dem Universitätsgelände ein, aber Dr. Fowler war bereits nach Hause gegangen. Einem Zettel an seiner Tür war zu entnehmen, daß er Ratsuchenden am nächsten Morgen wieder zur Verfügung stehen würde.

Ted kehrte auf Umwegen zum Parkplatz zurück, er war überrascht, wie sehr er den sonnigen Spätnachmittag und die ungewohnte Erfahrung genoß, von Menschen umgeben zu sein, die jünger waren als er. Bei seinem Wagen angekommen, stieg er nicht ein, sondern setzte sich auf die Motorhaube und sah sich um. Er hatte sich auf das Treffen mit Dr. Fowler mit der mentalen Unbeirrbarkeit vorbereitet, die ihm kürzlich zum zweitenmal in Folge den begehrten ›Verkäufer des Jahres‹-Preis der Firma eingebracht hatte, so daß er erst jetzt in der Lage war, ernsthaft über Katharines Anruf nachzudenken. Die Aussichten, die sich daraus ergaben, waren nicht erfreulich. Er wollte Robin nicht wirklich wiedersehen: hätte er es gewollt, hätte er sich schon früher, anläßlich eines seiner Besuche in der Universität, bei ihm gemeldet. Und am allerwenigsten wollte er derjenige sein, der sich um ihn kümmern mußte, sollte tatsächlich, wie Katharine vermutet hatte, irgend etwas mit ihm nicht stimmen.

Aber sie neigte stets dazu, zu übertreiben.

Ted setzte sich einer Situation nicht gern ungewappnet aus; und sein Unbehagen, so wurde ihm klar, ließ sich zum Teil mit der Unzulänglichkeit seiner Daten erklären. Robin wiederzusehen, ohne zu wissen, wie er die letzten vier Jahre verbracht hatte, wäre so, als er würde sich mit einem Fremden treffen.

Er dachte eine Weile nach, holte seine Aktenmappe aus dem Auto und schlug den Buchstaben G auf. Die Blätter raschelten leise in der Brise. Schnell hatte er alles, was ihm zu seinem alten Freund einfiel, notiert.

> Grant, Robin.
> Studienabschluß in Cambridge 1981.
> Zum letztenmal gesehen anläßlich unserer Hochzeit 1982.
> Hat jedes Jahr eine Weihnachtskarte und den Familienrundbrief bekommen (Weiß er deshalb von unserem Häuschen?)
> Familie: Vater, Mutter, eine Schwester.
> Schreibt derzeit an seiner Doktorarbeit – seit 4 (?) Jahren.
> Klingt angeblich ›merkwürdig‹ oder ›depressiv‹.
> Behauptet, Ferien zu brauchen.
> Reagiert heftig auf die Ereignisse der letzten beiden Tage: sagt, daß die Bomber nicht nach Libyen hätten geschickt werden dürfen.

Ted legte den Stift aus der Hand, runzelte die Stirn, und seine Stimmung verdüsterte sich noch mehr. Die Menschen konnten sich in vier Jahren gewaltig verändern. Er hoffte, daß man mit Robin auch noch über etwas anderes als Politik reden konnte.

Als er die südwestlichen Randbezirke von Coventry erreichte, hielt Ted an, um in seinem Straßenatlas nachzuschlagen, und mußte feststellen, daß die maßgebliche Seite fehlte. Der Rücken des Buches war gebrochen, und seit über einem Monat wollte er ein neues kaufen: er konnte niemand anderem als sich selbst die Schuld in die Schuhe schieben. Es blieb ihm nichts anderes übrig, als einen Passanten um Auskunft zu bitten. Erst einmal war er jedoch nicht abgeneigt, auf gut Glück durch die baumgesäumten Straßen zu fahren, die Häuser zu betrachten und beifällig auf das Vogelgezwitscher zu horchen, das sich mit der Musik seines gekonnten Herauf- und Herunterschaltens vermischte. Alles, um den Augenblick der Ankunft hinauszuzögern.

Nach ein paar Minuten und nachdem er an mehreren Fußgängern vorbeigekommen war, die ihm aus unterschiedlichen irrationalen Gründen nicht gerade sympathisch erschienen, fiel sein Blick auf eine junge Frau, die auf seiner Seite der Straße schnell dahinging, den Rücken ihm zugewandt. Er fuhr gleichauf und drückte auf die Hupe. Die Frau erschrak und drehte sich zu ihm um; und Ted mußte bestürzt feststellen, daß sie Inderin war. Jetzt hätte er womöglich Schwierigkeiten, sich verständlich zu machen. Aber es war zu spät; sie näherte sich bereits seinem geöffneten Fenster.

»Ja?« sagte sie grimmig.

Er blickte in ein Paar dunkler, großer Augen, die ihn wütend ansahen. Einen Augenblick lang fühlte er sich überrumpelt, und plötzlich war er sich einer starken, lebhaften Persönlichkeit bewußt, die sich seiner widersetzte. Unfähig, ihrem Blick standzuhalten, schaute er weg und bemerkte, daß er an der linken Manschette einen Knopf verloren hatte.

»Ich dachte, vielleicht könnten Sie mir sagen«, setzte er an, »wo die –« er nannte die Straße, in der Robin wohnte – »ist.«

»Wie bitte?« sagte die Frau mehr, wie Ted durchaus hätte auffallen können, überrascht als verständnislos.

»Hier.« Er kramte in der Aktenmappe und fand den Zettel, auf den er die Adresse geschrieben hatte, als er nach dem Gespräch mit Katharine am Straßenrand angehalten hatte. Er hielt ihn ihr hin.

»Von dort komme ich gerade«, sagte sie. »Wollen Sie Robin besuchen?«

»Ja.«

»Gleich um die Ecke hinter Ihnen. Ich hoffe, Sie werden mehr Spaß haben als ich.«

Sie wandte sich ab und ging davon, die Hände in den Taschen, der Mantel zugeknöpft, obwohl der Abend noch warm war. Ted war zuerst sprachlos, aber innerhalb weniger Sekunden gelang es ihm, sich aus dem Fenster zu lehnen und ihr nachzurufen: »Robin Grant? Sie kennen ihn? Sind Sie eine Freundin von ihm?«

Die Frau blieb weder stehen, noch verlangsamte sie den

Schritt, sie erhob nicht einmal die Stimme, so daß ihre Antwort kaum hörbar war.

»Woher soll ich das wissen?«

Ted sah ihrer kleiner werdenden Gestalt nach, bis sein Blick verschwamm. Er war wie betäubt vor Verwirrung. Dann wendete er langsam und widerstrebender als je zuvor den Wagen, indem er dreimal zurücksetzte, und fuhr die Seitenstraße entlang, die sie ihm genannt hatte.

Die Adresse auf dem Zettel stellte sich als großes graues Reihenhaus heraus, von dem die Farbe abblätterte und das lediglich durch einen schmalen, trostlosen, vernachlässigten Garten von der Straße getrennt war. Ted stieg aus und schloß den Wagen ab. Die Straße war menschenleer, gesprenkelt vom warmen Licht der Abendsonne. Er warf sich das Jackett über die Schulter, lokkerte die Krawatte, schritt beherzt zur Haustür und klingelte bei ›Grant, R.‹.

Eine Weile lang rührte sich nichts. Dann hörte er von weit weg das Geräusch einer sich öffnenden Tür, Schritte, sah einen Schatten hinter der Milchglasscheibe und schließlich, als die Tür aufgemacht wurde, ein bleiches, unbekanntes, unrasiertes Gesicht.

»Robin?«

»Komm rein.«

»Du hast mit Katharine telefoniert. Hat sie dir gesagt, daß ich komme?«

»Ja. Komm rein.«

Wortlos führte Robin ihn aus dem hellen Licht in einen düsteren Gang, vorbei am Fuß einer steilen Treppe und durch eine Tür rechter Hand. In seiner Wohnung war es noch dunkler: die Vorhänge waren zugezogen, und die Luft war trocken und verraucht. Nachdem sich Teds Augen an die Dunkelheit gewöhnt hatten, nahm er die Einzelheiten eines spärlich eingerichteten Ein-Zimmer-Apartments wahr, das ungemachte Bett an der Wand, auf dem Boden verstreute Kleidungsstücke, zwei bis in die letzte Ritze vollgestopfte Bücherregale und einen Schreibtisch, auf dem nichts lag außer einem Kugelschreiber und drei kleinen, aufeinander gestapelten roten Notizbüchern. Auf dem Kaminsims stand ein Radio, in dem das Vierte Programm lief:

eine teilnahmslose Stimme berichtete über die Ereignisse des Tages in Tripolis und Westminster.

»Hast du nicht so schnell mit mir gerechnet?« fragte Ted.

»Tut mir leid. Ich hab nicht auf die Zeit geachtet. Setz dich.«

Er räumte ein Sofa frei, indem er einen Haufen Hemden und Unterhosen auf den Boden warf.

»Tja, Robin«, sagte Ted, sah ihn an und fragte sich, warum er nicht anständig angezogen war (er trug lediglich einen roten Frotteebademantel und Slipper), »wir sehen uns unter veränderten Umständen wieder.«

»Wie geht es Kate?« fragte er.

»Ach, gut. Wirklich gut. Komisch«, fuhr er fort, um das plötzliche verlegene Schweigen zu brechen, »ich hab eben angehalten, um nach der Richtung zu fragen, und hab mit einer Freundin von dir gesprochen.«

»Ja?«

»Ja. Sie wirkte etwas... asiatisch.«

»Sie heißt Aparna.«

»Sie sieht bemerkenswert aus, fand ich. Sie war gerade bei dir, oder?«

»Ja.«

»Also, an Freunden scheint es dir ja nicht zu mangeln, Robin.«

»Wir haben gestritten.«

»Ja? Nicht ernsthaft, hoffe ich?«

»Doch, ernsthaft. Über ein Buch.«

Wieder herrschte Schweigen. Ted, Meister der manipulativen Gesprächsführung, Experte darin, anderen Geheimnisse zu entlocken, hatte Schwierigkeiten, mit dem lustlosen Minimalismus von Robins Antworten zurechtzukommen. Glücklicherweise wechselte Robin das Thema.

»Jedenfalls habe ich mit Kate über euer Häuschen gesprochen, und sie meinte, es würde keine Probleme geben. Hast du die Schlüssel mitgebracht?«

Ted war zu verblüfft, um zu antworten. Robin setzte sich ihm gegenüber aufs Bett und sprach weiter (seine Stimme kalt, angestrengt, ausdruckslos): »Weißt du, ich glaube, wenn ich nicht die Möglichkeit hätte, irgendwo anders hinzugehen, würde ich verrückt werden. Oder etwas ähnliches. Ich fühle mich immer so müde. Ich glaube, ich brauche Schlaf. Ich glaube, ich muß mich ausruhen. Ich habe das Gefühl, daß ich reden muß. Ich muß mit jemandem sprechen. Ich muß hier weg. Ich muß allein sein. Ich habe Angst. Ich weiß nicht, was ich tue. Die letzten paar Tage weiß ich einfach nicht, was ich getan habe. Ich weiß nicht, wo ich gewesen bin. Ich war in einem Geschäft. Ich habe eine Tube Zahnpasta genommen und bin damit rausgegangen. Die Frau mußte mir nachlaufen. Sie hat gesagt: Sie haben nicht bezahlt. Ich hab mich am Finger verletzt. Ich bin auf der Treppe ausgerutscht und hab mich verletzt. Ich fühle mich erschöpft. Mir ist kalt, und ich habe Hunger. Ich habe immer Hunger. Ich habe eine tiefgekühlte Pie in den Ofen geschoben, und als ich eine halbe Stunde später wieder hinging, habe ich festgestellt, daß ich den Ofen nicht eingeschaltet hatte. Ich hatte es vergessen. Statt dessen mußte ich Brot essen. Ich kann einfach nicht glauben, was ich im Radio gehört habe. Sie hat ihn unsere Luftstützpunkte benutzen lassen. Sie haben unsere Stützpunkte benutzt, um Libyen zu bombardieren. Ich habe Angst. Ich muß hier weg. Und ich wollte schon immer mal wieder in den Lake District. Dort ist es ruhig und sauber, und ich verbinde damit Erinnerungen. Früher bin ich immer mit meiner Familie dort hingefahren. Mit meinen Eltern und meiner Schwester. Während der letzten Tage habe ich oft daran gedacht, wie sehr ich meine Familie vermisse. Wie dumm es von mir ist, mich einfach so von ihnen abzukapseln. Wenn ich nicht in dein Häuschen könnte, würde ich ihnen schreiben und sie fragen, ob ich nach Hause kommen und eine Weile bei ihnen bleiben kann. Aber so ist es besser. Viel besser.«

Ein Mann mit einem empfindsameren Herzen als Ted hätte sich von dieser Ansprache vielleicht erweichen lassen. Ja, notfalls hätte sich sogar Ted erweichen lassen, hätte er zugehört. Statt dessen betrachtete er Robins verwahrlostes Zimmer und dachte an sein Häuschen im Lake District, und unterdessen verstärkte sich seine Entschlossenheit. Sie hatten das Häuschen mit der Erbschaft gekauft, die ihnen Katharines Mutter hinterlassen hatte, als sie 1983 starb. Die Frage, was sie mit dem Geld tun sollten, war Gegenstand mehrerer langer und heftiger Auseinandersetzungen gewesen, an die er sich jetzt mit einiger Wehmut erinnerte. Schließlich setzte er sich durch, und der Lake District gewann die Oberhand über Cornwall. Der Einsatz körperlicher Gewalt war nicht nötig gewesen. Das Häuschen befand sich an der Hauptstraße zwischen Torver und Coniston; zwischen ihm und einer großartigen Aussicht auf das Wasser stand lediglich ein knapp einen Kilometer breiter, dichter Kiefernwald. Ted und Katharine hatten anfänglich befürchtet, daß sie von den Einheimischen als Eindringlinge betrachtet würden, aber sie hatten sich problemlos in die Gemeinde integriert: ihre einzigen Nachbarn, die Burnets, die ihnen gegenüber auf der anderen Straßenseite wohnten, erwiesen sich als reizendes Paar aus Harrow, das jederzeit zu einer Partie Bridge bereit war. Ted war nicht gewillt, seine Stellung bei diesen Menschen durch die Ankunft dieses anrüchigen Bekannten zu kompromittieren, der definitiv keine Ahnung hatte, wie mit einem Eigenheim umzugehen war. Sein Auge – so sehr daran gewöhnt, Katharines Bemühen in dieser Hinsicht wachsam zu verfolgen – hatte schnell am Dreck auf Robins Fußleisten, an der Asche auf dem Teppich und an den vergessenen Spinnweben in den Ecken Anstoß genommen. Nicht, daß er diesen Tatbestand als Grund für eine Absage hätte anführen können, natürlich nicht. Er mußte sich eine kleine Notlüge einfallen lassen.

»Also, so wie die Dinge liegen, Robin«, sagte er, »war Katharine etwas voreilig. Sie scheint vergessen zu haben, daß meine Mutter im Augenblick dort ist. Sie will mindestens einen Monat bleiben.«

Robin starrte ihn schweigend an, seine Miene ausdruckslos, sein Blick starr. Ted fragte sich, ob er seine Erklärung, die seiner Meinung nach sehr einleuchtend geklungen hatte, gehört, aufgenommen und verstanden hatte. Er versuchte, eine Frage zu formulieren – »Ist das in Ordnung?« oder »Du siehst doch das Problem, oder?« –, aber die Worte wollten ihm nicht über die Lippen kommen. Was er sich schließlich selbst sagen hörte, war: »Tja – wie wär's mit was zu essen?«

In der Küche fand sich nichts außer einem Rest Margarine und einer halbleeren Packung mit alten Butterkeksen. Ted ging los, um einen Fish-and-Chips-Stand zu suchen. Da er seit Jahren nicht mehr bei einem Fish-and-Chips-Stand gewesen war, überraschte es ihn, über drei Pfund zahlen zu müssen. Der Besitzer informierte ihn, daß solche Preise an der Tagesordnung seien, sogar im Norden. Als er in die Wohnung zurückkehrte, hatte Robin weder, wie gebeten, für sauberes Besteck gesorgt noch zwei Teller vorgewärmt, sondern saß an seinem Schreibtisch und schrieb einen Brief.

»Tut mir leid«, sagte er. »Ich dachte nicht, daß du so schnell zurück wärst.«

Ted schickte ihn in die Küche und nutzte seine Abwesenheit, um heimlich einen Blick auf den Brief zu werfen. Er war an seine Mutter adressiert und begann folgendermaßen:

> Es wird Dich wahrscheinlich überraschen, aber ich habe vor, nach Hause zu kommen und eine Weile bei Euch zu bleiben. Ich hoffe, daß Euch diese Idee zusagt, weil ich weiß, daß wir in letzter Zeit kaum Kontakt miteinander hatten, aber ich habe mir gedacht, daß es sehr nett wäre, Euch beide wiederzusehen. Mir scheint, daß ich in letzter Zeit häufig die falsche Richtung eingeschlagen habe, und ich muß unbedingt von hier weg und die Dinge überdenken. Ich habe mich wohl nicht gerade klar ausgedrückt, aber ich werde versuchen, die Sache zu erklären...

Mehr hatte er nicht geschrieben. Ted las den Brief verwirrt ein zweites Mal, als Robin zurückkam. In dem Bestreben, nicht als neugierig zu gelten, gab er vor, auf die roten Notizbücher gestarrt zu haben.

»Was steht da drin?« fragte er und deutete darauf.

»Geschichten«, sagte Robin. Er reichte Ted einen lauwarmen Teller, ein Messer und eine Gabel.

»Du schreibst also immer noch?«

»Ab und zu.«

»Ich habe noch die Ausgabe der College-Zeitschrift«, sagte Ted und kicherte erinnerungsträchtig. »Du weißt schon, für die wir beide was geschrieben haben. Du hast eine Geschichte geschrieben und ich einen kurzen Artikel.«

»Ich erinnere mich nicht.«

»Mein Artikel ging über objektorientiertes Programmieren. Die Leute fanden ihn ziemlich lustig.«

Robin schüttelte den Kopf und begann, mit den Fingern Chips zu essen.

»Wovon handeln die Geschichten?«

»Ach«, sagte Robin müde, »das ist eine Serie von Geschichten, an der ich seit geraumer Zeit arbeite. Ich weiß wirklich nicht, warum ich mir die Mühe mache. Es sind vier Geschichten, die miteinander in Beziehung stehen. Sie handeln von Sex und Freundschaft und von Entscheidungsfreiheit und solchen Dingen.«

»Vier?« sagte Ted. »Ich sehe nur drei.«

»Aparna hat eine. Ich wollte, daß sie sie liest: sie hat sie heute nachmittag mitgenommen.« Er riß ein Stück Kabeljau auseinander und kaute unlustig ein, zwei Bissen. Dann fügte er aus heiterem Himmel hinzu: »Man sollte gründlich nachdenken, bevor man etwas sagt. Findest du nicht auch?«

»Wie bitte?«

»Ich sagte, man sollte gründlich nachdenken, bevor man etwas sagt.«

»Wie meinst du das?«

Er beugte sich vor, erneut ernst und gesprächig.

»Ich meine, daß ein Wort eine tödliche Waffe sein kann.« Nach diesem Satz hielt er inne, offenbar zufrieden damit. »Ein Wort kann das Werk von einer Million anderen zerstören. Ein falsches Wort kann alles ruinieren: eine Familie, eine Ehe, eine Freundschaft.«

Ted wollte ihn fragen, warum er glaubte, etwas über die Ehe zu wissen, entschied sich jedoch dagegen.

»Ich verstehe nicht ganz«, sagte er.

»Ich habe gerade daran gedacht, wie leicht es heute war, Aparna zu verärgern. Sie hat mir ein Buch gezeigt.« Er schob ein für alle Mal seinen Teller beiseite. »Es war ein neues Buch, ein gebundenes. Es war klar, daß es nicht aus der Bibliothek stammte, deshalb zog ich sie auf. Ich sagte: ›Seit wann können sich Leute wie wir Bücher wie dieses leisten?‹ Dann erklärte sie mir, daß es ein Geschenk war, eine der Autorinnen ist eine Freundin von ihr. Ich nahm das Buch und sah mir die Titelseite an, und da standen zwei Namen, ein englischer und ein indischer. Ich deutete auf den indischen Namen und sagte: ›Vermutlich ist das deine Freundin.‹ Und daraufhin starrte sie mich an, nahm mir geflissentlich das Buch aus der Hand und sagte: ›Du hast gerade eben viel über dich selbst verraten.‹«

Ted stand vor einem Rätsel. Er überlegte gründlich und schnell, bestrebt, sich nicht in eine peinliche Situation zu bringen. Was war los mit diesem Mann, daß sie einander so oft mißverstanden? Freundschaft, so hatte er immer geglaubt, war ein intellektuelles Verhältnis, wie auch die Ehe. Katharine und er verstanden sich nicht nur, sobald sie miteinander sprachen, sondern häufig verstanden sie sich bereits, bevor sie sprachen. Manchmal wußte er, was sie dachte, bevor sie es sagte. Oft wußte sie, was er denken würde, bevor er überhaupt angefangen hatte, nachzudenken. Intellektuelle Kompatibilität war zu einer Konstanten seines Lebens geworden, zu einer Gegebenheit, einer Gewohnheit, einer Selbstverständlichkeit wie der Firmenwagen, wie das Gewächshaus – für das er, wie ihm jetzt einfiel, am Wochenende drei neue Glasscheiben kaufen mußte.

Welchen Zweck sollte diese abstruse Anekdote erfüllen? Der Knackpunkt war vermutlich, daß eine Autorin des Buches Inderin war und es Aparna aus irgendeinem Grund kränkte, mit ihr in Verbindung gebracht zu werden. Aber Aparna war doch bestimmt selbst Inderin? Sie hatte diesen komisch klingenden Namen. Ihre Haut war, wollte man das Kind beim Namen nennen, dunkel. Ebenso ihr Haar. Sie hatte zugegebenermaßen keinen roten Punkt in der Mitte der Stirn, aber das ließe sich vermutlich leicht erklären. Warum wollte eine Inderin nicht mit einer anderen Inderin in Verbindung gebracht werden, nur weil sie beide Inderinnen waren?

Er wandte sich mit dieser Frage, so gut er sie formulieren konnte, an Robin.

»Das ist nicht so einfach«, sagte Robin. »Ich kenne sie seit vier

Jahren. Sie ist genauso lange hier wie ich. Oder sogar noch länger. Sechs, sieben Jahre.« Er hielt inne, als ob er es nicht mehr gewohnt wäre, den Leuten etwas zu erklären. »Als sie hier ankam, war sie stolz, Inderin zu sein. Sie gab sogar damit an. Du hast gesehen, wie sie heute angezogen war – so hat sie sich nicht immer angezogen. Sie war damals beliebt: so beliebt, daß ich eifersüchtig war. Aber sie hatte immer Zeit für mich. Wir standen uns sehr nahe, auf gewisse Weise. Trotzdem – wenn wir vor der Bibliothek standen und miteinander redeten, kam alle paar Sekunden jemand vorbei, sagte hallo und blieb stehen, um mit ihr zu plaudern. Ich bin kaum noch zu Wort gekommen. Und nicht nur Studenten, sondern auch Professoren, Lehrbeauftragte, Bibliothekarinnen, die Leute aus der Kantine. Du kannst es dir nicht vorstellen. Was du heute gesehen hast, war ein Schatten ihrer selbst. Sie lebt jetzt allein. In einem Hochhaus auf der anderen Seite der Stadt. Im vierzehnten Stock. Ich bin der einzige, der sie noch besucht. Alle anderen haben sie vergessen. Sie ging ihnen auf die Nerven.«

Ein Schweigen legte sich auf sie, das, so schien es Ted, potentiell unendlich war.

»Und?« fragte er.

»Rassismus ist nicht notwendigerweise offenkundig. Er muß auch nicht aus heiterem Himmel entstehen, und es gibt ihn überall. Sie hatte es satt, als Ausländerin zu gelten; sie hatte es satt, daß das das erste war, was den Leuten an ihr auffiel. Sie ist hierhergekommen, um zu arbeiten und zu promovieren, und dann mußte sie feststellen, daß die Leute sie benutzten, um ihrem Leben ein bißchen Farbe zu verleihen. ›Ihr bißchen Exotik‹, nannte sie es. Sie hat schwer darum gekämpft, ernst genommen zu werden, aber es hat nicht funktioniert. Und jetzt meint sie, daß ich auch nicht anders bin. Daß sogar ich so von ihr denke. Und jetzt ist sie hart, mit mir und allen anderen; aber ich kann mich an diese Freundlichkeit, diese Warmherzigkeit erinnern, die ich bei niemand anderem gefunden habe.«

Ted, der keine Ahnung hatte, was er dazu sagen sollte, begann die Teller wegzuräumen.

»Hast du irgendwann einmal das Gefühl gehabt«, sagte Robin, »daß du dein ganzes Leben lang die falschen Entscheidungen getroffen hast? Oder schlimmer noch, daß du nie wirklich Entscheidungen getroffen hast? Daß es Zeiten gegeben hat, in denen du in der Lage gewesen wärst – jemandem zu helfen, zum Beispiel, aber nicht genug Mut hattest, es auch zu tun? Ja?«

Ted blieb auf der Schwelle zur Küche stehen und sagte: »Du bist im Augenblick nicht gerade in Hochform, stimmt's, Robin?«

Robin folgte ihm und sah zu, wie er die Teller ins Spülbecken stellte.

»Oder noch schlimmer: Hast du dich jemals gefragt, wozu man überhaupt Entscheidungen treffen soll, wenn die Welt von Wahnsinnigen regiert wird und wir alle von Interessen abhängig sind, die wir nicht kontrollieren können, und wir nicht wissen, wann etwas Schreckliches passieren wird, ein Krieg oder so?«

»Du hast natürlich vollkommen recht. Aber, Robin«, Ted drehte sich um und sagte ganz unvermutet, »hast du Nadel und Faden? Ich hab einen Knopf verloren.«

»Ja. In der Kommodenschublade.«

Sie kehrten ins Zimmer zurück. Ted fand eine Nadel und eine Rolle weißes Baumwollgarn und versuchte, den Faden einzufädeln.

»Red weiter«, sagte er. »Ich höre jedes Wort, das du sagst.«

»Ich habe einfach das Gefühl… daß ich weg und von vorne anfangen muß. Hast du manchmal das Gefühl?«

»Manchmal.« Die Nadel hatte ein sehr kleines Öhr, und Ted hatte Schwierigkeiten, den Faden einzufädeln.

»Ich meine, ich weiß einfach nicht, wo die letzten paar Jahre hin sind. Mir scheint, ich habe nichts erreicht, weder in persönlicher Hinsicht noch in akademischer oder in kreativer. Mir scheint, ich habe vollkommen die Richtung verloren.«

»Ich verstehe.« Er steckte ein Ende des Fadens in den Mund, damit es naß wurde und ihm das Einfädeln dann hoffentlich leichterfiele.

»Meine Familie sehe ich nie. Von meiner Schwester höre ich

nichts mehr. An der Universität gibt es heutzutage keine Stellen mehr. Ich weiß nicht, wozu ich überhaupt promovieren soll. Meine Beziehungen zu Frauen waren eine einzige Katastrophe. Ich sehe immer nur die negative Seite der Dinge. Alles scheint unzulänglich zu sein. Alles scheint sinnlos und vergeblich zu sein. Kennst du dieses Gefühl?«

Ted, dem es gelungen war einzufädeln und der in der Tasche seines Hemds einen Ersatzknopf gefunden hatte, zog jetzt das Hemd aus. Als er es sich über den Kopf streifte, antwortete er.

»Sprich weiter. Ich weiß, wovon du redest.«

»Ich habe dieses Buch gelesen. Es hat... ich glaube, es hat einiges von dem geklärt, was ich möglicherweise gerade durchmache. Diese Frau, sie redet viel über das ›Ich‹, die Bedeutung des ›Ichs‹. Das – Gefühl persönlicher Identität. Du weißt schon, das Gefühl für dich selbst, für die Person, die du bist.«

»Ja, natürlich.« Ted schüttelte mißbilligend den Kopf. Er hatte keinen richtigen Knoten gemacht, der Faden war aus dem Öhr gerutscht, und jetzt mußte er wieder von vorn anfangen.

»Hörst du mir zu?«

»Selbstverständlich höre ich dir zu. Hast du was dagegen, wenn ich kurz das Licht anmache? Ich kämpfe hier mit Schwierigkeiten.«

»Also, was meinst du?« sagte er, als Ted aufstand, um das Licht einzuschalten.

»Wie, was meine ich?«

»Was meinst du, daß ich tun soll?«

»Tja.« Ted nahm erneut den Faden in den Mund und sagte dann: »Vielleicht ist dein Problem, daß du einsam bist. Hast du schon mal daran gedacht, dir eine Freundin zuzulegen?«

»Was?«

»Na, du weißt schon, jemand, der deine Wohnung sauberhält und dir abends Gesellschaft leistet. Nicht so jemand wie Aparna, die immer nur streitet. Jemand, der stabil ist und dir den Rücken stärkt.«

»Und was sollte mir das nützen?«

Ted hörte den verächtlichen Unterton in seiner Stimme, und obwohl er damit beschäftigt war, einen Knoten zu machen, sah er auf. Er sagte mit großem Ernst: »Ich weiß nur eins, Robin. Ich war erst wirklich glücklich, nachdem ich Katharine geheiratet habe.«

Robin wich seinem Blick aus. »Ich will nie wieder was mit einer Frau zu tun haben«, sagte er und ging aus dem Zimmer.

Ted legte die Nadel aus der Hand, dachte über diese Worte nach und beschloß, sie in seiner Akte zwecks späterer Verwendung zu notieren, denn sie bestätigten oder vielmehr erinnerten ihn an eine persönliche Theorie über Robin, der er einst angehangen hatte. Tatsächlich war es Katharine gewesen, die sie als erste formuliert hatte, damals in Cambridge. »Red keinen Unsinn«, hatte er gesagt, »Robin ist so normal wie du und ich.« Mit der Zeit jedoch schien ihm diese Vermutung immer plausibler, und Ted hatte seinen anfänglichen Abscheu überwunden. Auf merkwürdige Art hatte sie ihn sogar mit der engen Freundschaft, die zwischen Katharine und Robin bestand, versöhnt, mit dem augenfälligen Vergnügen, das sie an der Gesellschaft des jeweils anderen fanden. Gegen Ende ihres letzten Sommersemesters wurden die drei fast immer zusammen gesehen. Und einmal hatte Katharine zu ihm gesagt: »Das würde auch erklären, warum er so sensibel ist.«

»Sensibel?«

»Ja. Sie sind immer die Sensibelsten.«

In der Folge hatte er Robin gefragt, ob er auch glaube, daß sie immer die Sensibelsten seien, und er hatte geantwortet, ja, das sei oft der Fall, und er hatte hinzugefügt, daß einige der Menschen, die er am meisten bewunderte, homosexuell waren; was Ted damals als ein schockierendes Eingeständnis erschienen war. Aber er hatte sich gesagt: Macht nichts, er hat einfach nur weniger Glück gehabt als der Rest von uns, und dieser Anfall von Liberalismus hatte Anlaß gegeben zu nachhaltigem insgeheimen Schulterklopfen. Es gab jedoch selbstverständlich Grenzen. Zum Beispiel hätte er Peter nie allein in einem Zimmer mit Robin gelassen. Ted war der Überzeugung, daß man, wenn es um Kinder ging, nicht vorsichtig genug sein konnte.

Robin kam zurück und zog die Vorhänge am Fenster vor seinem Schreibtisch auf. Es dunkelte bereits.

»Wahrscheinlich mußt du bald zurückfahren.«

»Ich hab gerade darüber nachgedacht«, sagte Ted. Er hatte gedacht, daß es ihm gelegen käme, wenn er am nächsten Morgen bei Dr. Fowler vorbeischauen könnte; in diesem Fall müßte er diesen trostlosen Teil der Welt mindestens einen Monat lang nicht mehr aufsuchen. Und er hatte gedacht, daß er hier, so ekelhaft das Ambiente von Robins Wohnung auch war, vielleicht übernachten könnte. »Dir scheint's nicht gerade hervorragend zu gehen, und es gibt keinen Grund, warum ich heute noch nach Hause muß. Ist es dir recht, wenn ich Katharine anrufe und ihr sage, daß ich erst morgen zurückkomme?«

»Wenn du willst«, sagte Robin.

Das war nicht gerade der Wortschwall der Dankbarkeit, den Ted erwartet hatte.

»Dann könnten wir noch etwas trinken gehen. Meinst du, daß dich das aufheitern würde? Und ich könnte eine deiner Geschichten lesen.«

»In Ordnung. Ich zieh mich an.«

Robin nahm die am wenigsten verschmutzten Kleidungsstücke mit in die Küche und zog sich um, während Ted telefonierte. Er kehrte rechtzeitig zurück, um noch die letzten Worte des Gesprächs zu hören.

»Wer ist Peter?« fragte er.

»Peter? Ich hab ihn doch bestimmt erwähnt, in einem der Rundbriefe. Unser erster Sohn. Zwei Jahre alt.«

»Ach ja. Natürlich.«

»Ja...« Ted lächelte. »Er ist ein großartiges Kerlchen.«

Robin nahm das oberste Notizbuch und steckte es in die Hosentasche.

»Wenn wir was trinken wollen, dann laß uns jetzt gehen«, sagte er.

Es ist eine warme Nacht Mitte April, gegen elf Uhr. Robin und Ted kommen aus dem Pub, Robin geht voran, Ted müht sich, Schritt zu halten. Die Menschen von Coventry schlafen bereits oder gehen gerade ins Bett; aber sie eilen in atemlosem Tempo weiter, diese beiden Freunde, die keine Freunde mehr sind.

Die Mayfield Road entlang, den Broadway, über die Bowling-Grünfläche, der Schauplatz vieler von Robins geheimen Träumereien. Hier hat er gesessen, an windigen Samstagen im Frühjahr, und Männern und Frauen in Anoraks und Kopftüchern bei gewandter, unbeschwerter sportlicher Betätigung zugesehen. Alten Leuten, die nach wie vor einander und der Stadt verbunden sind, in der sie gelebt und gearbeitet haben, in der sie aufgewachsen sind und geboren wurden. Er hat sie an stürmischen Samstagnachmittagen beobachtet und dabei gleichzeitig Verachtung und Neid empfunden. Manchmal hätte er am liebsten mitgespielt, um sein eigenes Geschick unter Beweis zu stellen, denn auch er hat einst Bowling gespielt, mit seiner Mutter, seinem Vater und seiner Schwester. Selbstverständlich wäre er aus der Übung, anfänglich ein wenig unberechenbar. Und zugleich wollte er nichts anderes als weg, denn wenn ihre ängstlichen Augen gelegentlich über ihn hinwegschweifen, brennt er unter ihren flüchtigen, aber beredten Blicken, die unmißverständlich die Fragen formulieren: Wer ist dieser sonderbare Mann, und warum starrt er uns an?

Über die Straße und in den Spencer Park. Im Herbst rascheln hier die Bäume, und man muß sich einen Weg durch die fußballspielenden Kinder bahnen, die Kleiderhaufen als Torpfosten benutzen. Aber heute nacht ist es ruhig und leer, abgesehen von einer jungen Frau, die ihren Hund ausführt: etwas tollkühn, könnte man meinen, aber vielleicht fühlt sie sich mit dem Hund sicher, es ist schließlich ein Schäferhund und noch dazu ein großer. Sie grüßt nicht, hat den Blick abgewandt. Nachdem sie fort ist, ist es ganz still. Und jetzt sehen sie die Lichter des Stadtzentrums vor sich; sie winken sie zu sich, diese beiden Gefährten, die nichts mehr gemeinsam haben, und erneut beschleunigen sie den Schritt.

Über die stählerne Fußgängerbrücke und das Eisenbahngleis. Um diese Zeit fahren kaum noch Züge, der Zugverkehr nach London, Birmingham und Oxford ist fast schon zum Erliegen gekommen, aber als sie jetzt über die Fußgängerbrücke gehen, rattert ein Güterzug unter ihnen vorbei. Er scheint ungeheuer lang und laut zu sein, eine Unterhaltung ist nicht möglich. Da ist es nur gut, daß sie den Wunsch zu reden gar nicht verspüren, obwohl ein unbeteiligter Beobachter, angenommen, es käme einer an ihnen vorbei, auf Teds Gesicht die Anzeichen eines wachsenden Unbehagens und einer Anspannung aufgrund einer Frage, die längst formuliert, aber noch nicht ausgedrückt ist, erkennen könnte. Aber Robin hat kein Auge für diese Nuance; er kichert verstohlen in sich hinein angesichts der Graffiti, die die Mauern der Brücke von oben bis unten, von einem Ende bis ans andere überziehen. Anarchie – der einzige Ausweg. Nein zu den Cruise Missiles. Ich habe die Fnords gesehen. Entwaffnet Vergewaltiger. So viel zu sagen, so wenig Farbe. Araber raus. Neger-Scheiße. Irgend etwas an dieser Mischung scheint ihm zu gefallen, aber die Natur dieses Gefallens entgeht seinem Vertrauten (zu dem er kein Vertrauen hat) vollkommen, denn Teds Seitenblicke werden zunehmend verwundert und argwöhnisch. Und richten sich immer mehr zur Seite. So daß sie jetzt weder mit Worten noch mit Blicken kommunizieren.

Die Grosvenor Road entlang, zu ihrer Rechten eine leerstehende Lagerhalle, zu ihrer Linken Wohnhäuser, die Hälfte davon mit Brettern zugenagelt. Kurz darauf gehen sie durch eine Unterführung und dann in die Warwick Road, an den erleuchteten Fenstern von Maklerbüros und an der Tür einer überfüllten Weinbar vorbei, aus der Leute treten. Robin zögert kurz, eilt aber gleich wieder weiter, noch schneller als zuvor. Ted bleibt stehen und sieht verwirrt zur Tür, dann läuft er ihm nach. Ihm dämmert, wenn auch etwas spät, daß Robin vorhat, weiteren Alkohol zu konsumieren, daß das die treibende Kraft, das elementare Motiv dieses Marsches ist. Er fragt ihn ohne Umschweife danach und erhält zur Antwort ein Nicken und einen Laut. Wieder bleibt Robin stehen, diesmal um die Auslage einer Buchhandlung zu betrachten. Er ignoriert die Taschen- und Bilderbücher in der Mitte des Schaufensters und konzentriert seine Aufmerksamkeit statt dessen auf ein halb verstecktes dickes Buch hinten rechts: *Das Versagen der zeitgenössischen Literatur* von Leonard Davis. Um potentielle Käufer noch mehr in Versuchung zu führen, informiert ein Aufkleber vorne auf dem Umschlag, daß Professor Davis ein ortsansässiger Autor ist. Robin schnalzt mit der Zunge.

Die Gegend ist nahezu menschenleer. Hier und da liegt erwartungsgemäß ein menschliches Wrack in einem Türeingang, aber das findet man sogar in den wohlhabendsten Städten. Ja, man findet es vor allem in den wohlhabendsten Städten. Um diese Uhrzeit hat das Viertel etwas Verwunschenes. Es wurde zur öffentlichen Nutzung erbaut, vorsätzlich gestaltet, um Massen glücklicher Käufer aufzunehmen, die sich scharenweise in Smiths, Habitat, Woolworths, BHS, Top Man drängen, und doch sind heute abend nur diese beiden Gestalten unterwegs, wortlos, weit voneinander entfernt, ihre Schritte hallen auf dem Asphalt des Platzes wider, ihre Schatten sind in den fluoreszierenden Lichtern kaum zu erkennen. Wo sind alle die alten Frauen mit ihren Einkaufstaschen auf Rädern? Wo sind die jungen Paare, die Arm in Arm die Schaufenster betrachten? Wo sind die Punks und die Skinheads? Sie liegen hoffentlich irgendwo im Bett, in Reihen- oder Hochhäusern, hundert Meter über dem Erdboden. Heute abend hätten die beiden sie sowieso nicht beachtet, denn sie gehen jetzt noch schneller, und Robin blickt bisweilen nervös auf seine Uhr.

Sie gehen durch das Broadgate, an der Statue der Lady Godiva vorbei und die Trinity Street entlang. Ted kann es nicht wissen, aber sie befinden sich unweit der Kathedrale; hier kann man tagsüber ein paar angenehme Stunden verbringen, die riesigen Glasfenster bewundern, die Wandteppiche aus Sutherland oder (gegen ein kleines Entgelt) eine holografische Rekonstruktion des Blitzkrieges ansehen, ein audiovisuelles Abenteuer in drei Dimensionen für diejenigen, die nicht das Glück hatten, 1939 dabeizusein. Aber Ted wird sich an die Kathedrale lediglich als große dunkle Masse erinnern, die sich rechts von ihm, irgendwo hinter der alten Bibliothek, erhebt, als er den Platz überquert. Und er wird nicht wissen, daß es sich um die Kathedrale handelt, weil er jetzt müde und wütend ist und aufgehört hat, Fragen zu stellen. Unnötig zu erwähnen, daß Robin Informationen nie unaufgefordert liefert. Ted verspürt schon seit langem keine Neugier mehr auf seine Umgebung, und die ganze Stadt erscheint ihm mittlerweile wie ein feuchtkaltes Inferno, wie die Aneinanderreihung von zahlreichen unappetitlichen Stadtvierteln. Deswegen fällt ihm kaum auf, daß sie die Läden hinter sich gelassen haben, gerade an dem schwach beleuchteten Vorhof eines großen heruntergekommenen Krankenhauses vorbeigehastet sind, das zu dieser Stunde nahezu leer wirkt, und daß sie jetzt eine lange, von breiten Reihenhäusern gesäumte Straße entlangeilen. Sehr wohl ist ihm jedoch aufgefallen, daß nur einer von vier Männern, die ihnen in den letzten Minuten begegnet sind, weiß war; dieser Tatbestand flößt ihm ein gewisses Unbehagen ein.

Kurz darauf biegen sie rechterhand in eine sehr dunkle Seitenstraße ein. Sie bleiben vor der Tür eines Hauses stehen, das zuerst wie irgendein beliebiges Haus in einer Reihe von Häusern aussieht. Durch eine Glasscheibe in der Tür ist ein schwacher orangefarbener Schein zu erkennen. Dann bemerkt Ted, daß über der Tür ein Schild hängt, daß das Haus einen Namen hat, daß es ein weiteres Pub ist. Robin klopft an die Glasscheibe, rhythmisch, als wäre es ein Code, und dann steht ein Mann in der Tür. Ein kurzer Wortwechsel, und sie werden eingelassen.

»Was geht hier vor?« fragte Ted.

Sie saßen in einer kleinen düsteren Bar zusammen mit ungefähr einem Dutzend Männer, von denen Robin die meisten zu kennen schien. Es herrschte absolute Stille, und das Durchschnittsalter der Gäste war, wenn man Robin und Ted ausnahm, ungefähr zweiundsechzig.

»Ein Freund hat mir von dieser Bar erzählt«, sagte Robin. »Sie schließen die Tür ab, und dann lassen sie uns bis drei oder vier bleiben. Die Polizei weiß davon, aber normalerweise drücken sie beide Augen zu.«

Ted war entsetzt.

»Wie oft kommst du hierher?«

»Ich weiß nicht. Zweimal die Woche.«

»Brauchst du den Alkohol so dringend?«

»Es geht nicht um den Alkohol. Den kann ich auch zu Hause trinken. Es geht mir um die Gesellschaft.«

»Die Gesellschaft!« Er sah sich erstaunt um. »Aber schau dir nur diese Leute an. Lauter alte Männer. Mit denen hast du doch nichts gemeinsam. Sie sprechen nicht mal miteinander.«

»Es ist besser, als allein zu sein.«

»Aber heute abend bin ich doch bei dir.«

Auf diese Bemerkung erfolgte keine Antwort, deswegen nahm Ted an, daß sie gesessen hatte. Ihm fiel auf, daß er zu schnell trank und den zweiten Gin Tonic, den Robin ihm aufgezwungen hatte, fast schon geleert hatte. Als er vorschlug, etwas trinken zu gehen, hatte er sich einen geselligen Abend, ein paar Bier in einer lärmigen, jugendlichen Umgebung vorgestellt. Jetzt langweilte er sich, fühlte sich betrunken und hatte Heimweh. Robin fingerte an seinem leeren Glas herum, hing auf seinem Stuhl, die Augen halb geschlossen, den Kopf gesenkt in einer Geste militanter Introvertiertheit.

»Mir scheint«, sagte Ted, »daß du auf euren kleinen Streit überreagierst.«

»Streit?«

»Dein Streit mit Aparna. Ich nehme an, daß du dich deshalb so verhältst.«

Robin sah auf, und für einen kurzen Augenblick erwachten seine Augen zum Leben.

»Nicht nur deswegen«, sagte er.

Ted sah nichtsdestotrotz, daß er einen wunden Punkt berührt hatte, und er warf seine ursprüngliche Theorie über Robin über Bord und fragte sich, ob es bei dieser Freundschaft nicht um mehr ging, als er angenommen hatte. Er entschied, daß es keinen Sinn hatte, das Thema durch die Blume anzusprechen, deswegen fragte er rundheraus: »Hast du ein Verhältnis mit ihr?«

Robin starrte ihn kalt und neugierig an. »Wie kommst du darauf?«

»Du hast gesagt, daß ihr euch sehr nahesteht.«

»Das tun wir«, antwortete Robin, verbesserte sich jedoch und sagte: »Das taten wir.«

»Und?«

»Es war nie körperlich. Das wolltest du doch vermutlich wissen.«

»Ich verstehe. Eine platonische Freundschaft«, sagte Ted trocken.

»Wenn du meinst.«

»Ein intellektuelles Verhältnis.«

Robin zögerte, stand dann auf. Ted dachte einen Augenblick halb erschrocken, halb erleichtert, daß er gekränkt war und gehen wollte; aber er war nur aufgestanden, um das rote Notizbuch aus der Gesäßtasche seiner Jeans zu ziehen.

»Da du es so ausgedrückt hast«, sagte er, »warum liest du nicht diese Geschichte? Vielleicht verstehst du dann besser, wovon du sprichst.«

Er warf das Notizbuch auf den Tisch und ging los, um zwei weitere Drinks zu holen. Nach einer Weile nahm Ted das Buch und blätterte ängstlich in den Seiten mit der kleinen schludrigen Handschrift. In Cambridge hatte er einiges von Robins Prosa gelesen und sie nicht gerade als inspirierend empfunden; sie hatten zu Hause sogar noch ein maschinengetipptes Manuskript von ihm. Während ihres letzten Semesters, kurz bevor Ted und Katharine ihre Verlobung bekanntgaben, hatte Robin ihr eine Geschichte geschrieben – mit einer, in Teds Augen, etwas übertriebenen Widmung. Er war nicht über die erste Hälfte hinausgekommen. Diese hier schien jedoch wesentlich kürzer zu sein, und sie würde für eine Unterbrechung der zunehmend frostigen Unterhaltung sorgen.

Er schlug die erste Seite des Notizbuches auf und begann zu lesen.

VIER GESCHICHTEN von Robin Grant

1. Ein intellektuelles Verhältnis

Weihnachten hält Einzug in Coventry.

Man darf selbstverständlich nicht hoffen, daß es weiße sein werden; dieser Ort hat nichts als nasse und graue Weihnachten zu bieten. Außerdem würden weiße Weihnachten nur eingefrorene Rohre und vereiste Fenster bedeuten.

Richard hatte noch vier Wochen oder vierundzwanzig Einkaufstage Zeit, als er seine letzte Weihnachtskarte kaufte. Wir haben es demnach mit einem gut organisierten Mann zu tun. Da sie für seine Exfreundin bestimmt war, fiel ihm die Wahl dieser Karte am schwersten. Wenn man mit jemandem zusammen ist, ist es einfach, man kauft die größte und teuerste Karte im Laden, kritzelt ein paar blumige Worte, schickt tausend Küsse, steckt sie in den Briefkasten, und schon ist die Arbeit für ein Jahr erledigt. Aber wie kann eine schlichte Karte, so geschmackvoll und schön entworfen sie auch sein mag, die komplexen Gefühle für eine Frau zum Ausdruck bringen, die man seit drei Jahren nicht mehr gesehen hat – fast genauso lang, wie man mit ihr (inoffiziell) verlobt war?

Letztlich entschied er sich für einen Schneemann, der zusammen mit einem etwas zerstreut wirkenden Rentier eine Wundertüte öffnete.

Wie ihm die Gegend zu dieser Jahreszeit auf die Nerven ging. Nicht, weil es von Menschen nur so wimmelte (Menschenmassen waren tröstlich), und auch nicht, weil Weihnachten, wie jeder Trottel sehen konnte, zu einer auf bösartige Weise ausbeuterischen kommerziellen Übung verkommen war (unterschied es sich in dieser Hinsicht überhaupt noch von anderen gesellschaftlichen Fest- und Feiertagen?). Nein, es lag an der Atmosphäre erzwungener Freude, die so deprimierend war und überall um ihn herum eine mit Händen greifbare Stimmung unterdrückter Panik und Verzweiflung verbreitete. Die Menschen durften an Weihnachten einfach nicht unglücklich sein. Zu jeder anderen Jahreszeit, in Ordnung, aber wenn sie an Weihnachten unglücklich waren, dann wußten sie zuinnerst, daß sie unheilbar unglücklich waren. Anzeichen dieser schmerzlichen Wahrheit fanden sich in jedem zweiten Gesicht.

Ich mag diese Art zu schreiben nicht. Man gibt vor, die Gedanken seiner Figuren zu schildern (dank welchem besonderen Talent zur Einsicht?), wenn es tatsächlich – kaum verschleiert – die eigenen sind. Dieser Kunstgriff hat große Schwächen, ist leicht durchschaubar und hat alle möglichen grammatikalischen Unbeholfenheiten zur Folge. Deswegen werde ich versuchen, mich in Zukunft auf wahrheitsgemäße (wahrheitsgemäße!) Schilderungen zu beschränken.

Richard lebte in einer Drei-Zimmer-Wohnung im vierzehnten Stock eines Hochhauses im schlimmsten Viertel der Stadt. Er teilte sich die Wohnung mit einem Freund namens Miles. Sie waren gute Freunde, die etliche Eigenschaften gemeinsam hatten, darunter Faulheit und intellektueller Snobismus. Beide studierten an der nahe gelegenen Universität. (»Nahe gelegen«! Manchmal frage ich mich, warum ich die Schreiberei nicht hinschmeiße und etwas Nützliches mit meinem Leben anfange. Denn, so müssen wir uns fragen, ist es nicht in höchstem Grade unwahrscheinlich, daß sie an einer sechshundertfünfzig Kilometer entfernten Universität studierten?) Beide lebten erst seit kurzem in der Stadt und stammten auch nicht aus den Midlands. Beide hatten weder im Augenblick noch in jüngster Vergangenheit nähere Beziehungen mit einem Angehörigen des anderen Geschlechts.

An diesem Abend, nachdem Richard die Karte an seine Exverlobte abgeschickt hatte, mit Gefühlen so komplizierter Natur, mit so nuancierten Schattierungen von Ambivalenz und Widersprüchlichkeit, daß wir uns zu Tode langweilen würden, sollte ich versuchen, sie zu beschreiben, hatten er und Miles eine Auseinandersetzung. Sie sahen die Nachrichten, darunter eine Meldung über Nordirland. Ein Soldat war in die Luft gejagt worden oder zwei Zivilisten waren kaltblütig vor ihren Häusern abgeschlachtet worden oder eine Frau hatte mit ansehen müssen, wie ihre Zwillingsbabys von Terroristen zu Tode gehackt wurden. Die genaue Art des Vorfalls ist für diese Geschichte irrelevant. Miles und Richard begannen das Für und Wider der militärischen Präsenz der Briten zu erörtern, ein ihnen beiden wohlvertrautes Thema. Nach einer Weile wurde die Diskussion erbittert, denn sie waren sich grundsätzlich nicht einig, welcher Natur der Nordirlandkonflikt war; Miles bestand darauf, daß es sich um einen religiösen, Richard, daß es sich um einen politischen Konflikt handelte. Bald hatten sie das Gespräch in eine kindische Sackgasse manövriert.

»Es hat sowieso keinen Zweck, daß ich mit dir darüber diskutiere«, sagte Richard. »Trinken wir eine Tasse Tee.«

»Was soll das heißen, es hat keinen Zweck?« sagte Miles und folgte ihm in die Küche.

»Das soll heißen, daß es immer auf das gleiche hinausläuft, wenn wir über Religion zu reden versuchen. Jedesmal renne ich gegen die Steinmauer deines verdammten Katholizismus an.«

»Aha. Du hältst mich also für intolerant.«

»Selbstverständlich nicht. Sei nicht beleidigt. Ich will nicht streiten. Es ist einfach nur so, daß du ab einem bestimmten Punkt vorhersagbar bist. Alles ist dann vorhersagbar. Es ist dann keine Diskussion mehr, sondern ein Rollenspiel. Ich weiß, was ich zu dir sagen oder nicht sagen kann, und wann immer du etwas sagst, stelle ich mir die Frage: Denkt er das wirklich, oder glaubt er nur, daß er das denken muß?«

Zurück im Wohnzimmer, wirkte Miles niedergeschlagen.

»Ich wußte nicht, daß du so darüber denkst.«

»Es liegt nicht an dir, *Miles. Es liegt an diesen verfluchten Kompromissen, die wir tagtäglich eingehen müssen. Wir erfahren niemals die Wahrheit, weil wir ständig damit beschäftigt sind, Rücksicht zu nehmen. Man sagt nie, was man wirklich denkt, sondern nur das, von dem man weiß, daß die andere Person es hören will. Für jeden Kontext bastelt man sich eine andere Wahrheit. Mit einer Gruppe Konservativer kann man nicht über Sozialismus reden, und mit einer Gruppe Sozialisten kann man nicht über Konservativismus reden. Wenn man über Religion redet, sagt man etwas völlig Unterschiedliches, je nachdem, ob man mit einem Buddhisten, einem Christen oder einem Atheisten diskutiert. Wenn man einen Akademiker nach seiner Meinung fragt, wird er eine akademische Meinung äußern, ein Mediziner eine medizinische, ein Jurist eine juristische. In dem Augenblick, in dem wir sozial aktiv werden, opfern wir dem Impuls, Konfrontationen zu vermeiden, unsere Aufrichtigkeit, unsere Integrität und unsere Neutralität.« Er seufzte und schloß: »Das ist sehr deprimierend.«*

»Du klingst wie eine Freundin von mir«, sagte Miles.

»Wirklich?«

»Ja. Ich habe eine Freundin, die genauso denkt.«

»Wie heißt sie?«

»Karen. Hab ich noch nie von Karen erzählt?«

»Der Name kommt mir vage bekannt vor.«

»Sie beklagt sich ständig, daß sie mit niemandem eine richtige Diskussion führen kann.« Er dachte einen Moment lang nach. »Ihr zwei solltet euch wirklich einmal kennenlernen.«

Innerhalb weniger Minuten wurde daraus ein ernstes Vorhaben. Richard wollte Miles' Freundin jedoch nicht persönlich treffen. Er beharrte darauf, daß die Art Gespräch, die er sich vorstellte, nur so lange wahrhaft unparteilich, wahrhaft unvoreingenommen vonstatten gehen konnte, solange die Teilnehmer Distanz wahrten. Er schlug einen Briefwechsel vor.

»Gut«, sagte Miles. »Ich rufe sie jetzt an.«

Kurz darauf kehrte er zurück mit der Nachricht, daß Karen den Vorschlag begeistert angenommen hatte.

»Sie bittet dich, den ersten Brief zu schreiben«, sagte er, »und sie möchte wissen, wer deiner Meinung nach die expansionistischeren Ambitionen hat, die Vereinigten Staaten oder die Sowjetunion. Sie bittet dich, bei deinen Darlegungen die Stimmung größerer Liberalisierung in Gorbatschows Rußland in Rechnung zu stellen und auszuführen, ob du glaubst, daß sie ein Anzeichen für eine Identitätskrise der kommunistischen Staaten ist. Nur damit der Ball ins Rollen kommt.«

Richard blieb bis um drei Uhr morgens auf und schrieb den Brief. Er empfand diese Erfahrung als ungewöhnlich befreiend. Miles hatte ihm nichts über Karen erzählt; er wußte lediglich, daß sie weiblich und ungefähr so alt wie er selbst war. Befreit vom Zwang, sich den Erwartungen eines bekannten Adressaten anpassen zu müssen, war er in der Lage, wahrheitsgemäß und in aller Ausführlichkeit niederzuschreiben, was ihm Herz und Verstand diktierten. Er wußte nicht einmal ihren Familiennamen und hatte keine Ahnung, wohin sein Brief geschickt werden würde. Er schrieb nur »Karen« auf den Umschlag und überließ es Miles, ihn zu adressieren und abzusenden.

Drei Tage später erhielt er die Antwort. Richard hob sie vom Fußabstreifer auf, setzte sich an den Küchentisch und betrachtete den Umschlag. Er war in Birmingham abgestempelt. Die Briefmarke war eine spezielle Weihnachtsmarke. Sein Name und seine Adresse waren mit der Schreibmaschine getippt. Es war ein teurer Umschlag.

Er öffnete ihn und zog zehn Seiten heraus, beschrieben mit einer großen, entschiedenen und ordentlichen Handschrift. An vielen Stellen war etwas durchgestrichen, und ab und zu war ein ganzer Satz mit Tipp-Ex gelöscht. Der Brief begann mit »Lieber Richard« und endete mit »den allerbesten Wünschen und voll Vorfreude Deine«. (Er hatte mit rein formellen »freundlichen Grüßen« geschlossen.)

Nachdem er sich diese Details zu Gemüte geführt hatte, begann Richard ernsthaft zu lesen.

Ihre Analyse der jüngsten Entwicklungen im Ostblock war sowohl scharfsinnig als auch gut informiert. Sie war zudem durchdrungen von einem militanten Anti-Amerikanismus, den er als ziemlich irritierend empfand. Ihre These lautete, daß Gorbatschow für die Liberalisierung Sowjetrußlands letztlich den Preis der Amerikanisierung würde zahlen müssen, eine Möglichkeit, die sie als den Gipfel der westlichen kapitalistischen Konsumgesellschaft betrachtete. Konsum und Expansionismus, so argumentierte sie, seien zwei Seiten ein und derselben Medaille.

Um die Wahrheit zu sagen, begann sich Richard ungefähr in der Mitte des Briefes etwas zu langweilen. Der Gedanke schoß ihm durch den Kopf, daß er es wahrscheinlich mit einer Studentin der Politischen Wissenschaft zu tun hatte, und während er wie jeder andere auch Gefallen an politischen Diskussionen fand, waren Politikstudenten seiner Erfahrung nach für gewöhnlich die unerträglichsten Menschen auf der Welt. Gegen Ende, als sie sich über den

Einfluß der Massenkommunikation auf die Beziehungen zwischen den Großmächten und auf unsere Modelle politischer Beziehungen im allgemeinen ausließ, wurde der Brief jedoch merklich interessanter. Er sah eine Möglichkeit, dieses Thema auszuweiten auf den Zusammenbruch traditioneller Formen der Kommunikation, unter besonderer Berücksichtigung seiner Auswirkungen auf die Literatur. Er wollte nicht noch einmal über Politik schreiben, da er vermutete, daß sie ihm diesbezüglich überlegen war.
Sein zweiter Brief begann:

> Liebe Karen,
> vielen Dank für Deinen interessanten und geistreichen Brief. Du kannst Dir gar nicht vorstellen, wie sehr es mich freut, eine Brieffreundin wie Dich gefunden zu haben; es gibt, wie Du sicherlich weißt, Zeiten, in denen man (gerade) seinen Freunden gegenüber nicht offen sein kann, und obwohl ich das intellektuelle Klima an dieser Universität stimulierend finde, sehe ich jetzt schon, daß meine Diskussionen mit Dir letztlich lohnender sein werden. Zudem glaube ich, daß der unterschiedliche Zuschnitt unserer Geister zwangsläufig für fruchtbare Diskussionen sorgen wird: Ich bin Anglistikstudent, wogegen Du (nehme ich an – oder wirst Du mich eines Besseren belehren müssen?) entweder Politik oder Geschichte studierst. Es wäre so langweilig, so steril, wenn wir an jedes Thema mit dem gleichen Ansatz herangehen würden, aber ich weiß, ich kann spüren, daß dem nicht so sein wird.

Mit der nächsten Post kam Karens Antwort; anschließend setzten sie die Korrespondenz zwei Wochen lang unvermindert fort. Während dieser Zeit handelten sie mehr oder weniger gründlich folgende Themen ab: Politik (noch einmal); den Niedergang des Wohlfahrtsstaates, unter besonderer Berücksichtung des staatlichen Gesundheitswesens;

Sexismus, seine Ursprünge und Auswirkungen; Religion; Astrologie; Mode; und persönliche Beziehungen. Mithin verfügte Richard mittlerweile mit einiger Gewißheit über folgende Informationen: daß Karen Sozialistin war; daß ihr Brillengestell ein Kassengestell war; daß sie blond war; daß sie keiner religiösen Überzeugung anhing; daß sie Fisch war; daß sie Hosen trug, vor allem Jeans, und keine Röcke; daß sie kein Make-up benutzte; daß Rot und Blau ihre Lieblingsfarben waren; daß sie zwei Freunde gehabt hatte, seit über einem Jahr aber allein war.

Zu diesem Zeitpunkt sahen sie sich einem unerwarteten Problem gegenüber. Es waren noch zehn Tage bis Weihnachten, und obwohl weder Karen noch Richard vorhatten, jetzt schon zu ihren Eltern nach Hause zu fahren (Karen, so hatte sich herausgestellt, war tatsächlich Studentin; sie studierte Kunstgeschichte an der Universität von Birmingham), behinderte der Auftakt der Festlichkeiten nichtsdestotrotz ihre Korrespondenz. Aufgrund des größeren Volumens, das die Post zu dieser Jahreszeit zu bewältigen hatte, waren ihre Briefe jetzt geschlagene drei Tage unterwegs. Das war, in Richards Augen, eine unerträgliche Verzögerung, und deswegen schlug er in einem Postskriptum vor, ihr Gespräch – selbstverständlich nur als eine zeitlich begrenzte Maßnahme – telefonisch fortzusetzen.

Drei Tage später rief Karen ihn an.

Was für eine bezaubernde Stimme sie hatte. Wenn er sich nicht sehr täuschte, sprach sie mit einem kaum merklichen schottischen Akzent. Die Art, wie sie die Rs aussprach, wenn sie Wörter wie »Strukturalismus« oder »Derrida« gebrauchte (sie begannen das Gespräch mit einer Diskussion über Literaturtheorie), hatte etwas anziehend Rauhes, und wenn sie Formulierungen benutzte wie »die Verschwörung der Regisseure« und »die Kamera als Voyeur« (sie beendeten das Gespräch mit einer Diskussion über Filmästhetik), dann war ihrer Intonation eine reizvoll gutturale Qualität eigen. Er fragte sich, ob ihr sein eigener auffälliger Home-Counties-Akzent auf die Nerven ging.

»Also, bis dann«, sagte sie nach ungefähr vierzig Minuten.

»Morgen um die gleiche Zeit?«

»Okay. Es war nett, mit dir zu sprechen.«

»Mir hat es auch gefallen.«

»Du fährst noch nicht nach Hause über Weihnachten?« fragte sie nach einer verlegenen Pause.

»Nein, noch nicht.«

»Hast du viele Weihnachtskarten bekommen?«

»Nein, nicht viele. Und du?«

»Nein, nicht viele.«

Richard bekam nie viele Weihnachtskarten, auf jeden Fall nicht so viele, wie er selbst verschickte, und er verschickte nie mehr als ein Dutzend. Bislang stand nur eine Karte auf dem Kaminsims, und die war von seinen Nachbarn, einer kleinen lärmigen Familie, mit der Miles und er so gut wie keinen Kontakt hatten. Er kannte nicht einmal ihren Namen, denn auf der Karte stand nur: »Allen in Nummer 48 ein frohes Weihnachtsfest – von allen in Nummer 49.« Dieses Jahr hatte er wie letztes Jahr prompt mit folgender Karte geantwortet: »Allen in Nummer 49 ein frohes Weihnahtsfest – von allen in Nummer 48.« Jedes Jahr, das wußte Richard, bekamen auch die anderen Nachbarn eine Karte, gerichtet an alle in Nummer 47 von allen in Nummer 49, und er war sich nie sicher, ob nicht auch er allen in Nummer 47 eine Karte schicken sollte von allen in Nummer 48, insbesondere da sie sofort, wie er wußte, die Wünsche mit einer Karte an alle in Nummer 49 von allen in Nummer 47 erwiderten. (Er sprach nie mit der kleinen lärmigen Nachbarsfamilie. Ein paar Monate später, als er eines Abends früh nach Hause kam, wimmelte es in ihrer Wohnung von Polizisten und Sanitätern. In einem gemeinsam geplanten Selbstmord hatte der Vater seine Frau, seine Tochter, seinen Sohn und schließlich sich selbst erschossen. Sie hatten einen kurzen Abschiedsbrief hinterlassen, in dem stand: »Auf Wiedersehen, grausame Welt – von allen in Nummer 49.« Der Vorfall machte Schlagzeilen, und Ri-

chards Foto erschien auf der dritten Seite der Abendzeitung.)

Richard empfand die Unpersönlichkeit dieses Kartenaustausches eigenartig rührend und intim, jedenfalls verglichen mit der Karte, die er am nächsten Tag bekam, ein prätentiöser Kraftakt eines alten Schulfreundes, der die Kopie eines langatmigen und überflüssigen Rundbriefs enthielt. Er überflog den Brief, bevor er einen weiteren Umschlag öffnete, in dem eine Karte von Karen steckte.

Es war eine große Karte mit einem Detail von Monets Seerosen-Teich. *»Lieber Freund«, schrieb sie. »Nicht sehr weihnachtlich, ich weiß, aber ich dachte, daß sie Dir vielleicht trotzdem gefällt. Ich wünsche Dir frohe Weihnachten. Alles Liebe, Karen.«*

Er zeigte die Karte Miles, der sich zu ihm an den Frühstückstisch gesetzt hatte, und sagte: »Komisch, wir haben nie über Malerei gesprochen. Ich frage mich, woher sie weiß, daß ich ganz verrückt nach Monet bin.«

»Ich hab es ihr erzählt.«

Es dauerte eine Weile, bis er das verdaut hatte.

»Du hast es ihr erzählt? Soll das heißen, daß du sie getroffen hast? Wann?«

»Ich hab ihr vor ungefähr einer Woche geschrieben. Ich hab ihr alles mögliche über dich erzählt.«

Richard warf frustriert seinen Toast auf den Teller.

»Mein Gott, Miles, warum hast du das bloß getan? Das macht die ganze Sache kaputt, es ruiniert die ganze verdammte... Übung. Es ging doch genau darum, daß wir nichts voneinander wissen sollten.«

»Sie hat mich gefragt.«

Richard starrte ihn an. »Was soll das heißen, sie hat dich gefragt? Wann hat sie dich gefragt?«

»Sie hat mir geschrieben. Sie hat mir einen Brief geschrieben und eine Menge Fragen über dich gestellt.«

»Das hat sie getan?«

Richard dachte über diese Information in einem mehrminütigen Schweigen nach, das nur von den Geräuschen un-

terbrochen wurde, die sein Freund beim Schlabbern seines Müslis produzierte.

»Und?«

»Und was?« fragte Miles und blickte auf.

»Und was hast du ihr über mich erzählt? Was weiß sie?«

»Ich habe ihr erzählt, was du machst, was du studierst. Woher du kommst. Welches deine Lieblingsschriftsteller, -komponisten, -maler und -popgruppen sind. Wie du dich kleidest, was du gerne ißt, was du gerne trinkst. Ich habe ihr deine Persönlichkeit beschrieben. Ich habe ihr erzählt, daß du ein bißchen wichtigtuerisch, ein bißchen eingebildet, ein bißchen gierig und ein bißchen arrogant, aber im Grunde okay bist.«

»Aha. Gut. Es gibt also überhaupt nichts mehr, was sie nicht von mir weiß. Vielen Dank.« Ein Gedanke schoß ihm durch den Kopf. »Hast du ihr beschrieben, wie ich aussehe?«

»Nein.«

»Sehr gut. Ich weiß deine Zurückhaltung zu schätzen.«

»Ich habe ihr ein Foto geschickt. Du weißt schon – das eine, auf dem du ein Sonnenbad in Capri nimmst.«

Richard stand wortlos auf und zog sich in sein Schlafzimmer zurück. Später hörte er, wie Miles die Wohnung verließ. Sobald die Wohnungstür zuschlug, ging er in Miles' Zimmer und begann geduldig und gründlich nach Karens Brief zu suchen. Er fand ihn in einem relativ sorgfältig ausgewählten Versteck, unter einem Stapel alter Vorlesungsnotizen in einer selten benutzten Schublade. Die relevante Passage, die Richards Auge entschlossen und schnell entdeckte, lautete folgendermaßen:

> Und jetzt mußt Du mir alles über Deinen faszinierenden Freund erzählen. Aus seinen Briefen konnte ich mir ein bißchen was zusammenreimen, aber er verrät nicht viel von sich selbst. Wie sieht er aus? Wie spricht er? Ich wette, er stammt aus dem Süden. Mir scheint, daß er sehr von sich überzeugt ist, aber auf eine nette Art.

Vielleicht fragst Du Dich, was das mit unserer angeblich strikt intellektuellen Korrespondenz zu tun hat. Um ehrlich zu sein, ich hätte nicht gedacht, daß *ich* mich je für diese Details interessieren würde. ›Sie sind unwichtig‹, habe ich gedacht, ›solange wir uns intellektuell austauschen können.‹ Aber dann begann ich, unvermeidlicherweise, wie ich glaube, Blicke auf die *Person* hinter den Gedanken, den Ideen, den Argumenten zu werfen; und es schien eine sehr nette Person zu sein. Und da dachte ich, Scheiße, Freundschaft ist wichtiger als ein blödes akademisches Experiment. Also bitte, tu mir den Gefallen, Miles. Sei der Pandarus für meine Cressida, der Pirowitsch für meine Klara. Nur um meine Neugier zu befriedigen.

Richard legte den Brief beiseite, es fühlte sich ein bißchen hintergangen und höchst aufgeregt. Die Stunden bis zum nächsten Telefongespräch schienen nur sehr langsam zu vergehen.

An diesem Abend unterhielten sie sich über die Politisierung der bildenden Kunst im zwanzigsten Jahrhundert im Schlepptau jener europäischen Maler (vor allem der Nabis), die beschlossen hatten, sich mit einem zunehmend polemischen Theater einzulassen. Die Diskussion dauerte zirka zehn Minuten, dann fragte Karen Richard, ob er wisse, daß in der Ikon Gallery in Birmingham derzeit eine Ausstellung zu sehen sei, die angeblich ein paar bemerkenswerte neue Beispiele dessen zeige, was sie gern mit »die Politik der Komposition« umschreibe.

»Ja«, sagte er. »Ich habe davon gelesen.«

»Es wäre doch nett, wenn wir sie uns ansehen würden. Dann hätten wir etwas Konkretes, worüber wir sprechen könnten.«

»Hm, ich habe morgen Zeit.«

»Ich auch.«

»Dann gehen wir doch morgen hin.«

»Getrennt natürlich.«

»Klar. Du gehst vormittags und ich am Nachmittag.«

»Vormittags kann ich nicht.«

»Oh. Ich auch nicht.«

»Außerdem«, sagte Karen etwas zögerlich, »wäre es doch sinnvoller, wenn wir über ein bestimmtes Bild reden würden ... äh, während wir beide davorstehen.«

Richard holte tief Luft. »Da hast du völlig recht«, sagte er.

Sie trafen sich um zwei Uhr vor dem Museumsbuchladen. Dort tauschten sie stammelnd ein paar Worte aus – zu stammelnd, um sie hier wiederzugeben –, während ihre Augen die Details von Gesicht und Körper des jeweils anderen aufnahmen. Eine halbe Stunde lang sahen sie sich die Ausstellung an, wobei sich ihre Schultern nervös einander annäherten, ihre Augen die neue Sprache schneller verlegener Blicke sprachen, ihre Köpfe einmal nah zusammen waren, dann wieder weit auseinander, und sie anfallsartig versuchten, sich für eine Diskussion der Bilder zu interessieren. In der Galerie war es unangenehm warm. Draußen fiel leichter Schnee, fegte über den Asphalt und die geparkten Autos, blieb für einen Augenblick auf dem Ärmel von Karens Mantel und den Spitzen von Richards Wimpern haften und schmolz dann. Er hakte sich bei ihr unter, und sie schlenderten an den wenigen Kauflustigen vorbei, bis sie vor der mit Lametta geschmückten Tür eines Selbstbedienungscafés standen.

Sie setzten sich an einen Tisch für zwei Personen und konnten zum erstenmal nicht miteinander reden. Es war Karen, der es gelang, das Schweigen zu brechen.

»Tja«, sagte sie und lachte leise. »Jetzt haben wir uns endlich kennengelernt.«

Sie langten über den Tisch und faßten sich bei den Händen. Der Schnee fiel jetzt dichter. Über die Lautsprecher des Cafés wurde allmählich ein orchestrales Arrangement von »Once in Royal David's City« deutlich vernehmbar.

Am Abend vor dem Heiligen Abend kochte Richard ein Weihnachtsessen für Karen in seiner Wohnung im vier-

zehnten Stock eines Hochhauses im verschneiten Coventry. Miles war am Morgen nach Hause zu seinen Eltern zurückgekehrt, und Karen würde am nächsten Tag nach Glasgow fahren. Sie hatten sich eine letzte Diskussion über die ideologischen Voraussetzungen von Weihnachten unter besonderer Berücksichtigung seiner verdammenswerten Rolle bei der Aufrechterhaltung der Familie in patriarchalisch-kapitalistischen Gesellschaften vorgenommen, aber irgendwie kam das Gespräch nie darauf. Statt dessen tauschten sie Geschenke aus und stritten sich über die jeweiligen Vorzüge von Apfelmus und Preiselbeersauce zum Truthahn.

Was ihnen mittlerweile vor allem anderen gemeinsam war, war ein schmerzhaftes körperliches Verlangen, ein hinausgezögertes Begehren, das ebensowenig auszuhalten war wie entsetzliche Folterqualen. Sie zogen sich gegenseitig langsam aus, fummelten an Reißverschlüssen herum, blieben an Knöpfen hängen, ließen sich Zeit mit der unerwarteten Vertrautheit des Fleisches, das sie nie zuvor gesehen, nie zuvor berührt, nie zuvor geküßt hatten. Dann begannen ihre Körper eine lange komplizierte Unterhaltung, sie machten behutsam diverse Vorschläge, elaborierten sie, erkundeten sie, wendeten sie hin und her, zögerten nicht, jeden Vergnügen verheißenden Umweg einzuschlagen, und bewegten sich mit unerforschlicher Logik auf die plötzliche Auflösung aller Widersprüche zu.

Danach lagen sie eine Stunde oder länger nebeneinander, Haut an Haut.

»Geht's dir gut, Liebling?« fragte Richard schließlich.

»Ja«, sagte sie. »Sehr gut.«

Er holte das tragbare Fernsehgerät und stellte es ans Fußende des Bettes.

»Geht's dir immer noch gut, Liebling?«

»Ja.« Karen legte keinen besonderen Wert darauf, »Liebling« genannt zu werden, aber sie sagte nichts. »Geht's dir auch gut?«

»Sehr gut.«

Im Fernsehen lief eine Weihnachtsmesse. Die Kamera

schwenkte über die Gesichter engelsgleicher Chorknaben und verweilte dann auf dem schimmernden Licht, das elektrische Kerzen auf buntes Glas warfen. Richard und Karen sahen schweigend zu.

»Bist du glücklich?« fragte sie ungefähr in der Mitte von »Vom Himmel hoch«.

»Ja. Und du?«

Bevor die Sendung zu Ende war, waren ihnen die Augen zugefallen.

»Das erklärt gar nichts«, sagte Ted, der kaum in der Lage war, ein riesiges Gähnen zu unterdrücken.

»Nein?« sagte Robin. »Erklärt es nicht, warum Aparna und ich nie miteinander geschlafen haben? Erklärt es nicht, was dir in dieser Hinsicht als merkwürdige Selbstdisziplinierung erscheinen muß?«

»Nein.« Ted trank sein Glas aus. Dabei fiel ihm auf, daß er keinen Überblick mehr hatte, wieviel er an diesem Abend getrunken hatte. »Wenn überhaupt, dann zeigt es, daß ihr es besser getan hättet.«

»Warum?«

»Also, das soll doch ein Happy-End sein, oder?«

Robin blickte überrascht drein.

»Es ist vermutlich etwas euphemistisch«, sagte Ted, »aber ich dachte, diese Sache am Schluß – ich dachte, das bedeutet, daß sie sich verlieben.«

»Wenn du es aus einem pittoresken Blickwinkel sehen willst, ja.«

»Also geht es doch letztlich darum«, fuhr Ted nach einer schwierigen Pause fort, »daß dieser Robin –«

»Er heißt Richard.«

»Genau, Richard. Also dieser Richard und diese Katharine – «

»Karen.«

»Karen, genau. Daß diese zwei Menschen, nachdem sie sich eine Menge intellektuellen Unsinn an den Kopf geworfen haben, endlich zur Vernunft kommen und ... sich verlieben.«

Robin holte tief Luft und erklärte in einem Tonfall auf die Probe gestellter Geduld: »Es wird impliziert, Ted, daß sie dabei etwas verlieren.«

Ted erwiderte: »Ich glaube, ich würde jetzt gern ins Bett gehen.«

Sie tranken aus und traten hinaus in einen dunklen heißen Frühsommermorgen. Es war ein langer Weg zurück zu Robins Wohnung, durch enge, von Lampen erhellte Straßen, vorbei an schwarzen Gebäuden, durch Fußgängerunterführungen und über schmutzige öffentliche Rasenflächen. Jeder war mit seinen eigenen müden Gedanken beschäftigt, und nur einmal sprachen sie miteinander.

»Was ist los?« fragte Ted.

Robin war stehengeblieben und starrte auf einen Punkt in ungefähr drei Viertel der Höhe eines Hochhauses auf der anderen Seite der Ringstraße.

»Aparna«, sagte er. »Bei ihr brennt Licht.«

Ted folgte seinem Blick.

»Das kannst du von hier aus sehen?«

»Ja. Ich schaue immer hin, wenn ich nachts hier vorbeikomme. Bei ihr brennt immer Licht.«

»Was tut sie – um diese Zeit, mitten in der Nacht?«

Robin antwortete nicht, und Ted, der kein wirkliches Interesse für diese Frage aufzubringen vermochte, wiederholte sie nicht. Als sie in der Wohnung waren, sah er schweigend zu, wie Robin einen zerrissenen, verblichenen Schlafsack unter seinem Bett hervorholte und aufs Sofa legte.

»Ist das okay?«

Ted unterdrückte einen Schauder und nickte. Er versuchte, die Bilder vom Schlafengehen zu Hause aus seinen Gedanken zu verscheuchen, das Doppelbett, in dem Katharine an die Kissen gelehnt saß und stirnrunzelnd die letzten leeren Kästchen des Kreuzworträtsels betrachtete, die Ecke des Daunenbetts in einer auffordernden Geste umgeschlagen, das warme rosa Licht der Nachttischlampe, die Heizdecke auf mittlere Temperatur eingestellt.

»Hast du einen Wecker?« fragte er.

»Ja, warum?«

Ted erzählte ihm von seinem Besuch bei Dr. Fowler, und sie stellten den Wecker auf neun Uhr.

»Ich kann dich zur Uni mitnehmen«, sagte er. »Du hast dort wahrscheinlich zu tun, oder?«

Robin, der sich ausgezogen hatte und im Bett lag, erwiderte nichts. Ted nahm an, daß er eingeschlafen war. Aber Robin schlief noch eine ganze Weile lang nicht. Er lag wach, horchte auf die Geräusche, die Ted machte, als er seine Kleidung ablegte und zusammenfaltete, als er versuchte, eine bequeme Lage zu finden, sich bewegte, sich umdrehte, immer langsamer, immer gleichmäßiger atmete. Er horchte, bis die Stille fast vollständig war, bis der einzige noch vernehmbare Laut Teds gelegentliches verschlafenes Murmeln des Wortes »Kate« war.

Als Robins Wecker klingelte, wachte keiner von beiden auf, und es war bereits nach Mittag, als sie auf dem Universitätsgelände eintrafen. Während Ted zu Dr. Fowler ging, trank Robin in einer der vielen Cafeterias der Universität Kaffee; aber schon zehn Minuten später gesellte sich Ted schlechtgelaunt zu ihm. Sein Kunde war bereits für das Wochenende nach Hause gegangen und hatte die Nachricht hinterlassen, daß er erst am Dienstag wieder da sei. Robin war nicht allein. Ein grauhaariger, bärtiger Mann mit runden Schultern saß neben ihm; er war groß (ungefähr eins neunzig), wirkte aber nicht so überragend, wie man es hätte erwarten können, aufgrund einer etwas vornübergeneigten Haltung, die für jemanden seines Alters ungewöhnlich war (laut Robin war er fünfunddreißig, Ted hätte ihn jedoch älter geschätzt). Seine Zähne waren dort, wo sie nicht gelb waren, braun, und er schien ohne Unterlaß zu rauchen.

»Das ist Hugh«, sagte Robin beiläufig.

Sie nahmen kaum Notiz von Ted, sondern saßen weiterhin nebeneinander und lasen, Hugh in einem dicken Buch aus der Bibliothek, Robin in einer Zeitung. Irgend etwas schien ihn aufzuregen.

»Hast du das gesehen?« sagte er zu Hugh. »Hast du gelesen, was diese Wahnsinnigen behaupten?«

Ted hoffte, daß sie keine politische Diskussion anfangen würden, und war erleichtert, als Hugh ihn nicht beachtete; statt dessen hatte er, als er aufblickte, am anderen Ende der Cafeteria zwei Gestalten entdeckt.

»Dort ist Christopher«, sagte er, »und Professor Davis.«

Robin sah sich wachsam um, nahm seine Zeitung und stand auf.

»Entschuldigt mich«, sagte er. »Ich will in Ruhe lesen.«

Als er davoneilte, wandte sich Ted an Hugh und fragte ihn, ob er dieses Verhalten erklären könnte.

»Professor Davis ist der Vorstand des Instituts. Er ist Robins Doktorvater. Wann immer möglich, gehen sie einander aus dem Weg.«

»Ich verstehe«, sagte Ted, der nichts verstand. »Schreiben Sie auch eine Doktorarbeit?«

»Nein«, sagte Hugh. »Ich bin mit meiner vor acht Jahren fertig geworden. Sie ging über T. S. Eliot.«

»Und was machen Sie seitdem?«

»Dies und das.«

Er begann wieder zu lesen.

»Ich bin ein alter Freund von Robin«, sagte Ted. »Wir kennen uns seit vielen Jahren. Seit unserer Zeit in Cambridge. Wahrscheinlich hat er Ihnen alles über mich erzählt.«

»Wie, sagten Sie, ist Ihr Name?« fragte Hugh und blickte wieder auf.

»Ted.«

»Nein, ich glaube nicht, daß er Sie jemals erwähnt hat.«

Ted schloß daraus, daß Robin sich eine mysteriöse Zurückhaltung auferlegte, wenn es um sein früheres Leben ging. Er beugte sich vor und sagte leise: »Sagen Sie – sind Sie und Robin gute Freunde?«

»Ziemlich gute, ja.«

»Dann sagen Sie mir: was, glauben Sie, ist mit ihm los?«

»Los? Wie meinen Sie das?«

»Warum, glauben Sie, ist das – mit ihm passiert?«

»Passiert? Wovon sprechen Sie?«

Ted begriff, daß Hugh mauerte. Glücklicherweise, so meinte

er zumindest, hatten ihn die vier Jahre, die er Computersoftware verkaufte, gelehrt, die Psychologie von Situationen wie dieser zu beherrschen. Deswegen fragte er: »Wann haben Sie Robin zum letztenmal vor dem heutigen Tag gesehen?«

»Ungefähr vor zwei Wochen.«

»Ist das üblich?«

»Also, es ist nicht *un*üblich.«

»Wo ist er gewesen?«

»Wo er gewesen ist? Woher soll ich das wissen?«

Ted wechselte jetzt zu einem ruhigen, aber eindringlichen Tonfall über.

»Ich glaube, Robin macht gerade eine Art geistigen Zusammenbruch durch.«

Hugh legte sein Buch zur Seite, starrte ihn ein paar Sekunden an und lachte schließlich hysterisch. Dann verstummte er so plötzlich wieder, wie es aus ihm herausgebrochen war, und nahm erneut seine Lektüre auf.

»Sie glauben mir also nicht?« sagte Ted. »Warum war er seit Wochen nicht mehr in der Uni? Warum schläft er nicht, ißt nicht, wäscht sich nicht und rasiert sich nicht? Warum verläßt er so gut wie nie seine Wohnung? Warum hat er so abgenommen? Warum hat er versucht, mich, seinen ältesten und besten Freund, anzurufen?«

»Woher, sagten Sie, kennen Sie Robin?« fragte Hugh.

»Aus Cambridge.«

»Das war vor vier Jahren. Vielleicht hat er sich in der Zwischenzeit verändert. Mir ist in letzter Zeit nichts Ungewöhnliches an ihm aufgefallen. Er verschwindet oft tagelang. Er vergißt oft, sich zu rasieren. Er riecht immer so. Er ist Student. Schlimmer noch, er ist Doktorand. Warum sollte er auf seine äußere Erscheinung achten?«

Ted konnte der Logik dieser Argumentation nicht folgen.

»Robin arbeitet an seiner Dissertation. Das ist ein ebenso ehrenwerter Beruf wie jeder andere auch.«

»Beruf, meine Güte«, sagte Hugh fröhlich. »Robin wird mit seiner Arbeit nie fertig werden. Dissertation, ach du liebe Zeit. Ich habe Dutzende wie ihn erlebt. Wie lange sitzt er jetzt dran?

Viereinhalb Jahre. Und wissen Sie, warum er in nächster Zukunft nicht damit fertig wird?«

»Warum nicht?«

»Weil er noch gar nicht damit angefangen hat.«

Professor Davis näherte sich jetzt ihrem Tisch. Er war dünn, Brillenträger und nahezu kahl, und er hatte die Angewohnheit, sich umzusehen, als würde er hoffnungsvoll nach jemandem Ausschau halten, von dem er zuinnerst wußte, daß er nicht da war. Er kam schmerzlich langsam auf sie zu; einmal stolperte er über den Teppich und stieß gegen einen Plastiktisch. Hinter ihm trug Christopher (der ungefähr so alt wie Robin war) ein Tablett mit zwei Tassen Kaffee und einer Makrone.

»Professor Davis ist eine ziemliche Berühmtheit«, sagte Hugh. »Wahrscheinlich haben Sie von ihm gehört.«

Ted empfand es als passend zu nicken.

»In akademischen Kreisen hat er den Ruf eines Ikonoklasten. Sein neues Buch, *Das Versagen der zeitgenössischen Literatur*, bietet einen radikalen und provokativen Überblick über die letzten zwanzig Jahre. Die Kritiker haben es als die logische Fortsetzung zu seinem früheren Buch *Kultur in der Krise* bejubelt, das einen radikalen und provokativen Überblick über die vorhergehenden zwanzig Jahre bot. Er und ich sind alte Bekannte. Wir kamen genau zur gleichen Zeit an die Universität.«

»Wann war das?«

»Vor sechzehn Jahren.«

Während Ted noch über diese Information nachdachte, gelangte der Professor endlich bei ihnen an, und Hugh stürzte davon, um ihm einen Stuhl zu holen, auf den er keuchend wie ein Asthmatiker niedersank. Christopher zog einen vierten Stuhl heran und stellte das Tablett mitten auf den Tisch.

»Nun«, sagte Hugh nach einer Pause, »geht es Ihnen gut? Wie stehen die Dinge im Institut?«

»Ach, nicht schlecht, nicht schlecht.« Davis nahm sich Zucker. Seine Studenten hingen an seinen Lippen und nickten verständig, nachdem er gesprochen hatte. Dann herrschte wieder Schweigen. Als er erneut anheben wollte zu sprechen, beugten sich Hugh und Christopher gespannt nach vorn.

»Das Problem mit Würfelzucker ist«, sagte er, »daß zwei Stück nie genug, drei jedoch immer zuviel sind. Finden Sie nicht auch?«

Er nippte nachdenklich an seinem Kaffee.

»Wie ich sehe, liest du Kronenburgs neues Buch über narrative Ästhetik«, sagte Christopher und nahm Hughs Buch in die Hand. Er wandte sich an Davis. »Sie haben es natürlich gelesen.«

»Mir schien es etwas zu deutsch und zu theoretisch«, sagte er und lächelte wohlwollend. »Ich habe mein Rezensionsexemplar einem Neffen in Chipping Sodbury geschenkt.«

Christopher gab Hugh das Buch zurück.

»Je älter man wird«, sagte Davis mit dem Mund voll Kuchen, »um so weniger nützlich erscheint einem kritische Theorie.«

»Sie meinen, daß man auf den Text selbst zurückgehen sollte?« fragte Hugh.

»Ja, vielleicht. Aber andererseits, je mehr Originaltexte man liest, um so uninteressanter erscheinen sie einem.«

»Das ist genau das Argument, das Sie auch in Ihrem neuen Buch bringen«, sagte Christopher. »Eine radikale und provokative Ansicht, wenn ich das mal so sagen darf.«

Davis nickte zustimmend.

»Aber bedeutet das nicht«, sagte Hugh, ohne nachzudenken, »das Ende der Literatur, so wie wir sie kennen?«

»So wie wir sie kennen?«

»So wie sie in unseren Schulen und Universitäten gelehrt wird.«

»Ah! Nein, nein... selbstverständlich nicht. Ganz im Gegenteil. Ich glaube –« und hier folgte eine allmächtige Pause, die länger war als alle anderen zuvor –, »ich glaube...« Plötzlich blickte er auf, in seinen Augen schimmerte Erkenntnis. Die Spannung in der Luft war mit Händen zu greifen. »Ich glaube, ich möchte noch eine Makrone.«

Ted mochte Professor Davis sofort. Er fand, daß ihm eine Eigenschaft fehlte, die seiner Erfahrung nach leider die meisten Wissenschaftler aufwiesen, nämlich daß sie sich ausschließlich ihrem Fach widmeten. Trotz der wiederholten Versuche von

Hugh und Christopher, ihn in abstruse, fachspezifische Diskussionen zu verwickeln, weigerte er sich, hineingezogen zu werden, und plauderte interessiert über Computer und Teds Job. Eine Zeitlang versuchte er ihn davon zu überzeugen, daß die Universität der geeignete Ort für die nächste Vertreterkonferenz seines Arbeitgebers wäre; und im Gegenzug erläuterte Ted, welche Vorteile ein vielfältiges und flexibles Paket von Textverarbeitungssoftware für einen Mann in seiner Position hätte. Professor Davis zeigte sich beeindruckt von dem arbeitssparenden Potential seiner Programme und gab zu, daß er seit langem nach einer Möglichkeit suchte, den langwierigen Prozeß der handschriftlichen Korrektur seiner Manuskripte zu umgehen. Als sie sich verabschiedeten, hatten sie eine von solidem Respekt geprägte Beziehung zueinander aufgebaut, und Ted ging mit dem hochzufriedenen Gefühl, es mit einem schlauen und praktisch veranlagten Geschäftsmann zu tun gehabt zu haben.

»Professor Davis ist ein hirnloser Idiot«, sagte Robin, als er auf dem Beifahrersitz in Teds Wagen saß. Es war später Nachmittag, und sie fuhren zurück nach Coventry. »Das einzig Radikale und Provokative an ihm ist die Anzahl von Makronen, die er an einem einzigen Tag verschlingt. Ich weiß nicht, was Hugh an ihm findet.«

»Ich weiß nicht, was du an Hugh findest«, entgegnete Ted. »Er ist überhaupt nicht die Art Person, die du dir in Cambridge als Freund gesucht hättest. Soweit ich sehe, tut er den ganzen Tag nichts anderes, als in der Universität herumzuhängen, Kaffee zu trinken und Sandwiches zu essen.«

»Das tun die meisten meiner Freunde.«

»Warum sucht er sich keine Arbeit?«

»Weil es keine Stellen an der Universität gibt.«

»Dann sollte er sich woanders umschauen. Es wird Zeit, daß er realistisch wird.«

»Wenn er realistisch würde, hätte das katastrophale Folgen. Er würde merken, daß ihm das Leben nichts mehr zu bieten hat. Wahrscheinlich würde er sich umbringen.«

Ted schnaubte. »Sei nicht albern.«

»Wie auch immer, Hugh ist kein Einzelfall. Es gibt eine Menge Leute wie ihn an der Universität. Leute, die eigentlich nicht mehr hierhergehören, denen es aber so gut gefällt, daß sie nicht weggehen. Nur daß ›gefällt‹ das falsche Wort ist für diese Art Leute – es ist viel zu positiv –, weil jeder, dem es an der Universität so gut gefällt, das wirkliche Leben haßt.«

»Ja, aber in ein paar Jahren, wenn er es schafft, sich zu bewerben und irgendwelche Fortbildungskurse zu machen, dann wird er bestimmt –«

»Menschen wie Hugh sind grundsätzlich nicht anstellbar«, sagte Robin, »weil ihr Geist zu lange einer bestimmten Richtung gefolgt ist. Er besitzt eine gewisse Art von Intelligenz, und er glaubt, daß es die einzige Art ist, die es sich lohnt zu besitzen; das ist zum einen ein Abwehrmechanismus, zum anderen eine Form von Egozentrismus. Dadurch wurde er buchstäblich untauglich für die Gesellschaft anderer Menschen.« Er sah auf seine Uhr. »Setz mich einfach vor meiner Wohnung ab, wenn du willst. Wahrscheinlich willst du gleich nach Hause.«

»Ja, ich mach mich besser auf den Rückweg.« Es überraschte Ted, daß er immer noch hier war. Nach kaum zwei Tagen Abwesenheit sehnte er sich nach Katharine und Peter, aber gleichzeitig nagte das Gefühl an ihm, Geschäfte nicht abgeschlossen, Pflichten nicht erledigt zu haben. Es hatte ihn schockiert, Robin so verändert vorzufinden, und aufgrund dieses Schocks hatte er allmählich begonnen, sich eine Erklärung für sein merkwürdiges Verhalten zusammenzubasteln. Robin hatte schlicht vergessen, was für eine Person er in früheren glücklichen Tagen gewesen war; und deswegen war die Ankunft eines alten Freundes aus Cambridge nicht mehr und nicht weniger als eine plötzliche, unverhoffte und gottgesandte Gelegenheit. Ein Wiederanknüpfen an die Vergangenheit, an das frühere Selbst, das er so verzweifelt wieder ausgraben mußte, war möglich; und er, Ted, war die Instanz, durch die die Verbindung hergestellt werden konnte. Diese Chance zu verpassen wäre eine unverzeihliche Vernachlässigung der Freundespflicht. Zumindest war es wert, das Abendessen zu versäumen. »So wahnsinnig eilig habe ich es nicht«, sagte er. »Was hast du mit dem Rest des Tages vor?«

»Ich bin müde«, sagte Robin. »Vielleicht lege ich mich ins Bett.«

»Du bist doch erst seit ein paar Stunden auf.«

»Vielleicht schaue ich die Nachrichten an. Mal sehen, ob unsere Politiker heute wieder Kriegsverbrechen begangen haben.«

»Es reicht nicht, sich darüber Sorgen zu machen, was in anderen Teilen der Welt vor sich geht. Überlaß das den Politikern. Wie wär's, wenn du etwas schreiben würdest?«

»Ich hab's satt. Es hat keinen Sinn.« Nach einer Weile fügte er hinzu: »Vielleicht arbeite ich ein bißchen an der zweiten Geschichte. Sie ist noch nicht ganz stimmig.«

»Warum machen wir nicht einen Spaziergang?« sagte Ted. »Es gibt doch bestimmt einen Park, in den wir gehen können. Es wird wieder ein schöner Abend. Du kannst deine Geschichte mitnehmen. Vielleicht hast du ein paar Ideen.«

Sie näherten sich der Straße, in der Robin wohnte. Ted parkte sein Auto, während Robin das zweite Notizbuch holte, und dann gingen sie los Richtung Memorial Park.

»Es ist ein schöner Abend«, sagte Ted und lockerte seine Krawatte. »Weißt du, ich glaube, mir könnte es hier richtig gut gefallen.«

»Das ist eine saudumme Idee«, sagte Robin.

Es ist ein weiterer warmer Frühsommerabend, und die Welt scheint in jeder Hinsicht friedvoll; und so brechen sie wieder auf, diese zwei seltsamen Weggenossen, um das letzte Stück auf dem Weg ihrer Freundschaft zu gehen.

Die Albany Road entlang und in die Spencer Avenue. Diese Gegend sollte Ted vertraut sein, war er doch erst tags zuvor hier, aber da war er in Gedanken vertieft, und in Gedanken vertieft ist er auch jetzt, und deswegen kommt ihm nichts bekannt vor. Was Robin betrifft, so ist seine Vertrautheit mit dieser Gegend wie ein schlechter Geschmack im Mund, wie ein Gewicht um seinen Hals. Er sehnt sich danach, diesen hübschen Vorstadtstraßen zu entfliehen, so schnell wie möglich, so lange wie möglich, aber er hat keine klare Vorstellung, wie er das zustande bringen könnte; und sein Kopf ist so müde, daß er es nicht einmal fertigbringt,

Ted böse zu sein, weil er ihm die Möglichkeit für eine zeitweilige Flucht verweigert.

Schweigend gehen sie am menschenleeren Pausenhof einer alten Schule vorbei in Richtung der Hauptstraße. Während sie an der Ampel warten, tritt ein merkwürdiges Phänomen ein, und ihre Gedanken konzentrieren sich, mit einemmal zielgerichtet und energisch, auf dieselbe Person. Und endlich, nach so vielen vorsätzlichen Mißverständnissen, soviel Unverständnis, so großer Distanz und Indifferenz, treffen sich auf gewisse Weise ihre Gedanken. Sie denken beide an Katharine. Ted denkt mit einem Schimmer verträumter Zufriedenheit in den Augen, wie sehr sie sich freuen wird, ihn wiederzusehen, wie sauber und einladend sie das Haus für seine Rückkehr hergerichtet haben wird. Er denkt an die Gerichte, die sie an diesem Wochenende für ihn kochen wird, und den Wein, den er für diese Essen kaufen wird, und daran, wie sie sich lieben werden, nachdem sie den Wein getrunken haben. Er denkt daran, wie hübsch sie aussehen wird; fragt sich, ob sie das Haar aufgesteckt oder offen tragen wird. Ein neues Gefühl der Dankbarkeit für sein eigenes Glück durchflutet ihn: ihrer beider Glück, weil sie einander gefunden haben.

Robins Gedanken dagegen richten sich ausschließlich auf die Vergangenheit. Er leidet unter der Erinnerung an Gefühle, die er fünf Jahre lang zu unterdrücken versucht hat; von denen er glaubte, daß er sie vergessen hat, bis gestern, als Ted kam und er erneut ihre Stimme am Telefon hörte. Er erinnert sich, wie besessen er von Katharine war, und fragt sich, ob sie das jemals gewußt oder geahnt hat. Oder vielleicht verbannt er auch nur die Gewißheit aus seinem Kopf, sicherheitshalber, denn den meisten Menschen wäre es vollkommen klar gewesen, daß Katharine es immer schon geahnt hatte, und nur weil sie letztlich daran verzweifelt war, daß er seine Absichten nicht deutlich machte, war Teds schlichter unumwundener Heiratsantrag wie das Aufklaren eines bewölkten Himmels gewesen. Und wenn Robin nur ein wenig dynamischer, ein wenig entschlossener gewesen wäre, dann, wer weiß, hätte sie vielleicht zu gegebener Zeit ihn geheiratet, und sie wären bis ans Ende ihrer Tage glücklich gewesen, sogar Katharine – die – für den Fall, daß Sie sich fragen sollten –

in dieser Geschichte keine eigene Stimme haben wird, weil es die Geschichte von Robin und Ted ist, die beide, jeder auf seine Art, beschlossen haben, sie herauszuhalten. Das ist in gewisser Weise schade, weil ich glaube, daß Sie Katharine den beiden vorziehen würden, wäre es Ihnen möglich, sie kennenzulernen.

Sie nähern sich jetzt dem Eingang zum Memorial Park, und als sie durch das belaubte Tor gehen, wird Ted klar, daß der Augenblick nicht länger hinausgeschoben werden kann: er muß den Versuch unternehmen, um Robins willen, den Brunnen gemeinsamer Erfahrungen auszuloten, ihn an eine Zeit zu erinnern, als ihre Freundschaft frisch und tragfähig war; ihm zu beweisen, daß die Vergangenheit, wenn sie in ihren Herzen weiterlebt, nicht unwiederbringlich verloren ist. Deswegen veranlaßt er Robin, sich auf eine Bank zu setzen, und sagt: »Erinnerst du dich an den Tag, als wir nach Grantchester gefahren sind, wir fünf, du, ich, Bernie, Oppo und Little Dave, alle auf unseren Fahrrädern, und wie die Sonne schien, und wir hatten alle unsere Prüfungen hinter uns, und auf dem Hinweg sind wir im Red Lion eingekehrt und auf dem Rückweg im Green Dragon, und im Black Horse haben wir Mittagspause gemacht, und ich hab Scampi gegessen, und wir haben alle Champagner getrunken, und die Sonne hat am Himmel geblendet, und wir haben im Garten gesessen, am Fluß, in der Nähe der Brücke, bei der Anlegestelle, gleich neben den Booten, und der Garten war voller Leute, junger Leute wie du und ich, voll Hoffnung, voll Spaß, voll Frühlingsfreude, nur daß es Sommer war, was wahrscheinlich erklärt, warum es zwischendurch geregnet hat, aber nicht lange, und wir sind hineingegangen, und Bernie war betrunken, und Oppo war sauer, und Little Dave war unerträglich, und das Ganze war wie eine Szene aus *Wiedersehen mit Brideshead.*«

Aber Robin ist dieses Ereignis etwas anders im Gedächtnis geblieben; er erinnert sich nur an einen verregneten Nachmittag im Mai, auf dem Höhepunkt seiner Prüfungen, die alles andere als vorbei waren, und daß er von seinem Schreibtisch weggezerrt wurde, an dem er mit einer von Panik und nicht von Begeisterung geschürten Energie noch einmal die Werke August Strindbergs und Anton Tschechows durchging, und daß er von Ted in

Gesellschaft dreier vollkommen Fremder auf ein Fahrrad gestoßen wurde und daß die ganze Scharade sich aus dem Glauben nährte, daß er unbedingt »Abstand zu sich selbst gewinnen« müßte. Die Fahrt dauerte lange, der Tag war kalt, das Pub war voll, die Bänke waren naß, der Champagner schlecht. Nichtsdestotrotz schaffte es auch Robin, sich zu betrinken, und infolgedessen war er am Abend unfähig, sich aufs Lernen zu konzentrieren, und erhielt in einer Prüfung, in der er eigentlich sehr gut hätte abschneiden sollen, eine miserable Note.

Und deswegen versucht es Ted, der über die Diskrepanz zwischen ihren Erinnerungen ein bißchen erschrocken ist, noch einmal und sagt: »Erinnerst du dich an die langen Gespräche, die wir führten, bis tief in die Nacht, manchmal war es eine ganze Bande, wir haben über alles mögliche geredet, Ideen ausgetauscht, gestritten, die Welt in Ordnung gebracht, wir haben über Politik und Bücher und das Leben und die Kunst diskutiert, und manchmal waren es auch nur wir beide, wir haben Kaffee getrunken und nur so gesprudelt, weil wir uns soviel zu sagen hatten, so daß wir bis – manchmal jedenfalls bis weit nach der normalen Bettgehzeit geredet haben, über die Kunst und das Leben und Bücher und Politik, idealistisch vielleicht, aber in diesem Alter ist jeder idealistisch, mit der Zeit legen wir das ab, optimistisch vielleicht, aber junge Leute sind oft optimistisch, nach einer Weile hört das auf. Erinnerst du dich, wie wir lange geredet haben, nur wir beide, bis tief in die Nacht, wie eine Szene aus *The Glittering Prizes*?«

Aber Robins Erinnerung an diese Abende ist in einigen wesentlichen Punkten widersprüchlich und zerfällt in zwei unterschiedliche Teile: er erinnert sich an Abende, als mehrere Menschen in seinem Zimmer waren, mehrere seiner Freunde – jetzt in alle Winde verstreut und ohne Kontakt untereinander –, die versuchten, eine ernsthafte Diskussion zu führen über die Verdienste eines Buchs oder die Vollständigkeit eines philosophischen Systems oder die Vertrauenswürdigkeit eines Politikers, und irgendwann platzte Ted herein, schraubte das Niveau herunter, ruinierte die Stimmung, zwang ihnen ein Gespräch über Dinge auf, die nur ihn interessierten, und das waren nicht viele, schon damals nicht. Und an anderen Abenden, wenn Robin gerade dabei war, ins Bett zu gehen, womöglich ziemlich früh, weil er sich am nächsten Morgen in die Arbeit stürzen wollte, kam Ted mit zwei Tassen schwachen Instantkaffee als Entschuldigung für die Störung herein, setzte sich auf sein Bett und redete über sein Leben, das kein großes Leben war, schon damals nicht. Und manchmal, wenn er über sein Leben redete, sprach er über seine Gefühle für Katharine, und Robin, der für Katharine ebenfalls Gefühle hegte, die sich, wenn man sie genau analysierte, nicht grundlegend von Teds Gefühlen unterschieden, regte sich insgeheim auf und konnte nicht schlafen, so daß aus der Arbeit am nächsten Tag nichts wurde.

Aber Ted, der sich von ein, zwei kleineren Unstimmigkeiten in ihren Versionen ein und desselben Ereignisses nicht aus dem Konzept bringen läßt, versucht es ein weiteres Mal und sagt: »Erinnerst du dich an den wunderschönen Tag in jenem letzten wunderschönen Sommer, als wir auf dem Fluß waren, wir drei, du, Katharine und ich? Katharine und ich hatten uns gerade verlobt – es kann nur ein oder zwei Tage zuvor gewesen sein, daß ich ihr die Frage stellte, die sie für immer zu meiner Frau machen sollte. Wir waren wahnsinnig verliebt. Du hast gestanden und gestakt, und wir haben gesessen und dir zugesehen. Wie privilegiert wir uns fühlten. Privilegiert nicht nur, weil wir existierten, jung und vom Leben bevorzugt, in unserer weißen Sommerkleidung, und Erdbeeren aßen und Gurkensandwiches und Torten und Champagner tranken, sondern privilegiert, weil wir zusammen sein durften, auch mit dir. Ja, wir beide fühlten uns privilegiert, mit dir zusammensein zu dürfen. Robin, das Gefühl, daß wir in dir einen Freund hatten, einen gemeinsamen Freund. Du hast uns damals miteinander verbunden, es war fast, als hätten wir ein Kind. Jetzt haben wir natürlich Peter. Aber ich muß wissen, Robin, ich muß jetzt unbedingt wissen – hast du damals etwas davon gespürt? Wußtest du, wieviel du uns bedeutest?«

Doch Robin hat den leisen Verdacht, daß Ted sich etwas vormacht, denn er erinnert sich genau an den fraglichen Tag, und er war überhaupt nicht so, wie Ted ihn beschrieben hat. Ted und Katharine waren sich noch nicht einig gewesen, dessen ist er sich sicher, denn er hätte es ihrem Verhalten gewiß angemerkt und anschließend nicht den ganzen Nachmittag in einer Agonie der Unentschlossenheit, in einer Ekstase der Beklommenheit, in einem Stupor halb ausformulierter Worte und zurückgehaltener Anträge verbracht. Es ist klar, daß Ted, verführt von der Erinnerung an einen Nachmittag, der jemandem mit einem so beschränkten Verständnis der Konnotationen des Wortes »romantisch«, wie er es hatte, tatsächlich romantisch erschienen war, die Stimmung einer Situation, die noch nicht eingetreten war, auf diesen Tag projiziert hatte. Außerdem hatte Robin noch nie staken können, genausowenig wie Ted; die einzige, die einigermaßen staken konnte, war Katharine. Deswegen spielt Robin mit dem Gedanken, Ted zu sagen, daß die in seiner Schwelgerei beschworene Vorstellung, privilegiert gewesen zu sein, in beiderlei Hinsicht nicht korrekt ist; aber etwas rät ihm, sich die Mühe zu sparen.

Und Ted, mittlerweile ein bißchen (aber nicht ausreichend) entmutigt von der Anzahl der Unvereinbarkeiten in ihren unterschiedlichen Schilderungen der gleichen, angeblich gemeinsamen Erfahrungen, versucht ein letztes Mal, seinem Freund eine sentimental wehmütige Stimmung aufzuzwingen, und sagt: »Und was ist mit der Nacht, dieser unvergeßlichen Nacht des letzten Maiballs? Diese unvergeßliche Nacht, von der ich, ich geb es zu, viele Einzelheiten vergessen habe, aber etwas ist mir im Gedächtnis geblieben, nämlich diese denkwürdige Unterhaltung, die wir geführt haben, auf der Brücke über dem Fluß, als die Vögel in der Dämmerung zwitscherten. Diese denkwürdige Unterhaltung, an deren Thema ich mich zugegebenermaßen nicht mehr erinnern kann, ich weiß nur noch, daß Katharine auch dabei war, und wir drei standen zusammen und haben zugesehen, wie sich der Nebel über dem Wasser auflöste, wie die Nachtschwärmer in Jacketts und Ballkleidern das Fest feierten, am Fluß spazierengingen, Hand in Hand, Arm in Arm, und ich weiß, daß wir drei sehr gut ausgesehen haben müssen, oder vielleicht waren wir auch zu viert, ich habe vergessen, ob du damals jemanden dabeihattest, aber je länger ich darüber nachdenke, um so wahrscheinlicher scheint mir, daß du jemanden dabei hattest.

Erinnerst du dich an diesen Morgen, Robin? Erinnerst du dich an diese Dämmerung? Die Dämmerung unseres neuen Lebens, unserer strahlenden Zukunft, wie mir jetzt scheint?«

Aber diesmal kann Robin seinen Ohren kaum glauben, so wenig Ähnlichkeit gibt es zwischen seiner und Teds Version der Episode, an die er sich lebhaft und mit einer übelkeiterregenden Deutlichkeit erinnert. Er erinnert sich an den Ball, zu dem er wider besseres Wissen gegangen war, einem Freund zuliebe, der einen Begleiter für seine Schwester suchte. Er erinnert sich an die Schwester des Freundes, die ihn nach einer halben Stunde wegen eines anderen Kerls stehenließ, so daß er in hilfloser Einsamkeit herumschlendern mußte, elend vor lauter Verlegenheit. Er erinnert sich, wie er Ted und Katharine unter einem Torbogen über den Weg lief, sie lehnte mit dem Rücken an der Wand, er stützte die Arme neben ihr gegen die Mauer, er erinnert sich an ihren erschrockenen Blick, als sie Robin näherkommen sah, ihr Mund noch kußnaß. Und er erinnert sich, wie er mit ihnen auf der Brücke stand, nur ein paar Stunden später, nachdem sie alle zuviel gegessen und getrunken hatten, und Ted, dem schlecht war, beugte sich über das schlammige Wasser des Cam.

»Ist ja gut«, hatte Katharine gesagt und ihm behutsam den Rücken gestreichelt. »Ist ja gut.«

»Nein«, sagt Robin jetzt, fünf Jahre später. »Nein, ich erinnere mich überhaupt nicht.«

Ihr Dialog wurde an dieser Stelle vom unerwarteten Eintreffen eines Plastikfußballs unterbrochen, der in Teds Schoß landete. Ein kleiner drei- oder vierjähriger Junge kam auf sie zugelaufen und streckte ihnen die Hände entgegen. Ted lachte, hielt ihm den Ball hin, zog ihn zurück, hielt ihn wieder hin, zog ihn erneut zurück und gab ihn dann her. Der Junge fand das überhaupt nicht komisch.

»Mann«, sagte Ted, »das war ein ziemlicher Schuß für so einen kleinen Jungen wie dich.«

Robin blickte angewidert zur Seite. Er sah, daß der Vater des Jungen sie anstarrte. Er war sich nicht sicher, aber er glaubte, den Mann schon einmal irgendwo gesehen zu haben.

»Komm her, Jack!« rief er, und der Junge rannte davon.

Ted lächelte noch, aber sein Lächeln erstarb, als er den Ausdruck steinerner Gleichgültigkeit auf Robins Gesicht bemerkte.

»Was ist los?« sagte er. »Magst du keine Kinder?«

»Nicht auf die Art, wie du sie magst.«

Kaum hatte Robin das gesagt, setzte Ted eine so eigenartige Miene auf, eine so argwöhnische und beunruhigte Miene, daß er eilig hinzufügte: »Ich meine, nicht in demselben Ausmaß.« Und er fuhr unbesonnen fort: »Vermutlich macht es einen großen Unterschied, wenn man ein eigenes Kind hat, aber – das kann ich mir für mich nicht vorstellen... Nicht in nächster Zukunft.«

»Nein«, sagte Ted. »Ich auch nicht.«

Ted spürte, daß unangenehme Gefühle in ihm aufzusteigen drohten: Zorn, weil seine Anstrengungen, sich zu erinnern, fehlgeschlagen waren; Abscheu vor dem, was er während der letzten vierundzwanzig Stunden von Robins Lebensstil gesehen hatte; Verzweiflung, wenn er an Robins unmittelbar bevorstehende Zukunft dachte; und Angst, wenn er die Differenzen zwischen sich und ihm betrachtete, die dunklen, unaussprechlichen Regungen, die Robin von anderen unterschieden und die ihn womöglich in die Sackgasse geführt hatten, in der er sich im Augenblick befand. Er beschloß, auf der Stelle aufzubrechen, bevor diese Gefühle zu bedrückend wurden. Es würde befremdlich wirken, aber er war nicht verpflichtet, sich taktvoll zu verhalten. In einer halben Stunde könnte er auf der M1 sein, Richtung Surrey und nach Hause.

»Robin, ich glaube, ich mach mich jetzt auf den Weg«, sagte er.

»Okay.«

»Wenn du noch hierbleiben willst, finde ich auch allein zum Wagen zurück.«

»Gut.«

Ted wartete vergeblich auf eine Geste, einen Blick, einen Punkt, an dem sie Kontakt aufnehmen könnten.

»Tja, es war schön, dich wiederzusehen«, sagte er. »Nach so vielen Jahren.«

Robin lächelte.

Ted ging los, den Weg entlang, der aus dem Park führte. Am Tor drehte er sich um, schaute ein letztes Mal zu Robin. Er sah eine Gestalt, die an einem warmen Sommerabend am Rand einer Parkbank kauerte. Kurz schoß ihm die Frage durch den Kopf, was er wohl dachte. Dann schüttelte er den Kopf und trat auf die Straße.

Robin dachte: ›Alle Mächte scheinen sich gegen mich verschworen zu haben.‹

TEIL ZWEI
Der Glückspilz

Freitag, 4. Juli 1986

Alun Barnes, LL.B.
Pardoe & Goddard
Vierter Stock
Churchill House
18 Jeffrey Street
Coventry

Mrs. E. M. Fitzpatrick
Frankley, Isham & Waring
39 Croftwood Road
Coventry

2. Juli 1986

Liebe Emma,

es war nett, Dich bei Margarets »Fest« drüben in Stivichall letzten Mittwoch wiederzusehen. Ich fand, daß sie sehr gut aussieht. Keiner von uns hätte gedacht, daß sie so schnell darüber hinwegkommt.

Ich würde Dich gern an einem der nächsten Tage treffen, um mit Dir vor der zweiten Anhörung im Fall Hepburn gegen Greene ganz informell zu reden. Ich glaube, der alte Mr. Hepburn wird demnächst verlauten lassen, daß er einer außergerichtlichen Einigung nicht abgeneigt ist, was meiner Meinung nach von unser beider Standpunkt aus äußerst begrüßenswert wäre. Vielleicht ist Dir ja auch daran gelegen, daß wir unsere kleine Tradition, uns freitags zum Mittagessen im Port's zu treffen, wieder aufleben lassen, nur um unsere Notizen zu vergleichen?

Jedenfalls werde ich am Freitag dort sein und nach Dir Ausschau halten.

Herzlichst

Alun

P. S. Abgesehen davon habe ich neues Beweismaterial im Fall Grant erhalten, von dem ich glaube, daß es auch für Dich von Interesse ist. Versuch doch, wenn möglich, zu kommen.

Emma legte den Brief weg und strengte sich kurz an, fasziniert zu sein. Wahrscheinlich spielte Alun nur wieder seine Spielchen, und im Augenblick hatte sie genug damit zu tun, mit den Spielchen ihres Mannes zu Hause fertig zu werden. Die Geräusche, die Alison in der Büroküche beim Kochen einer weiteren Kanne Kaffee machte, schienen sie ausnahmsweise abzulenken. Vor zwei Wochen wäre sie zweifellos fasziniert gewesen: nicht daß der Fall als solcher besonders interessante Aspekte aufwies, abgesehen von der Tatsache, daß sie ihren Mandanten sympathisch fand, aber ihre Arbeitslust war größer gewesen. So begann sie bereits jetzt, sich erschlagen zu fühlen.

Alison brachte den Kaffee herein und hantierte unnötig lange mit dem Tablett herum.

›Scheiße‹, dachte Emma. ›Ich tu ihr leid, und gleich wird sie was zu mir sagen.‹

»Kann ich Ihnen irgendwie helfen? Drüben ist nicht viel zu tun.«

Emma wollte gerade verneinen, zögerte und überlegte es sich anders.

»Sie könnten diese Sachen in die Akten einordnen«, sagte sie. »Vielen Dank.«

Es ging Emma vor allem um das Vergnügen, ihr bei der Arbeit

zuzusehen. Alison war jetzt fast zwei Jahre bei ihnen: bald würde sie ihre Anwaltsgehilfinnenprüfung ablegen. Sie war eine hübsche Frau mit dunklen Haaren und dunklen Augen, und seit einiger Zeit bereitete es Emma einen stillen, nahezu verstohlenen Genuß, sie dabei zu beobachten, wie sie mit einer schüchternen Eleganz im Büro hin und her ging, wie sie beim Sprechen den Kopf schräglegte, wie mühelos und schnell sich ihre Finger bewegten, wenn sie mit einem Dokument hantierte oder einen Umschlag öffnete. Bisweilen fragte sie sich, warum sie nicht enger befreundet waren. Einmal hatte sie Alison zum Abendessen zu sich nach Hause eingeladen, Alison und ihren damaligen Freund, einen Studenten, und sie hatten einen angenehmen Abend zu viert um den Küchentisch verbracht; der Wein war warm und fruchtig und Mark war sehr charmant gewesen. Mit plötzlicher Deutlichkeit erinnerte sie sich an das Orangenmark zwischen seinen Zähnen, als er beim Kaffee lachte. Aber Freundschaft braucht einen fruchtbareren Boden, als ihn der rein gesellschaftliche Anlaß bietet, und es blieb eine Barriere zwischen Emma und Alison bestehen, die Emma nie hatte genau definieren, ganz zu schweigen überwinden können: und der jetzige Zeitpunkt schien, trotz ihrer Bedürftigkeit, dafür so ungeeignet wie eh und je.

»Alison«, setzte sie trotzdem an.

»Ja?«

Die Worte machten einen lahmen Versuch aufzutauchen und versanken dann wieder.

»Wollen Sie«, sagte sie schließlich, »am Freitagmittag zu einem Drink ins Port's mitkommen?«

Alison schüttelte den Kopf.

»Ausgeschlossen. Ich muß nach Northampton. Haben Sie das vergessen?«

»Ach ja, natürlich.«

Emma nippte an ihrem Kaffee und leckte geistesabwesend über den Rand der Tasse. Sie hatte es tatsächlich vergessen.

Port's war eine Keller-Weinbar im Immobilienmakler-Viertel der Innenstadt. Freitags trafen sich dort auch ein paar Juristen und die Leute von der benachbarten Bausparkasse, aber es war nur selten wirklich voll. Emma blieb einen Augenblick auf der Schwelle stehen, merkwürdigerweise widerstrebte es ihr, das dunkle Innere zu betreten. Das Stadtzentrum wirkte überraschend ruhig und heiter; sie dachte, wie angenehm es wäre, die Mittagspause auf einer Bank im Park zu verbringen, mit ein paar Sandwiches und einer Boulevardzeitung. Es schien lange her, daß sie etwas so Unvorhersehbares getan hatte. Auch das Wiedersehen mit Alun war vorhersehbar gewesen. Sie hätte wissen können, daß es irgendwann soweit wäre, und sie vermutete, daß er es wahrscheinlich wieder mit den alten Tricks versuchen würde.

Sie ließ sich noch ein paar Sekunden die Brise ins Gesicht wehen, dann drehte sie sich um und ging hinein.

Es war dunkel und heiß, aber es spielte keine Musik – das war immerhin etwas. Fehlerhafte Kreide-Schriftzüge empfahlen die an diesem Tag besonders günstigen Salate und den Beaujolais. Als sie die Treppe hinunterstieg, empfand sie es als absurd, so hochhackige Schuhe zu tragen – sie waren so laut und unpraktisch –, und sie merkte, daß sie sich ihre Handtasche mit einer Kraft an die Brust drückte, die ihre Nervosität verraten hätte, hätte sie sich nicht noch rechtzeitig zusammengerissen. Kurz und sehr heftig wünschte sie sich, sie wäre woanders, irgendwo anders.

Alun saß in der Ecke an einem Tisch für zwei Personen, seine Aktenmappe lag auf dem zweiten Stuhl. Blaugestreiftes Hemd, rote Krawatte, der immer gleiche hellgraue Anzug. Aber der Schnurrbart war weg; und er wirkte dünner, beträchtlich dünner als das letzte Mal, das sie ihn gesehen hatte. Und groß, als er aufstand und sein gelbes Lächeln lächelte, um sie zu begrüßen.

»Emma. Du siehst bezaubernd aus. Du bist bezaubernd. Ich bin bezaubert. Bitte, setz dich.«

Einen schrecklichen Augenblick lang glaubte sie, er würde sie auf die Wange küssen; statt dessen schüttelten sie sich die Hände.

»Was darf's sein? Was möchtest du?«

Sie bat um Weißwein und Mineralwasser. Dann machten sie zehn Minuten lang Small talk.

»Alun, ich hab nicht soviel Zeit«, sagte sie schließlich. »Was ist mit Hepburn?«

»Also, er ist im Grunde zur Vernunft gekommen. Ich hab's geschafft, ihm die Illusionen zu nehmen hinsichtlich dessen, was er vor Gericht erstreiten kann. Diese Typen lesen in der Zeitung von Leuten, die Zehntausende von Pfund Schadenersatz kriegen. Ich hab ihm gesagt, daß es noch nicht mal sicher ist, ob er gewinnen wird, wenn es zum Prozeß kommt.« Er lächelte. »Tja, ich hab dir 'ne Menge Arbeit erspart, stimmt's?«

»Ja, hast du. Vielen Dank. Ich bin dir wirklich dankbar. Obwohl es im Augenblick nicht sehr viel zu tun gibt.«

»Ja? Die Geschäfte lassen doch hoffentlich nicht nach?«

»Nein, aber du weißt doch, wie es ist: manchmal gibt es ruhige Phasen. Ich beklage mich nicht, ich meine, es ist angenehm, ein bißchen durchatmen zu können. Zwei Menschen, die anstrengende Jobs haben... das kann zu Streß werden.«

»Zwei Menschen?«

»Mark und ich.«

»Natürlich. Aber ich habe dich gewarnt. Eine Anwältin und ein Arzt: was für eine Kombination.«

»Wir wußten, was wir tun.«

Alun schwieg und versuchte, sie zu zwingen, ihm in die Augen zu schauen, aber sie sah woandershin. Geschlagen begann er in seiner Aktentasche zu kramen, in der sich zu laufenden Fällen gehörige Akten, eine Thermosflasche und ein Apfel befanden. Seine Frau packte ihm jeden Tag ein Lunchpaket, das er oft genug wegwarf, weil er es vorzog, mit seinen Arbeitskollegen in ein Pub zum Essen zu gehen. Emma dachte unterdessen an einen mehrere Wochen zurückliegenden Abend, als sie und Mark wach nebeneinander im Bett gelegen hatten; sie sah sich selbst, wie sie in dem dunklen, stillen Schlafzimmer dalag, dachte, wie dumm es doch war, daß sie meinte, die Frage nach einem Kind gar nicht mehr stellen zu können, und falls ihre Ehe scheitern sollte, was sie letztendlich für durchaus möglich hielt, hatte sie, eine vierunddreißigjährige Frau, ihre Chance dann endgültig verpaßt, würde sie schnell genug jemand anders finden, jemanden, den sie genug mochte, würde sie das ganze Theater überhaupt noch einmal durchmachen wollen? Sie hatte sich in dieser Nacht so einsam gefühlt, während sie das Bett mit einem Mann teilte, mit dem sie es die letzten acht Jahre ihres Lebens geteilt hatte, und sie fühlte sich jetzt einsam, während sie mit einem Mann trank und eine Schüssel Salat aß, den zu mögen sie, wie es schien, noch nie Grund gehabt hatte.

»Laß uns über Grant reden«, sagte er und schob seinen Salat auf dem unnötig kleinen Tisch (größere Tische waren frei) beiseite, um Platz zu schaffen für ein kleines rotes Notizbuch.

»Gut«, sagte sie erleichtert. »Was wolltest du mir zeigen?«

»Du hast diesen Jungen getroffen, nicht wahr?«

»Robin? Ja, zweimal.«

Sie bemerkte einen Anflug von Überraschung, als sie ihn instinktiv beim Vornamen nannte.

»Zweimal?«

»Ja. Letzte Woche, bei gesellschaftlichen Anlässen.«

Er ließ eine kurze, typisch männliche, entsetzlich beredte Pause verstreichen.

»Das ist deine Sache. Du mußt wissen, was du tust.«

»Nicht, was du denkst. Wir haben uns bei einem gemeinsamen Freund kennengelernt. Einem früheren Mandanten.«

Alun wartete, baute auf eine weitere Erklärung.

»Vor ein paar Jahren – ich weiß nicht, ob du dich daran erinnerst – habe ich einen Mann namens Fairchild verteidigt. Hugh Fairchild. Er war wegen Betrugs angeklagt. Er hatte promoviert und unterrichtete ein bißchen an der Universität, verdiente ungefähr zehn Pfund in der Woche, nur daß er gleichzeitig Sozialhilfe bekam. Das hat die zuständige Behörde schließlich herausgefunden und daraufhin alle Zahlungen zurückgefordert. Es war nicht sehr viel, ein paar hundert Pfund, aber mehr als er hatte, und eine Zeitlang sah es so aus, als müßte er mit einer Gefängnisstrafe rechnen. Sie haben damals scharf durchgegriffen, und es schien, als wollten sie an ihm ein Exempel statuieren. Er hat sich natürlich schuldig bekannt, und dann habe ich wohl sehr überzeugend argumentiert, jedenfalls kam er mit einer Geldstrafe davon, und wir konnten ein ziemlich vernünftiges Rückzahlungsverfahren aushandeln. In dem er, soweit ich weiß, noch mittendrin steckt.« Sie runzelte die Stirn. »Das ist jetzt mindestens vier Jahre her. Merkwürdig, wie die Zeit vergeht, nicht wahr?«

»Erzähl weiter«, sagte Alun, der es nicht mochte, wenn man in seiner Gesellschaft ins Reflektieren geriet.

»Also, wie sich herausstellt, kennen sich Hugh und Robin, und als diese Anschuldigungen aufkommen und er einen Anwalt braucht, schickt Hugh ihn zu mir.«

»Du hast die ganze Zeit über Kontakt mit Hugh gehabt?«

»Ja, er hat mich zum Abendessen eingeladen. Zwei- oder dreimal. Er ist ein sehr guter Koch. Er lebt in einem kleinen Ein-Zimmer-Apartment, draußen Richtung Stoke Green. Etwas verwahrlost, aber gemütlich. Letzte Woche hat er dort eine Party gefeiert – er hatte Geburtstag –, und ich bin hingegangen. Du weißt schon, nur um mich kurz sehen zu lassen. Vermutlich hätte ich mir denken können, daß Robin auch dort ist, aber irgendwie habe ich überhaupt nicht daran gedacht. Ich hatte andere Sorgen. Ich hab nur ein paar Minuten mit ihm gesprochen. Kennst du ihn?«

»Nur vom Gericht.«

»An dem Morgen war er sehr nervös. Wie zu erwarten war.«

»Wie ist er? Wie würdest du ihn beschreiben?«

»Ihn beschreiben?«

»Ja. Ich meine, ist er der typische Kinderschänder?«

Emma beugte sich zum erstenmal vor und sah ihm direkt in die Augen, ebenfalls zum erstenmal.

»Laß mich eines klarstellen, Alun, Robin ist unschuldig. Es gibt keinen Fall. Ich habe absolutes Vertrauen zu ihm.«

»Wie kannst du zu jemandem Vertrauen haben, wenn du nur ein paar Minuten mit ihm gesprochen hast?«

»Wir haben ein langes formelles Gespräch geführt. Ich weiß alles, was ich wissen muß.«

»Worauf willst du deine Verteidigung aufbauen? Auf seinem Charakter? Willst du einen Psychiater einschalten?«

»Selbstverständlich nicht. Das ist nicht nötig.«

»Es gibt einen Augenzeugen. Ich hätte gedacht, das würde deine Position schwächen.«

»Wen – doch nicht etwa den Vater des Jungen? Er hat nichts gesehen.«

»Er hat genug gesehen.«

»Ich habe seine Aussage gelesen. Die wird nicht standhalten.«

Alun lächelte, ein stilles, vorzeitig triumphierendes Lächeln. Er beugte sich vor und nahm Emmas Glas, das leer war.

»Wir haben eine Menge zu besprechen. Willst du noch ein Glas?«

»Nein, danke, lieber nicht.«

»Du willst wohl einen klaren Kopf behalten. Etwas Nicht-Alkoholisches?«

»Nein danke.«

»Ich hole dir einen Orangensaft. Du kannst ihn immer noch stehenlassen.«

Während er weg war, stocherte Emma in den Überresten ihres Salats herum, bis sie den scharfen Geschmack weicher grüner Salatblätter satt hatte. Ein paar Fragen gingen ihr durch den Kopf, aber sie brachte den Willen nicht auf, ihnen nachzugehen. Was merkwürdig war, weil sie wußte, daß vor ein paar Monaten noch genau solche Fälle sie am meisten aufgeregt hätten. Sie konnte sich nicht erinnern, sich jemals so lustlos gefühlt zu haben, und sie begann sich zu fragen, ob sie nicht vielleicht einen Arzt aufsuchen sollte: seit einigen Tagen war sie sich einer merkwürdigen Schwere im Kopf bewußt – es waren keine Kopfschmerzen, wie sie Mark am Abend zuvor versucht hatte zu erklären, sondern eine Art pulsierender Benommenheit, die es schwer machte, sich auf irgend etwas zu konzentrieren. Kriegst du nicht demnächst deine Tage, hatte er gesagt und schien dabei zu glauben, er wäre rücksichtsvoll.

»Du siehst müde aus«, sagte Alun und reichte ihr vorsichtig das Glas. »Stimmt irgend etwas nicht?«

»Es war eine lange Woche. Vielleicht nehme ich mir den Rest des Nachmittags frei und gehe nach Hause.«

»Gute Idee. Leg die Füße hoch. Das wird dir guttun. Kerry und ich fahren bald in Urlaub: zwei Wochen Portugal. Wann habt ihr, du und Mark gemeinsam, zum letztenmal richtig Urlaub gemacht?«

»Ach, vor einer Weile. Also, der Vater ist dein Hauptzeuge, oder?«

»Ja. Seine Version des Geschehens – du hast seine Aussage ja gelesen. Er sagt, daß sein Sohn in die Büsche ging, um den Ball zu holen, und daß Grant ihm gefolgt ist.«

»Aber so ist es nicht gewesen. Robin war bereits dort.«

»Das behauptet *er*. Aber wozu schleicht sich ein erwachsener Mann um sieben Uhr abends ins Gebüsch?«

»Um sich zu erleichtern selbstverständlich. Was erklären würde, warum er ›unsicher‹ wirkte, wie der Vater es, glaube ich, ausgedrückt hat, oder? Er hatte den ganzen Tag über Tee und Kaffee getrunken, zusammen mit einem Freund.«

»Einem Freund?«

»Einem Mann. Parrish. Edward Parrish: sie kennen sich aus Cambridge. Hast du dich nicht mit ihm in Verbindung gesetzt?«

»Ah, der schwer faßbare Mr. Parrish. Doch, habe ich. Er ist nur ungern bereit auszusagen. Vielleicht kann man ihn noch überzeugen.« Alun schlug die spindeldürren Beine mehrmals übereinander, so daß sie unter dem Tisch peinlicherweise mit Emmas in Berührung kamen. »Also, hier sind die Fakten. Hier sind die Fakten, die, wie du richtig sagst, angesichts ihrer Skizzenhaftigkeit unterschiedlich interpretiert werden können. Und weil weitere Fakten aller Wahrscheinlichkeit nicht aufzutreiben sein werden, müssen wir uns an die halten, die wir haben, und uns um eine *solidere* Interpretationsbasis bemühen. Stimmst du mir zu?«

»Ja, ich denke schon«, sagte Emma, die sich allmählich daran erinnerte, was für ein Langweiler er sein konnte. »Was schlägst du vor?«

»Nun, wir haben die Aussage des Jungen. Sie ist nicht sehr kohärent, sie ist nicht sehr schlüssig, sie besagt nur, daß sich der Mann entblößt hat und daß er große Angst hatte. Dann gibt es noch Grants Version und die Version des Vaters. Wem glauben wir, das ist meine Frage: welche dieser Personen ist die glaubwürdigste?«

»Ich kenne den Vater nicht.«

»Ich habe ihn vor ein paar Tagen getroffen. Er rief mich an und sagte, daß ihm weitere Einzelheiten eingefallen sind, seit er bei der Polizei seine Aussage gemacht hat. Wie sich herausgestellt hat, waren sie nicht besonders wichtig, aber ich habe noch ein paar Dinge mehr über *ihn* in Erfahrung gebracht. Er wird einen sehr guten Zeugen abgeben.«

»Das heißt?«

»Der Mann ist eine tragende Säule des Gemeindelebens. Daran besteht kein Zweifel. Zum einen leitet er Pfadfindergruppen, kann ausgezeichnet mit Kindern umgehen. Zum anderen ist er Mitglied des örtlichen Tierschutzvereins, hat ein Herz für Tiere. Er ist ein unverbrüchlicher Kirchenmann, Methodist. Verteilt jeden Sonntag die Bibeln. Er hat die Bürgerwehr in seinem Viertel gegründet, ist Mitglied des Rotary Clubs, womöglich sogar Freimaurer. Seine Frau geht regelmäßig zu den Treffen des Frauenclubs, sie ist führendes Mitglied beim Kaffeekränzchen des Blumenzüchter- und Vogelschutzvereins. Sie sind beide Blutspender. Muß ich noch mehr sagen?«

»Was beweist das? Er ist Familienvater, und der Junge ist sein einziges Kind. Ein guter Grund, sich neurotisch Sorgen um seine Sicherheit zu machen. Es ist ein typischer Fall von Überreaktion auf eine harmlose und eigentlich ziemlich komische Begebenheit.«

»Wenn ich du wäre, würde ich meine Verteidigung nicht so anlegen. Ein Mann zieht sich vor einem verängstigten Kind nackt aus, und du nennst den Vorfall komisch.«

»Er hat sich nicht nackt ausgezogen. Er hat seinen Hosenschlitz aufgemacht, mehr nicht.«

»Weißt du, Emma, vielleicht tust du dich mit dieser Art Fälle so schwer, weil du selbst keine Kinder hast.«

Emma wußte nicht, was sie darauf erwidern sollte. Um ihre Verwirrung zu verbergen, trank sie einen Schluck von dem Orangensaft, den nicht anzurühren sie eigentlich beschlossen hatte. Sie nahm an, daß Alun sich entschuldigen würde, doch als er wieder sprach, war es in dem gleichen aggressiven Tonfall.

»Erzähl mir von Robin. Ich habe dir gerade einen zuverlässigen und vertrauenswürdigen Zeugen beschrieben. Erzähl mir, was so besonders an ihm ist. Wie kommt es, daß du so großes Vertrauen zu ihm hast, wo du ihn erst so kurze Zeit kennst?«

Emma mußte hart schlucken; aber nachdem sie ihre Stimme wiedergefunden hatte, klang sie unerschrocken, ihr Edinburgher Akzent war stärker bemerkbar als zuvor.

»Also, wenn du es genau wissen willst, ich fand ihn sehr sympathisch. Sympathisch und intelligent: sehr intelligent. Er ist natürlich niedergeschlagen. Er macht eine schlimme Zeit durch, mit seiner Arbeit und allem. Es braucht eine Weile, bis man ihn dazu gebracht hat, aus sich herauszugehen. Aber wenn man es geschafft hat, dann lohnt es die Mühe. Ich fand ihn witzig und geistreich und sehr... scharfsinnig.«

Alun ließ eine weitere strategische Pause verstreichen, diesmal um ihr das Gefühl zu geben, daß er nicht glaubte, sie hätte bereits alles gesagt.

»Na gut, Emma«, sagte er. »Mach, was du willst. Aber ich vermute, daß du ein As im Ärmel hast, von dem du uns nichts erzählen willst. Das ist dein gutes Recht. Aber glaub mir, ich stelle diese Fragen um *deinet*willen. Ich will nicht, daß du dir an diesem Fall die Finger verbrennst. Ich will, daß du dir absolut im klaren darüber bist, mit wem du es zu tun hast.«

»Das heißt?«

»Also, zum Beispiel.« Alun nahm das rote Notizbuch und tippte mit dem Zeigefinger darauf. »Du weißt, daß Grant schreibt, nicht wahr? Du weißt, daß er sich für einen Schriftsteller hält.«

»Ja.«

»Hast du was von ihm gelesen?«

»Nein, ich hielt es nicht für nötig. Das hat doch keinerlei Beweiskraft.«

»Natürlich nicht. Aber das heißt nicht, daß es nicht erhellend sein könnte. Dieses Notizbuch wurde am Abend des Verbrechens – entschuldige, am Abend des *mutmaßlichen* Verbrechens – in seiner Jackentasche gefunden. Es enthält eine seiner Geschichten.«

Emma nahm das Notizbuch und blätterte darin. Die Seiten waren mit einer engen schludrigen Handschrift bedeckt. Sie schloß das Buch und las laut den Titel, den Robin in Großbuchstaben vorne draufgeschrieben hatte.

»*Der Glückspilz*« sagte sie. »Was ist daran so Besonderes? Wovon handelt es?«

»Ich möchte es dir nicht verraten. Nur soviel: er entwirft eine ziemlich ungewöhnliche Persönlichkeit«, sagte Alun und fügte hinzu: »Du hast deinen Saft kaum angerührt. Lohnt es sich, daß ich dir noch einen hole?«

»Ich möchte nichts mehr. Ich wollte den schon nicht.«

Emma stand auf. Plötzlich verspürte sie einen absoluten Mangel an Neugier, was den Inhalt des Notizbuches, ja die Wahrheit in diesem Fall anlangte. Statt dessen hatte sie Lust, nach Warwick zu fahren und sich ein paar Stunden in den Schloßpark zu setzen.

»Letztlich geht es darum«, sagte Alun und trank den letzten Schluck seines Biers, »daß du ihn überreden solltest, sich schuldig zu bekennen.«

Emma lachte.

»Du hast es versucht, Alun. Aber weder er noch ich werden aufgeben.«

»Vielleicht gibt es Dinge, die er dir nicht erzählt hat. Grant ist in der Gegend ziemlich bekannt.«

»Bekannt? Was meinst du damit?«

»Der Vater hat sich mit mir getroffen, um es mir zu erzählen. Er hatte Grant schon früher gesehen, konnte sich aber nicht mehr erinnern, wo. Deswegen steht davon auch nichts in seiner ersten Aussage. Der Mann geht offenbar jeden Samstag mit seiner Familie zum Bocciaspielen, in der Grünanlage in der Nähe des Broadway. Und Grant hat sie schon früher belästigt. Er hat sie beobachtet. Er hatte schon seit geraumer Zeit ein Auge auf das Kind geworfen.«

Emma starrte ihn mißtrauisch an.

»Das glaube ich nicht«, sagte sie.

»Wie du willst. Wir könnten uns beiden wieder ein bißchen Arbeit ersparen. Das ist alles.«

Er folgte ihr die Treppe hinauf, und das absurde Geräusch ihrer Absätze auf den hölzernen Stufen irritierte sie mehr als je zuvor. Irgend jemand hatte ihr einmal erzählt, daß Männer dieses Geräusch sexy finden: vielleicht war es sogar Mark gewesen.

Sie schüttelte so knapp wie möglich seine Hand, die schweißnaß war, und als sie davonging, hatte sie keine Ahnung mehr, wie ihre Abschiedsworte gelautet hatten. Die Sonne und das Glas Wein machten sie müde und benommen.

Juli 1986: in der ersten Woche dieses Monats herrschte eine außergewöhnliche Hitze. Der Teer auf der Straße war weich und klebrig. Das Sonnenlicht auf den Windschutzscheiben der funkelnden neuen Autos, gefahren von hemdsärmeligen Vertretern, die die letzten Termine in dieser Woche wahrnahmen, blendete in den Augen. Die Gruppen arbeitsloser Jugendlicher, die in den Ladeneingängen des Viertels herumlungerten, trugen dieses Jahr mehrheitlich Blaßgrün und Blau. Emma ging schnell zu dem mehrstöckigen Parkhaus und verfluchte sich, weil sie auf dem Dach geparkt hatte: das Lenkrad war so heiß, daß sie es nicht anfassen konnte. Sie öffnete alle Fenster, schaltete das Radio ein, fand den Parkzettel und freute sich, daß sie genügend Kleingeld im Geldbeutel hatte. Dann, im Vertrauen auf ihren ursprünglichen Impuls, der sich bereits deutlich abgeschwächt hatte, fuhr sie nach Warwick. Die Luft, die durch die offenen Fenster hereinströmte, und die heitere sentimentale Musik hoben ihre Stimmung.

Emma liegt an einem heißen Freitagnachmittag am Fluß. Sie hat nichts für ihren Mann zum Abendessen eingekauft, sie kann sich nicht einmal mehr erinnern, ob er zum Abendessen überhaupt zu Hause sein wird. Sie hat ihren Mann gemocht, sie hatten sich viel zu sagen. Jetzt findet jeder den anderen ein bißchen zu selbstsüchtig, um dort noch Zuwendung zu finden. Bislang wurde nichts ausgesprochen, nichts, worauf sie den Finger hätte legen können: aber am Frühstückstisch herrscht jetzt eine gewisse Kälte, im Bett eine gewisse Müdigkeit, und es stellt eine zu offensichtliche Anstrengung dar, wenn es gilt, sich für die Arbeit des jeweils anderen zu interessieren. Am späten Abend wird eine Fernsehsendung zuviel angesehen. Aber mehr ist es bislang nicht. Geschrei, Beleidigtsein, Verdächtigungen, platte Vorwürfe, unerwartete Ängste – das sind die Leckerbissen, die das Leben für Emma noch bereithält. Diese Mattigkeit, die sie niederdrückt, diese nur halb bewußte Entscheidung, ihre Gedanken sich träge im Kreis drehen zu lassen, vielleicht ist das eine Vorahnung, ein Zurückscheuen vor der Gewißheit, daß in ihrem Leben bestimmte Dinge passieren werden. Und in diesem Fall muß man Milde walten lassen und ihr verzeihen, daß sie Robin und seine Probleme vollkommen vergessen hat; zumindest bis zum Abend, bis es kühler wird und sie willens ist, die erste Seite seiner Geschichte aufzuschlagen.

VIER GESCHICHTEN von Robin Grant

2. Der Glückspilz

In einer Stadt im Norden erwacht ein Mann, zieht die Vorhänge zurück und blickt hinaus auf eine ihm unbekannte Straße.

Der Mann, der Lawrence hieß (ich habe nicht vor, Sie im dunkeln zu lassen, wenn es um wichtige Details geht), legte sich wieder ins Bett und starrte ein paar Minuten lang an die Decke; nicht weil es sich um eine besonders interessante Decke handelte, sondern weil er nachdachte. Er litt unter Kopfschmerzen, was diesen Prozeß erschwerte. Allmählich begann er jedoch, diverse Erinnerungsfragmente an den vergangenen Abend zusammenzusetzen: die Zugfahrt, den Bahnhof, die halsbrecherisch schnelle Autofahrt durch dunkle, verwinkelte Straßen. Danach nichts. Er konnte sich nicht erinnern, wie er in dieses Haus gekommen war.

Auf seinem Gesicht machte sich langsam ein Lächeln breit.

Irgendwie hatte er es geschafft, sich auszuziehen, oder jemand anders hatte ihn ausgezogen; wahrscheinlich letzteres, denn seine Kleider lagen ordentlich zusammengelegt über der Rückenlehne eines Sessels in der Ecke des Zimmers, und er faltete seine Kleider nie, bevor er ins Bett ging. Er trug nur seine Unterhose. Mit plötzlicher Energie schwang er die Beine aus dem Bett und begann, sich anzuziehen. Dann bemerkte er seine Tasche neben dem Sessel. Er öffnete sie und fand saubere Kleidung für mehrere Tage.

Er zog eine frische Unterhose an, Hemd, Pullover, Hose und Socken und trat hinaus auf den Flur.

Von unten drang die leise, eindringliche Stimme eines Mannes herauf, der telefonierte. Er sah, daß die Badezimmertür offenstand, und nutzte die Gelegenheit, um sich am Waschbecken Gesicht und Hände zu waschen. Als er die Treppe hinunterging, war die Männerstimme verstummt.

Am Fuß der Treppe öffnete er die Tür zu seiner Rechten und betrat ein kleines, schlecht beleuchtetes, aber hübsches Wohnzimmer. Vor dem Gasfeuer hing auf einem Ständer Wäsche zum Trocknen, und auf einem Tisch befanden sich die Überreste eines Frühstücks, darunter eine halbe Scheibe Toast und ein Becher mit noch heißem Tee. Lawrence bemerkte, daß die Wände mit politischen Plakaten bedeckt waren, die zu Kundgebungen und Protestmärschen aufriefen und ihn auf die Tatsache hinwiesen, daß er, wenn er bestimmte Kaffee- und Kakaosorten kaufte, indirekt korrupte Regime in diversen, weit entfernten Ländern unterstützte, von denen er zum Teil noch nie gehört hatte oder deren Namen er nicht aussprechen konnte. Ein junger Mann saß neben dem Kamin und hörte Radio Three. Er blickte auf, als Lawrence eintrat, und sagte: »Du bist also noch am Leben? In dem Zustand, in dem du gestern abend warst, hätte ich nie gedacht, daß du je wieder aufwachen wirst. Nie.«

Er sprach mit einem Belfaster Akzent.

»Wo bin ich?« fragte Lawrence.

»Wie meinst du das?«

»In welcher Stadt bin ich?«

»Sheffield«, sagte der Mann; er schien etwas überrascht über die Frage. »Möchtest du Tee?«

»Ja«, sagte Lawrence und fügte hinzu: »Ich weiß nicht, wie du heißt.«

»Ich heiße Paul. Ich glaube, ich schulde dir eine Entschuldigung.«

Er reichte Lawrence den Tee, der lauwarm und sehr stark war.

»Davon weiß ich nichts«, sagte Lawrence. »Ich wollte dir gerade danken, daß du mich für die Nacht aufgenommen hast.«

»Das war das mindeste, was wir tun konnten«, sagte Paul. »Es handelt sich wohl um einen Fall von Verwechslung. Wir hielten dich für einen Mann namens Docherty. Letztlich ist jedoch James Joyce schuld.«

Dieser Gedanke schien Lawrence zu gefallen, der breit grinste, wenn auch nur verstohlen, bevor er sagte: »Ich freue mich schon auf deine Erklärung.«

»Eigentlich ist die Sache ganz einfach«, sagte Paul und setzte sich wieder. »Wir wurden instruiert, diesen Docherty vom Zug abzuholen, der um 22.58 hier ankommt. Wir kannten ihn nicht und wußten nicht, wie er aussieht, aber wir sollten ihn daran erkennen, daß er ein Exemplar des Ulysses von James Joyce in der Hand hält. Dann tauchst du mit einem Exemplar genau dieses Buches auf, und der Irrtum war unvermeidlich.«

Paul und Lawrence sollten es im Gegensatz zum privilegierten Leser niemals herausfinden – aber tatsächlich passiert war folgendes: Docherty, von Beruf Terrorist, war von einer Gruppe IRA-Sympathisanten, zu der Paul als prominentes Mitglied gehörte, nach Sheffield eingeladen worden, um einen informellen Vortrag über den Konflikt zu halten. Dias sollten gezeigt und im Anschluß Kaffee und Käsegebäck serviert werden. Docherty war jedoch, bevor er sein Leben dem revolutionären Kampf weihte, Speisewagenkellner bei der britischen Eisenbahn gewesen und hatte noch immer eine Vorliebe für British-Rail-Sandwiches sowie intime Kenntnisse der Fahrpläne für die Bezirke Midlands und Yorkshire. Infolgedessen beschloß er im Zug nach Sheffield, der keinen Speisewagen mit sich führte, in Derby, wo der Zug, wie er ganz genau wußte, sieben Minuten Aufenthalt haben würde, auszusteigen und die Bahnhofsgaststätte aufzusuchen. Wie konnte er ahnen, daß der Zugführer, dessen Videorecorder sich ausgerechnet in dieser Woche in Reparatur befand, entschlossen war, rechtzeitig nach Hause zu kommen, um in Channel Four eine Dokumentation über ökologischen Ackerbau anzusehen, in der der Nachbar der Cousine seiner Tante interviewt wurde, der seinerseits den Naturkostladen in Doncaster leitete? Der Zug fuhr zwei Minuten zu früh ab, und Docherty stampfte frustriert mit dem Fuß auf dem Bahnsteig auf, während Lawrence, der eigentlich in Derby hatte aussteigen wollen, es jedoch nicht tat, weil er eingeschlafen war, was zu gegebener Zeit (aber nicht früher) erklärt werden wird, in seinem Abteil blieb, zusammen mit dem verhängnisvollen Exemplar von Ulysses. Das er, als er schroff vom Fahrkartenkontrolleur geweckt und aufgefordert wurde, in Sheffield auszusteigen, mitnahm mit der vagen und verschlafenen Vorstellung, es im Fundbüro abzugeben. An der Ausführung dieses Plans wurde er jedoch gehindert, als Paul und seine Kumpane auftauchten, die ihn ohne viel Federlesens in ihren Wagen verfrachteten und zu einem unauffälligen dreistöckigen Reihenhaus entführten, bevor er überhaupt wußte, wie ihm geschah.

»Erst heute morgen habe ich unseren Fehler entdeckt«, sagte Paul. »Ich habe mir erlaubt, dein Jackett zu durchsuchen.«

»Das hätte ich auch getan«, sagte Lawrence.

»Es scheint dich nicht übermäßig zu beunruhigen«, meinte Paul, »daß du dich in einem fremden Haus befindest, bei einem fremden Mann, in einer fremden Stadt.«

Wieder lächelte Lawrence sein verstohlenes Lächeln, diesmal etwas öffentlicher als zuvor.

»Ich will nicht blasiert klingen«, sagte er, »aber so etwas passiert mir ständig. Mein Leben besteht aus einer Kette von Zufällen, und ich möchte es auch gar nicht anders. Ich nehme an, es gibt keinen Tee mehr?«

Paul machte sich daran, eine frische Kanne zu kochen, und Lawrence fragte ihn: »Dieser Mann namens Docherty – warum sollte er überhaupt kommen? Wozu die ganze Geheimniskrämerei?«

»Also, ich fürchte, das ist ein Geheimnis. Ich hätte ganz

schöne Probleme am Hals, wenn ich es dir erzählen würde. Ich sage nur soviel: er sollte kommen, um auf... einer politischen Versammlung zu sprechen.«

»Aha, Politik«, sagte Lawrence, und Paul bemerkte den gelangweilten Tonfall, in dem er das Wort aussprach.

»Du interessierst dich nicht für Politik? Würdest du dich nicht als politisches Wesen bezeichnen?« Er reichte ihm eine Tasse frischen Tee, der dünner und heißer war.

»Ich fürchte, ich finde das alles ziemlich naiv, langfristig«, sagte Lawrence. »Danke. Auf diese Art verändert man nichts.«

»Also, da bin ich anderer Meinung. Es gibt einfach zuviel Defätismus in der Welt, das ist alles. Wenn wir uns alle ein bißchen mehr anstrengen würden, wenn mehr von uns an einem Strang ziehen würden – na ja, wie auch immer. Dann bist du vermutlich ein religiöser Mensch, so wie du klingst. Wenn das nicht naiv ist! Religion ist, wie Marx ganz richtig gesagt hat, Opium für das Volk.«

»Das stimmt. Da bin ich völlig deiner Meinung.«

»Aha«, sagte Paul, von der Bereitwilligkeit seines Zugeständnisses etwas aus der Fassung gebracht. »Du vertraust also weder auf die Politik noch auf die Religion? Hm.« Er dachte einen Augenblick nach. »Dann bist du also ein Materialist? Der Zweck deines Lebens bestünde demnach darin, Geld zu machen, skrupellos und ohne moralische Bedenken?«

»Ganz und gar nicht«, sagte Lawrence. »Geld ist die Wurzel allen Übels.«

»Ich bin absolut deiner Meinung. Aber bist du dann nichts weiter als ein Hedonist? Hast du dir als Urquell deiner Existenz das unbeirrbare und schamlose Streben nach Vergnügen erkoren?«

»Überhaupt nicht«, sagte Lawrence. »Weltliche Vergnügungen sind so flüchtig wie eine Brise, meiner Erfahrung nach.«

»Ich empfinde ebenso«, sagte Paul. Er setzte sich Lawrence gegenüber und fixierte ihn mit einem verwirrten, rat-

losen Blick. »Also, was ist es dann? Was treibt dich an? Ist es der Wunsch nach Erkenntnis, ist es Macht, ist es Liebe? Bist du ein Sentimentalist, bist du ein Existentialist, bist du ein ästhetischer Pantheist? Oder bloß ein Alkoholiker? Worin besteht dein System? Welches sind die Prinzipien, die dein Leben beherrschen?«

»Mein System besteht darin, kein System zu haben«, antwortete Lawrence. »Und mein Prinzip ist, kein Prinzip zu haben.«

»Das klingt höchst prinzipienlos«, sagte Paul, »und zutiefst unsystematisch.«

»Du tust mir Unrecht«, sagte Lawrence. »Ich habe meine Überzeugungen, die sind so eindeutig wie deine, vielleicht sogar eindeutiger. Und ich lebe danach.«

»Sehr gut. Erweis mir die Ehre und erklär sie mir.«

»Na gut. Nimm die Situation, in der wir uns im Moment befinden. Zwei Fremde reden miteinander in einem Wohnzimmer in Sheffield. Sind die politischen Umstände für die Situation verantwortlich? Ist sie das Produkt einer Ideologie? Nur zu einem bestimmten Grad. Nützt uns Religion in diesem Zusammenhang? Ist sie Teil eines großen schicksalhaften Planes, erdacht von einem gütigen Gott? Da würde ich gerne den Beweis sehen. Nein, mir scheint, daß alles, was wir tun, vom Zufall bestimmt ist; oder, wie ich es lieber nenne, vom Glück. Unsere sogenannten Entschlüsse, diese angeblich verantwortlich getroffenen Entscheidungen – letztlich werden sie in einem Kontext von Faktoren gefällt, über die wir keinerlei Kontrolle haben. Wenn man das begreift, ist man dabei, das Leben zu verstehen. Ein Mensch, der das begreift, ist wahrlich ein Glückspilz.«

»Das ist keine sehr originelle Philosophie«, sagte Paul und machte eine wegwerfende Geste.

»Das habe ich auch nie behauptet. Trotzdem haben nur sehr wenige Menschen den Mut, sie ernst zu nehmen. Die meisten haben zuviel Angst davor.«

»Und außerdem ist sie wenig hilfreich, um zu erklären, warum du hier bist, oder?«

»Aber genau darum geht es doch. Es gibt keine Erklärungen jenseits der Ketten von Ursache und Wirkung, die viel zu lang und kompliziert sind, um sie von Anfang bis Ende zu verfolgen. Ich werde wahrscheinlich nie herausfinden, wie ich hierhergekommen bin. Ich weiß nur, daß ich eigentlich meine Schwester in Derby besuchen wollte und im Zug eingeschlafen bin.«

»Aber da hast du doch deine Erklärung: du warst müde und bist eingeschlafen. Was könnte einfacher sein?«

»Aber ich war nicht müde. Ich war überhaupt nicht müde.« Lawrence runzelte die Stirn. »Vielleicht sollte ich sie anrufen, damit sie weiß, wo ich bin. Merkwürdig, nicht wahr, daß kein Mensch außer dir weiß, daß ich jetzt hier bin.«

Paul lachte. »Schon wieder täuschst du dich. Kurz bevor du runtergekommen bist, habe ich die Leute in deinem Haus angerufen und es ihnen gesagt.«

»Du hast mit Coventry telefoniert?«

»Ja.«

»Da haben wir doch ein klassisches Beispiel meiner Theorie. Wenn ich nicht einen Freund gehabt hätte, der bei einem Schreibwarenhändler gearbeitet hat, wärest du nicht in der Lage gewesen, das zu tun.«

»Wie meinst du das?«

»Also, ich nehme an, daß du die Telefonnummer von der ersten Seite meines Kalenders hast? Aber ich hätte überhaupt keinen Kalender, wenn dieser Freund sie nicht jeden Januar geschenkt bekommen würde.«

»Ich verstehe.«

»Und, wie der Zufall es will, ist dein Plan aus genau dem gleichen Grund ein Schuß in den Ofen. Hätte der Kalender keinen sentimentalen Wert, hätte ich ihn schon längst weggeworfen, weil er vom letzten Jahr ist, und außerdem lebe ich in diesem Haus nicht mehr.« Er machte eine Pause, um seine Worte wirken zu lassen, Paul jedoch reagierte nicht, und er fuhr fort: »Dein Anruf ist vermutlich auf vollkommenes Unverständnis gestoßen.«

»Nein, überhaupt nicht. Ich sprach mit einer Frau namens Amanda. Sie kannte dich. Sie wußte sogar, warum du aus Coventry weg bist.«

Lawrence setzte sich auf, ehrlich überrascht.

»Amanda? Welche Amanda?«

»Ich hab sie nicht gefragt. Ich dachte, du kennst sie. Sie schien eine gute Freundin von dir zu sein.«

Diese Information verwirrte Lawrence in höchstem Maße, denn soweit er wußte, hatte er keine Freundin namens Amanda, ganz zu schweigen von einer Freundin namens Amanda, die jetzt in dem Haus wohnte, in dem er früher gelebt hatte. Wie auch immer, es gibt keinen Grund, Sie ebenso unwissend zu belassen wie ihn.

Es ist eine merkwürdige Tatsache, daß zwei Menschen in räumlicher Nähe koexistieren – vielleicht teilen sie das gleiche Arbeits- oder Lebensumfeld – und trotzdem völlig unterschiedliche Bilder voneinander haben können. Beispielsweise hätte Lawrence Amanda zweifellos wiedererkannt, hätte er sie gesehen. Ihr Gesicht wäre ihm bekannt vorgekommen, aber nur als zu einer von vielen Personen gehörig, die er nicht einmal gut genug kannte, um sie beiläufig zu grüßen, ihnen zuzunicken oder sie anzulächeln. Wohingegen er sie ständig beschäftigte, er war ihre Obsession, der Mittelpunkt ihrer geistigen Landschaft. Das Wort lautet »verknallt«, wie ich mir habe sagen lassen. Ihre Verknalltheit in Lawrence begann in dem Augenblick, als ihr Blick zum erstenmal auf ihn fiel, nur wenige Wochen nachdem sie beide an der Universität zu studieren angefangen hatten; aber bislang war sie aufgrund einer Reihe unglücklicher Umstände unerfüllt geblieben. Ungefähr acht Monate lang hatte sie versucht, eine angeblich zufällige Begegnung mit Lawrence herbeizuführen, indem sie in der Cafeteria der Technischen Fakultät herumhing. Das war absolute Zeitverschwendung, weil Lawrence als Student der Sozialwissenschaften nichts mit der Technischen Fakultät zu schaffen hatte. Amanda hatte jedoch einmal beobachtet, wie er aus der technischen Abteilung der Bibliothek ein Buch entnommen hatte, und dummerweise daraus geschlossen, daß er Ingenieur war. Tatsächlich hatte er das Buch für einen Freund ausgeliehen, der mit einer Erkältung im Bett lag, da er am Abend zuvor seinen Mantel im Bus hatte liegenlassen und zu Fuß durch den Regen hatte nach Hause gehen müssen. Mit anderen Worten: Amanda hatte den Fehler begangen, ihr Leben um eine winzige Beobachtung und eine durchaus sinnvolle Schlußfolgerung zu organisieren, was dazu führte, daß sie eine enorme Menge Zeit allein in einer lieblosen Umgebung verbrachte und darauf wartete, daß Lawrence auftauchte, während er aller Wahrscheinlichkeit nach zweihundert Meter weiter allein in einer anderen Cafeteria saß und von ihrer Existenz nichts ahnte.

Schließlich wurde ihr noch auf andere Weise übel mitgespielt. Sie hatte sich die Mühe gemacht, Lawrences Adresse herauszufinden, und entdeckte eines Tages am Schwarzen Brett eine Notiz des Inhalts, daß in seinem Haus ein Zimmer frei war. Sie mietete das Zimmer und brachte den Großteil ihrer Besitztümer dorthin, bevor sie sich bei einem Mitbewohner vorsichtshalber erkundigte, in welchem Zimmer Lawrence wohnte; und prompt wurde sie davon in Kenntnis gesetzt, daß Lawrence zwei Wochen zuvor in eine Wohnung auf dem Universitätsgelände (wo auch Amanda gewohnt hatte) umgezogen war, und daß es sein altes Zimmer war, das sie gerade bezog. Weswegen Amanda antwortete, als Paul die Nummer anrief, die er in Lawrences Kalender gefunden hatte; ihre Vertrautheit mit seinen jüngsten Schritten muß im Augenblick allerdings noch im dunkeln bleiben.

»Was du gerade erzählt hast, verwirrt mich«, gab Lawrence zu. »Der Name Amanda sagt mir überhaupt nichts.«

»Ich glaube, ich habe den Namen richtig verstanden«, entgegnete Paul. »Wie gesagt, sie schien dich sehr gut zu kennen. Sie klang, als ob sie sich große Sorgen um dich machen würde. Sie meinte, daß du in Schwierigkeiten steckst.«

»Schwierigkeiten?«

»Sie erwähnte die Polizei.« Er bemerkte, daß Lawrence bei diesem Wort überaus beunruhigt dreinblickte, und fragte: »Du bist nicht... du weißt schon, auf der Flucht oder so?«

»Nicht gerade auf der Flucht«, sagte Lawrence unsicher; dann mit mehr Selbstvertrauen: »Nein, überhaupt nicht. Ich wollte sowieso ein paar Tage aus Coventry weg. Wie gesagt, ich wollte meine Schwester in Derby besuchen. Aber vielleicht habe ich, so wie die Dinge liegen, einen guten Zeitpunkt gewählt.«

»Ja? Warum? Haben sie was gegen dich in der Hand?«

Lawrence meinte, daß er seinem Gastgeber als Gegenleistung für dessen Freundlichkeit zumindest eine vollständige Erklärung schuldete; außerdem bot sie ihm die Gelegenheit, ein weiteres Beispiel für seine Theorie an den, wie er vermutete, aufgeschlossenen Mann zu bringen. Er begann: »Ich will es mal so ausdrücken, Paul: ich habe gewisse Neigungen. Als ich zum Beispiel den Freund erwähnte, der in der Schreibwarenhandlung arbeitete, hätte ich mich präziser ausdrücken können: er war mein Liebhaber.«

Paul verzog angesichts dieser Eröffnung keine Miene, sondern sagte nur: »Ach ja?«

»Diese meine Neigungen hatten in letzter Zeit Verhaltensweisen zur Folge, die man nur als schlechte Angewohnheiten bezeichnen kann. Es ist mir ein Vergnügen, in Toiletten zu gehen, öffentliche Toiletten, Männertoiletten, und dort Nachrichten zu hinterlassen und Nachrichten zu bekommen. Nachrichten, die bisweilen zu Verabredungen führen. Verabredungen, die bisweilen rein körperlicher Natur sind.«

»Nun, soweit ich weiß, ist das nicht ungesetzlich.«

»Es gibt dabei ein Problem. Ich werde erst in diesem Jahr einundzwanzig.«

»Ich verstehe. Du brichst demnach die in dieser Hinsicht etwas unaufgeklärten Gesetze unseres Landes.«

»Genau. Das hat bis jetzt keine Probleme nach sich gezo-

gen, aber diese Woche ist etwas passiert. Ein Zwischenfall. Den ich, wie ich zugeben muß, ziemlich beunruhigend finde. Ich war in der Stadt beim Einkaufen und dachte, daß ich mal bei einem meiner regelmäßigen Treffpunkte reinschaue, ob vielleicht irgendwas los ist. Die Sache hat sich als Enttäuschung rausgestellt, so daß ich selbst eine Nachricht hinterlassen mußte. Als ich aus der Kabine kam, stand ein Polizist am Waschbecken, wusch sich die Hände und starrte mich im Spiegel an. Er ließ mich nicht aus den Augen, als ich ging, musterte mein Gesicht und folgte mir dann. Ich begann, schneller zu gehen, und wollte in eine der Ladenstraßen, wo sich mehr Menschen aufhalten. Kurz bevor ich außer Hörweite war, rief er: ›Entschuldige, Junge‹, und dann fing ich an zu laufen und stürmte in eine Buchhandlung. Ich muß ihn abgeschüttelt haben, denn ich habe ihn nicht mehr gesehen.»

Lawrence erzählte diese Anekdote wahrheitsgemäß, aber ich fürchte, daß er bestimmte Details nicht kannte, die eine andere Interpretation nahegelegt hätten. Wie konnte er auch wissen, daß der fragliche Polizist an diesem Nachmittag seinem Gemüsehändler unbedingt die Botschaft hatte übermitteln wollen, daß er am Donnerstag nicht an ihrem regelmäßigen Darts-Spiel würde teilnehmen können, da eine unerwartete Veränderung im Dienstplan der Woche vorgenommen worden war? Und daß er, Lawrence, dem Sohn des Gemüsehändlers, dem der Polizist nur einmal kurz im Halbdunkel der Bar im Hare and Hounds begegnet war, mehr als nur ein bißchen ähnlich sah? So daß dieser Zwischenfall auf einem schlichten Mißverständnis beruhte und Lawrence nicht das Objekt irgendwelcher Verdächtigungen war.

»Ich verstehe, daß dich das beunruhigt«, sagte Paul. »Aber es ist wohl kaum ein Grund, die Flucht zu ergreifen, oder?«

»Das war vor zwei Tagen«, sagte Lawrence. »Gestern ist etwas noch Schlimmeres passiert. Ich kam zurück in mein Zimmer auf dem Universitätsgelände und ging in die Kü-

che, um Kaffee zu kochen. Da kommt mein Zimmernachbar herein und erzählt mir, daß ein Polizist dagewesen sei und nach mir gefragt habe. Namentlich. Er hat nicht gesagt, warum, aber ich kann es mir denken.«

Und wieder hatte Lawrence zu hastig eine Schlußfolgerung gezogen, denn der Besucher vom Vortag war überhaupt kein Polizist gewesen, sondern ein Biologiestudent im sechsten Semester, Kevin Cronin, der sich anläßlich der Generalprobe des Stücks Die Beute *von Joe Orton als Polizist verkleidet hatte. Die Rolle des Polizisten in* Die Beute *ist, wie die Theaterwissenschaftler unter Ihnen sicher wissen, eine sehr kleine, und Kevin, der ein begeisterter Amateurfotograf war und sich den Schlüssel zur Dunkelkammer des Kameraclubs, dessen Vorstand und Schlüsselverwahrer Lawrence war, holen wollte, hatte eine seiner langen Abwesenheiten von der Bühne genutzt, um Lawrence aus diesem vollkommen arglosen Grund aufzusuchen.*

»Da hast du es«, sagte Lawrence. »Vielleicht ist alles ganz harmlos, aber es beunruhigt mich, daß diese Frau namens Amanda, wer immer sie ist, etwas davon weiß und in Kontakt mit der Polizei steht. Vielleicht hat sie ihnen den Tip gegeben. Vielleicht führt sie einen persönlichen Kreuzzug gegen Leute wie mich.«

»Du hast mein Mitgefühl«, sagte Paul. »Wir leben in einer Gesellschaft, in der sogar liberale Werte, und das sind nicht gerade die provozierendsten der Welt, Schritt für Schritt unterminiert werden. Wie dem auch sei, ich möchte gern eine kleine Bemerkung machen: du hast deine eigene Theorie widerlegt. Mir scheint, du wirst ungerechterweise wegen deiner Sexualität verfolgt. Das hat doch nichts mit Glück oder Pech zu tun. Wie werden sexuelle Neigungen festgelegt? Überwiegend genetisch. Zudem gibt es ein Element der persönlichen Entscheidung.«

»Die Sexualität«, sagte Lawrence lächelnd, »hat tatsächlichen einen massiven Einfluß auf unsere Handlungen. Das gilt sowohl für die junge Frau, die schwanger wird und heiraten muß, wie für den Minister, der seine sadomasochisti-

schen Impulse in politischen Entscheidungen auslebt. Aber ich hatte eigentlich keine andere Wahl. Ich schreibe meine Homosexualität der Tatsache zu, daß Chelsea in der Saison 1978/79 absteigen mußte.«

Paul lachte und sagte: »Das kann ich einfach nicht glauben. Aber du wirst es mir sicher erklären.«

»Natürlich«, sagte Lawrence. »Die Pubertät ist eine entscheidende Lebensphase. Viele junge Männer haben homosexuelle Fantasien und entsprechende Erfahrungen, vor allem wenn sie auf Jungenschulen gehen, was ich zufälligerweise nicht tat. Jedenfalls habe ich während dieser hochsensiblen Zeit meinen ersten und einzigen Liebesbrief bekommen. Er wurde anonym in die Tasche gesteckt, in der ich immer meine Bücher rumtrug. Ich war sehr aufgeregt und fragte mich tagelang, welches Mädchen in meiner Klasse den Brief geschrieben haben könnte. Eines Tages ging ich um die Mittagszeit zu einem Vortrag über eine Ferienreise nach Afrika, den ein Typ aus der sechsten Klasse hielt, und als er etwas auf die Tafel schrieb, habe ich überrascht festgestellt, daß es dieselbe Handschrift war. Der Brief war von ihm! Zuerst war ich bestürzt, aber wenn ich an all die Dinge dachte, die er über mich in seinem Brief gesagt hatte, fühlte ich mich immer noch geschmeichelt. Ich verknallte mich unheimlich in ihn, und irgendwann brachte ich den Mut auf, mit ihm darüber zu reden.«

»Und?«

»Tja, es stellte sich heraus, daß der Brief überhaupt nicht für mich bestimmt war. Er galt meiner Schwester, die in dieselbe Schule wie ich ging, nur drei Klassen höher. Sie hatte diese Tasche, die sie als Chelsea-Fan auszeichnete, aber wie viele Menschen, die sich nicht wirklich für Fußball interessieren, war ihre Loyalität nicht sehr beständig, und als Chelsea nach dieser Saison in die zweite Liga absteigen mußte, begann sie Liverpool zu unterstützen, weil sie Meister geworden waren. Die Tasche wollte sie nicht mehr, deswegen hat sie sie mir geschenkt. Und am nächsten Tag steckte dieser Pechvogel seinen Liebesbrief hinein. Und ich

stellte ihn mir zwei Jahre lang ohne Hosen vor und hatte schließlich mein erstes sexuelles Erlebnis mit einem Freund von ihm, in der Dusche nach einem Langstreckenlauf. Seitdem habe ich nie mehr zurückgeblickt.« Lawrence lächelte wieder und trank den letzten Tee, darunter ein paar Teeblätter. Dann blickte er erneut besorgt drein. »Diese Amanda – du hast ihr doch nicht erzählt, wo ich bin, oder?«

»Natürlich nicht«, sagte Paul und fügte beiläufig hinzu: »Du bleibst doch hoffentlich zum Mittagessen?«

»Das wäre sehr nett«, sagte Lawrence. »Aber dann muß ich wirklich nach Derby.«

»Ich geh nur schnell in den Laden«, sagte Paul, »und hol ein paar Sachen.«

Er log natürlich, aber aus gutem Grund: Amanda hatte ihn am Telefon davon überzeugt, daß Lawrence selbstmordgefährdet war, und er hatte ihr versprochen, ihn nicht gehen zu lassen, bevor sie nicht da wäre.

Und jetzt, so vermute ich, erwarten Sie wohl eine Erklärung, wie sie zu dieser Überzeugung gelangt war.

Die Wahrheit ist, daß Lawrences Schwester, eine Frau von edler Gesinnung, für die Samariter arbeitete; und Lawrence, dem es nicht gelungen war, sie zu Hause zu erreichen, hatte sie im Büro angerufen. Amanda hatte ihn wie üblich den ganzen Tag verfolgt und trieb sich in Hörweite der Telefonzelle herum, als er sagte: »Hallo, sind dort die Samariter?« Diese Worte zusammen mit seinem aufgeregten Verhalten, kombiniert mit seiner überstürzten Flucht von der Universität ließen sie eine falsche, wenn auch nachvollziehbare Schlußfolgerung ziehen.

Lawrence war mittlerweile zurück in sein Zimmer gerannt, immer auf der Hut vor Polizisten, hatte Kleidung in eine Tasche geworfen und eine Nachbarin gefragt, ob sie Tabletten gegen Reisekrankheit für ihn hätte (ihm wurde unterwegs leicht schlecht). Nein, sagte sie, aber Timothys Zimmer sei offen und er habe welche: sie stünden ganz oben auf seinem Bücherregal. Drei Tage zuvor hätte das auch noch gestimmt; aber in der Zwischenzeit hatte sich Timothy von seiner Freundin getrennt. Daraufhin war er in eine Depression gefallen, der er zu begegnen versuchte, indem er eines Morgens die Möbel in seinem Zimmer neu arrangierte; dabei hatte er unter anderem die Tabletten gegen Reisekrankheit in eine Schublade seines Schreibtisches geräumt und die Schlaftabletten oben auf das Bücherregal gestellt. Lawrence hatte mindestens vier davon geschluckt, bevor der Zug in Derby einfuhr (verwundert, warum sie gegen seine Übelkeit nicht halfen), so daß es kein Wunder war, daß er noch immer halb schlief, als Paul und seine Kollegen ihn im Bahnhof von Sheffield in Empfang nahmen.

Ungefähr eine Stunde später, als Paul und Lawrence ein vortreffliches Mittagessen, bestehend aus Toast und Käse, zu sich nahmen, klopfte es an der Haustür. Paul ging, um zu öffnen, Lawrence folgte ihm und blieb im Flur stehen. An der Tür standen zwei Polizisten und eine Frau, von der er augenblicklich vermutete, daß sie Amanda war.

»Ist er hier?« fragte einer der Polzisten.

»Ja«, sagte Paul.

»Gute Arbeit. Dann werden wir mal ein paar Worte mit ihm reden.«

Lawrence drehte sich um und flüchtete die Treppe hinauf. Die Polizisten wollten hinter ihm her stürzen, aber Paul sagte: »Das ist schon okay, dort oben kommt er nicht raus.« Und sie machten kehrt.

»Sie Idiot, deswegen machen wir uns keine Sorgen«, sagte Amanda. »Aber was ist mit den Fenstern oben? Ich geh rauf und rede mit ihm.«

Sie ging zwei Treppen nach oben und fand Lawrence im obersten Raum des Hauses, als er gerade dabei war, das Fenster zu öffnen und auf den Sims hinauszuklettern.

»Wenn du näherkommst«, sagte er, »springe ich. Ich meine es ernst.«

Er sagte die Wahrheit, denn – wenn wir an dieser Stelle etwas psychologisieren wollen (das war bislang zugegebenermaßen nicht die Stärke dieser Geschichte) – Lawrence schrieb seinem Leben weder für sich selbst noch für andere irgendeinen Wert zu; und wenn die Kette der Ereignisse, der wir gefolgt sind, ihn verpflichtet hätte, voreilig und unfreiwillig Selbstmord zu begehen, so hätte er nichts dagegen gehabt. Und als er auf dem Fenstersims stand zwischen Amanda im Schlafzimmer hinter ihm und Paul und zwei wachsamen Polizisten im Garten unter ihm, neigte er halb dazu, zu springen. Er hätte leicht springen können.

Was also hielt ihn ab? Nun, was ihn abhielt, war ein am Abend zuvor geplatztes Wasserrohr in einem sechseinhalb Kilometer entfernten Haus am anderen Ende von Sheffield. Die Erklärung, hätte Lawrence sie jemals zu Ohren bekommen, hätte ihm zweifellos gefallen. Das fragliche Haus gehörte einem gewissen Norman Lunt, der seinen Lebensunterhalt als Mathematiklehrer in der höheren Schule verdiente, die genau gegenüber von Pauls Haus in derselben Straße stand. Da er den ganzen Abend damit verbracht hatte, das Wasser vom Boden seiner Küche zu wischen, war Mr. Lunt mit dem Korrigieren im Verzug und mußte während seiner Mittagspause nicht weniger als vierunddreißig Hausaufgaben durchsehen. Von dieser Aufgabe lenkte ihn ein extrem lautes und unflätiges Fußballspiel ab, das auf der Wiese vor dem Fenster des Lehrerzimmers ausgetragen wurde, und so wies er die Spieler mit eindeutigen Worten an, sich zu verziehen und woanders weiterzuspielen. Die sechs Kinder beendeten das Spiel am Rand der Wiese, gleich neben der Straße, wo sie normalerweise nie gespielt hätten; und als einer von ihnen, ein vielversprechender junger Mittelstürmer namens Peter, aus der Hälfte des Gegners (was bedeutet, daß er wahrscheinlich sowieso im Abseits gewesen wäre) einen mächtigen Schuß auf das Tor losließ, flog der Ball geradewegs über den Zaun, gewann dabei an Schnelligkeit und Höhe und traf Lawrence voll in die Magengrube, und zwar genau in dem Moment, als er springen wollte. Er taumelte zurück und stürzte krachend auf das Bett, bevor er noch wußte, wie ihm geschah.

»Alles in Ordnung?« fragte Amanda. »Hast du dir weh getan?«

Sie nahm ihn in die Arme und hielt ihn fest. Und Lawrence war schockiert, schockierter als je zuvor in seinem Leben, von der Leidenschaft in ihrer Stimme, von dem tiefen Gefühl, das sie verriet, von der Wärme und Kraft ihrer Arme, als sie ihn umfaßten und zärtlich wiegten. Er blickte in ihr Gesicht, das tränenüberströmt war, und fragte sich, wer sie war und warum ihr soviel an ihm lag. Und außerdem fragte er sich, wie sich diese unerwartete Entwicklung in seine Theorie integrieren ließe. Er überlegte und überlegte, während sie ihn wiegte, aber er konnte nicht entscheiden, ob alles, woran er glaubte, mit einem Schlag widerlegt worden war, oder ob es bloß bedeutete, daß eine weitere Entscheidung, vielleicht die bislang wichtigste in seinem Leben, für ihn getroffen worden war.

Emmas erster Impuls, nachdem sie die Geschichte zu Ende gelesen hatte, war, Robin anzurufen. Sie war überzeugt, daß sie nicht gegen ihn verwendet werden konnte, aber sie hätte gern hier und jetzt ein paar Fragen geklärt: irgend etwas an der Geschichte war ihr nicht geheuer, etwas an ihrer Absicht, ihrem Standpunkt, das sie nicht verstand. Sie konnte entweder von der nächsten Telefonzelle aus anrufen oder warten, bis sie zu Hause war; das Problem bei der zweiten Option war natürlich, daß Mark das Gespräch wahrscheinlich mit anhören würde. In einem hellsichtigeren oder ruhigeren Augenblick hätte sie innegehalten und darüber nachgedacht, wie sonderbar es war, daß ihr der Gedanke, ihr Mann würde ein Telefongespräch mit einem Mandanten mit anhören, peinlich war. Aber jetzt kam sie gar nicht auf die Idee, über die Annahme nachzudenken, die dieser Peinlichkeit zugrunde liegen mußte: die Annahme, daß ihr Mann Robin nicht gemocht hätte, ihn überhaupt nicht gemocht hätte, wären sie sich begegnet.

Und so versuchte sie, Robin auf dem Rückweg nach Coventry von einer Telefonzelle aus anzurufen; aber niemand antwortete.

Zwei Straßenzüge von ihrem Haus entfernt blieb sie zehn Minuten stehen, saß im Dunkeln und probte ihren Text für den bevorstehenden Streit. Wo warst du? Dir ist doch klar, daß es schon nach zehn ist. Ich mußte nach Warwick. Wozu, Arbeit? Ja, so kann man es nennen. Vermutlich bist du wütend, weil ich dir kein Abendessen gemacht habe. Nein, ich erwarte nicht, daß du mich von hinten und vorn bedienst, und außerdem bin ich, wenn es sein muß, selbst in der Lage, mir ein Essen zu kochen; es wäre nur nett, wenn ich eine vage Vorstellung hätte, wo meine Frau um zehn Uhr an einem Freitagabend ist, das ist alles. Also, soll ich dir aufzeichnen, welche Strecke ich gefahren bin, dazu noch die genauen Zeitangaben? Geh mir nicht auf die Nerven, Emma, es war ein schwerer Tag. Gut, für mich auch.

Stille.

Plötzlich wurde ihr in dieser dunklen sommerlichen Straße angst und bange, und als sie den Motor wieder anließ, schien ihr das Geräusch ohrenbetäubend. Sobald das Haus in Sichtweite kam, sah sie, daß niemand da war. Sie fühlte sich erleichtert, aber dann wurde sie sofort mißtrauisch und sauer auf sich selbst, weil all die abscheulichen Verdächtigungen, die sie auf Mark projizierte, durch die Risse in ihrem reizbaren Bewußtsein sikkerten. Warum sollte er an einem Freitagabend bis spät nachts arbeiten? Es war lange her, daß so etwas zu seinen Routinepflichten gehörte; sie mußte an die Zeit zurückdenken, als er Hausmann gewesen war. Vielleicht war er ausgegangen, um sich etwas zu essen zu holen, vom Chinesen um die Ecke. Aber die Alarmanlage war eingeschaltet, die Vorhänge waren nicht zugezogen, und dem ganzen Haus haftete, als sie wie ein Eindringling von einem dunklen Zimmer zum nächsten ging, etwas Totes und Leeres an.

Sie machte sich ein Sandwich, betrachtete dabei ihr Spiegelbild im Küchenfenster, schenkte sich ein Glas Milch ein, und konnte beides nicht anrühren. Sie fröstelte in der Stille. Der Kühlschrank brummte leise, und in einem mehrere Häuser entfernten Garten bellte ein Hund.

Als Emma schließlich die Treppe hinaufging, hatte sich ihrer ein tiefes Unbehagen bemächtigt. Sie hatte das Gefühl, irgend etwas Böses halte sich in ihrem Haus auf, sei eingedrungen und beobachte alles voll Feindseligkeit; es war anstrengender, bedrohlicher als das Mittagessen mit Alun, der sie auf seine ermüdende legalistische Weise schikaniert hatte. Oben an der Treppe blieb sie stehen und horchte konzentriert in die unruhige Stille. Dann ging sie ins Bad und wusch sich schnell und achtlos. Vor der Tür zum Schlafzimmer zögerte sie, fragte sich, warum sie geschlossen war, versuchte sich zu erinnern, ob sie sie, bevor sie zur Arbeit gegangen war, zugezogen hatte. Normalerweise machte sie die Schlafzimmertür nie zu, bevor sie zur Arbeit aufbrach.

Sie öffnete die Tür und schaltete das Licht ein. Augenblicklich setzte sich Mark im Bett auf und blinzelte sie an, und Emma beging den Fehler, zu schreien: es war nur ein kurzer, hoher, leiser kleiner Schrei, aber nichtsdestoweniger ein Schrei.

»Was zum Teufel ist los mit dir?« fragte er.

Sie setzte sich auf die äußerste Bettkante.

»Du hast mich erschreckt. Ich hatte Angst, ich weiß nicht warum. Ich dachte, es wäre jemand im Haus.«

»Es ist jemand im Haus. Ich.«

»Ja, ich weiß. Ich dachte, du wärst nicht da.«

»Nicht da? Wo sollte ich um diese Zeit sein?«

Er setzte sich umständlich auf, zog seine Schlafanzugjacke zurecht und die Bettdecke ein Stückchen weiter zu sich herüber. Emma, die die Schuhe abgestreift hatte, sobald sie das Zimmer betreten hatte, begann, ihren Rock aufzuknöpfen.

»Tut mir leid, habe ich dich aufgeweckt?«

»Ich war fast eingeschlafen, ja.«

»Es ist ein bißchen früh, um ins Bett zu gehen, am Freitag.«

»Ich bin müde.«

»Warum, war es ein schwerer Tag?« Es war seltsam, wie praktisch diese rituellen Fragen bisweilen sein konnten, als Möglichkeit, Zeit zu schinden und Abwehrstrategien aufzubauen.

»Schwer genug.«

Emma wartete, daß er fragte, wo sie gewesen sei, aber er tat es nicht. Sie entkleidete sich bis auf die Unterwäsche und zog ihren Bademantel an.

»Kommst du nicht ins Bett?«

»Noch nicht. Ich hab mir eine Kleinigkeit zu essen gemacht. Vielleicht gibt es noch einen Film im Fernsehen.«

»Na gut«, sagte er, »sei leise, wenn du wiederkommst.«

Aber zwei Stunde später, als Emma ins Bett ging, schlief Mark noch immer nicht. Es hatte tatsächlich einen Film gegeben, und er war relativ sehenswert gewesen. Als sie sich neben ihn ins Bett legte, rührte sich Mark nicht, und er sagte auch nichts, aber sie spürte, daß er wach war, und sie erlaubte sich, ihre Hand behutsam auf seine Schulter zu legen. Als das zu keiner Reaktion führte, sagte sie: »Tut mir leid, daß ich heute abend so spät nach Hause gekommen bin.«

Er drehte sich um und nahm sie in den Arm.

»Ist schon in Ordnung«, sagte er; aber er fragte sie wieder nicht, wo sie gewesen war, und der Augenblick der Versöhnung, den sie so sehr herbeigesehnt hatte, war sofort vorbei.

»War der Tag so schlimm?« fragte sie, weil sie ihn reden hören wollte.

»Ach, es war okay. Ich habe wie immer das Gefühl, einen aussichtslosen Kampf zu führen.«

Dann folgte eine lange Pause, während der sie spürte, daß es etwas gab, was er ihr unbedingt erzählen wollte. Als er es tat, war es überhaupt nicht, was sie erwartet hatte.

»Ich hab heute mit Liz zu Mittag gegessen.«

»Liz?«

»Liz Seaton. Du weißt schon, die Kinderärztin. Du hast sie einmal getroffen.«

»Ah ja.«

»Erinnerst du dich nicht an sie?«

»Ich erinnere mich nicht, sie getroffen zu haben. Ich kenne ihren Namen. Ab und zu sprichst du von ihr.«

»Ja?«

»Ja. Ihr Name fällt gelegentlich. Du siehst sie häufig? Zum Mittagessen und so?«

»Nein, nicht häufig. Eigentlich sehr selten.«

»Das ist komisch, nicht wahr?«

»Was ist komisch?«

»Na, es ist komisch, daß du so viel von ihr redest, wenn du sie nur selten siehst.«

»So viel rede ich auch wieder nicht von ihr.«

»Warum erzählst du mir das überhaupt? Hat sich beim Mittagessen etwas Interessantes ergeben?«

»Nein, es war ein ganz normales Mittagessen, mehr nicht.«

»Warum erwähnst du es dann? Warum ist es das Dringendste, was du mir um ein Uhr nachts erzählen mußt, wenn wir den ganzen Tag nicht miteinander geredet haben?«

Mark löste die Umarmung, die zunehmend distanzierter geworden war, und setzte sich auf.

»Um Himmels willen, Emma, ich wollte Konversation machen. Ich habe dir etwas von dem erzählt, was heute los war, wie man es von Mann und Frau erwartet. Das ist doch verständlich, oder? Es wäre nett, wenn auch *du* das gelegentlich tun würdest. Erzähl mir was. Erzähl mir, was heute los war. Was hast *du* zu Mittag gemacht?«

»Ach, nichts Besonderes. Ich bin mit ein paar Sandwiches in den Memorial Park gegangen«, sagte Emma nach einem etwas zu auffälligem Zögern. Da sie das Schweigen fürchtete, das sich sofort auf sie zu legen drohte, erklärte sie: »Ich wollte nachdenken.«

»Nachdenken? Worüber?«

»Ach, über einen Fall.«

»Ich verstehe. Ist er interessant?«

»Ja. Ja, er ist interessant.«

Nie hatte sich Emma weniger für Robin und die nicht bewiesenen Behauptungen seine Person betreffend interessiert als in diesem Augenblick. Und dieses Desinteresse hielt bis zum Morgen an, so daß sie Teds Brief, der während des Frühstücks eintraf, weder überraschte noch enttäuschte, was ein paar Tage zuvor völlig undenkbar gewesen wäre.

›The Beeches‹
34 Bellevue Rise, Wokingham/Surrey

Liebe Mrs. Fitzpatrick,

zuerst einmal muß ich mich entschuldigen, daß ich so lange gebraucht habe, um diesen Brief zu schreiben. Ich möchte Ihnen versichern, daß das einzig und allein auf die Ernsthaftigkeit zurückzuführen ist, mit der ich Ihre Bitte um Information behandelt habe.

Die Nachrichten in bezug auf Robin haben mich, wie Sie sich sicherlich vorstellen können, schrecklich schockiert. Ich schaudere noch immer bei dem Gedanken, daß wir zusammen etwas getrunken haben – schlimmer noch, daß er auf dem Beifahrersitz meines Wagens gesessen hat –, nur Stunden, Minuten bevor er diese grauenhafte Tat beging (obwohl man natürlich nie vergessen darf, daß ein Mensch als unschuldig gelten muß, solange seine Schuld nicht bewiesen ist). Dies mag Ihnen kleinmütig erscheinen, kleinmütig gegenüber jemandem, von dem ich in meiner Naivität dachte, ich würde ihn gut kennen: aber es gibt eine einfache Erklärung – ich bin selbst Vater eines Sohnes.

Nahezu ohne mir dessen bewußt zu sein, habe ich bereits die Gründe dargelegt, warum ich nicht für Robin aussagen will. (Und ich sollte vielleicht hinzufügen, daß ich Mr. Barnes, der, wie Sie vielleicht wissen, die Anklage vertritt, ähnlich antworten werde.) Ich fühle mich zu sehr verwickelt in die Ereignisse jenes entsetzlichen Tages; und ich glaube nicht, daß ich den nötigen Abstand besitze. Meine Frau ist meiner Meinung, und ich denke, daß auch Sie als Frau mich verstehen werden.

Zum Schluß möchte ich Ihnen Glück bei der Handhabung von Robins Fall wünschen und, da ich an Ehrenhaftigkeit und Fair play glaube, meiner Hoffnung Ausdruck verleihen, daß der Gerechtigkeit Genüge geleistet wird.

Hochachtungsvoll
Edward Parrish

Als Emma das nächstemal zu Port's ging, hatte in der Zwischenzeit eine kleine Revolution stattgefunden, angefangen hatte sie mit der gescheiterten Umarmung in ihrem Schlafzimmer während der frühen Morgenstunden des vergangenen Samstags.

Mark und sie hatten nur sehr wenig miteinander geredet; keiner von beiden hatte das Gefühl, daß das Thema bereits zur Diskussion anstand. Aber sie wußte jetzt, daß er eine andere Frau liebte, und sie hatte durchblicken lassen, daß sie es wußte. Sie sprachen über fast nichts mehr. Die ganze Woche hatte er Entschuldigungen gefunden, um abends lange zu arbeiten, außer Haus zu essen, und am Mittwoch war er überhaupt nicht nach Hause gekommen. Am Donnerstag abend stritten sie sich kurz, aber deutlich: Mark verkündete – wohl wissend um die Bedeutung dessen, was er sagte –, daß er Emma am Wochenende nicht zur Hochzeit ihrer alten College-Freundin Helen begleiten würde. Sie würde allein hinfahren müssen.

Im Büro stellte Emma fest, daß sie mit einer Art mechanischer Energie weiterarbeitete und die Sachen schneller als gewöhnlich erledigte; gleichzeitig war ihr jedoch bewußt, daß sie ihre Arbeit nicht aufmerksam genug, nicht gründlich genug und nicht engagiert genug verrichtete. Am Freitag war ihr auch das gleichgültig. Fast hätte sie vergessen, daß sie mit Alun zum Mittagessen verabredet war, und so kam sie eine Viertelstunde zu spät. Er hielt mit seiner Verstimmung nicht hinter dem Berg.

»Ich hoffe, du nimmst es mir nicht übel«, sagte er und schob ihr den Weißwein und das Mineralwasser hin, das er, ohne sie zu fragen, bereits bestellt hatte, »aber du siehst nicht gerade blendend aus. Hast in letzter Zeit wohl zu wenig Schlaf gekriegt. Stimmt's?«

Sie zuckte die Achseln. »Ich fühle mich nicht müde.«

»Viel Arbeit im Augenblick?«

»Nein, nicht besonders viel. Wir erledigen einen Fall nach dem anderen.«

»Und« – er warf ihr einen aufdringlichen Blick zu – »wie stehen die Dinge zu Hause?«

»Mal so, mal so«, sagte sie trotzig.

»Ich verstehe, du willst nicht darüber reden. Das ist dein gutes

Recht. Wir haben andere Dinge zu besprechen. Hast du die Geschichte wieder mitgebracht?«

»Ja, hier ist sie.«

Sie holte das Notizbuch aus ihrer Tasche und legte es auf den Tisch. Emma merkte, daß sie nur sehr wenig von der Geschichte erinnerte, und überflog verstohlen die erste Seite, wie ein Kind, dem Fragen zum Inhalt eines Aufsatzes gestellt werden sollen.

»Du verstehst jetzt also, was ich gemeint habe, oder? Du verstehst, warum das ein völlig neues Licht auf den Mann wirft, den du verteidigst?«

»Nicht wirklich. Es ist nur eine Geschichte.«

»Nein, das ist es nicht. Genau das ist es nicht. Zum einen hat der Protagonist eine große Ähnlichkeit mit Grant selbst. Er ist Student, hat den gleichen Lebensstil, die gleichen homosexuellen Neigungen.«

»Jetzt warte mal –«

»Laß mich ausreden, Emma, laß mich ausreden.« Sie nippte an ihrem Wein, erschrocken über seine unverhohlene Ungeduld. »Nicht nur das, sondern er vertritt zudem ein System, eine Lebensphilosophie, die viele normale Menschen für anstößig und unverantwortlich halten. Der Protagonist der Geschichte weist jede Verantwortung für seine Handlungen und sogar für sein Sexualverhalten von sich. Und dafür wird er auch noch belohnt, denn er kommt nicht zu Schaden und endet in den Armen einer Frau, die ihn liebt. Die Polizei wird lächerlich gemacht, und er gibt sich keinerlei Mühe, klarzustellen, daß man die Konsequenzen der Art und Weise, wie man andere Menschen behandelt, auf sich nehmen muß. In der Geschichte wird ein perverses Sexualverhalten als normal geschildert, und er geht sogar so weit, die Verwirrung und die Unanehmlichkeiten, die es mit sich bringt, zu feiern. Darüber hinaus wird Terrorismus als Kavaliersdelikt verharmlost.«

Emma nahm ihr Glas in die Hand und dachte scharf nach, bevor sie sprach.

»Es gibt Dinge darin, die ich nicht verstehe«, sagte sie, »aber mir scheint, du gibst der Erzählung keine Chance. Ich glaube, sie ist nicht ganz ernst gemeint.«

Sie würde sich mehr Mühe geben müssen, das wußte sie.

»Kommt er dir wie jemand vor, der es sich im Augenblick leisten kann, Witze zu machen?« fragte Alun.

»Im Augenblick natürlich nicht. Aber ich nehme an, das hat er schon vor einiger Zeit geschrieben, oder? Außerdem, wenn ich sage, daß sie nicht ganz ernst gemeint ist... dann meine ich nicht nur, daß er versucht, witzig zu sein. Manches ist ernst gemeint. Gibt es nicht diese Stelle – ungefähr in der Mitte, wo jemand sagt... da reden doch diese zwei Leute miteinander, nicht wahr? Und einer von ihnen sagt – ich kann mich nicht genau erinnern, was, es ist irgendwo in der Mitte, aber... «

Panik ließ sie verstummen, und sie begann in dem Notizbuch zu blättern; aber Alun nahm es ihr entschlossen aus der Hand.

»Warum sollen wir über die Geschichte diskutieren, wenn du dich sowieso nicht mehr daran erinnerst? Es hat keinen Zweck, sich über Einzelheiten in die Haare zu kriegen. Es geht doch darum – was sagt sie uns über die Person, die sie geschrieben hat? Wurde sie geschrieben von einer Person, die vertrauenswürdig oder anziehend oder ausgeglichen oder... normal ist? Würdest du mit diesen Worten den Autor dieser Geschichte beschreiben?«

Emma gab widerstrebend zu: »Nicht mit den ersten Worten, nein.«

»Genau. Und trotzdem vertraust du ihm.«

»Ja«, sagte Emma, »das tue ich.«

»Manchmal verstehe ich dich einfach nicht. Wirklich.«

»Du willst noch immer, daß ich ihn dazu bringe, sich schuldig zu bekennen, nicht wahr?«

»Dir sind die Vorteile davon bekannt.«

»Ja, mir sind die Vorteile bekannt.«

»Aber du bist dagegen.«

»Glaub bloß nicht, daß du mir Angst einjagen kannst, Alun. Ich entscheide diese Dinge gern selbst.«

»Willst du damit sagen, daß du dich noch nicht entschieden hast?«

»Das habe ich nicht gesagt.«

Und doch wußte sie, daß Alun sich nur deswegen knapp fünf

Minuten später entschuldigte und ging, weil er seinen Sieg bereits ahnte. Sie verstand nicht, warum sie nachzugeben begann, warum Robin jetzt so unwichtig war, warum sie in einem Disput mit einem Rechtsanwalt, der ihr, wie sie wußte (oder bis vor kurzem gewußt hatte), nicht gewachsen war, so schlecht abgeschnitten hatte. Eine Weile war sie wütend auf sich; und aus dieser Wut erwuchs ein Gedanke, ein verbotener Gedanke, und bevor sie in der Lage war, ihn zu unterdrücken, war er in aller Deutlichkeit ausformuliert: sie wünschte, sie hätte Robins Fall gar nicht erst übernommen.

Eine kleine anglikanische Kirche in einem Vorort von Birmingham; Samstag spätvormittags, Nieselregen; das heiße Juliwetter nur noch eine Erinnerung.

Emma, die Helen nicht annähernd so oft sah, wie sie es sich wünschte, hatte sich seit Wochen auf die Hochzeit gefreut. Sie hatte sich extra zu diesem Anlaß einen neuen Hut und ein neues Kleid gekauft, aber sobald sie die Kirche betrat (und sich fragte, ob es die richtige war, da sich keine Menschenseele davor aufhielt), wurde ihr klar, daß sie zu elegant angezogen war. Sie hatte vergessen, daß Helen in ihrer eigenen Familie nicht sonderlich beliebt war; die meisten Familienmitglieder lebten jetzt in Wales, und es war ihnen nicht zuzumuten gewesen, anzureisen. Und die Verwandten des Bräutigams waren ein erbärmlicher Haufen; ein paar Männer waren deutlich mißgestimmt, weil sie an einem Samstagvormittag Anzug und Krawatte tragen mußten, und wirkten zerknittert und verkatert. Bislang waren nicht einmal zwanzig Personen da. Emma ignorierte die Anweisungen des Kirchendieners und setzte sich neben die erste bekannte Person, die sie entdeckte, eine Großtante von Helen, die sie auf einem Geburtstagsfest kennengelernt hatte. Sie begrüßten sich, aber es war offensichtlich, daß die Tante sich nicht an sie erinnerte, und so kam keine Unterhaltung zustande. Da sie niemanden kannte, mußte sie sich wenigstens nicht für Marks Fernbleiben entschuldigen.

Während sie dasaß und auf Helen wartete, wurde sich Emma einer wachsenden Niedergeschlagenheit bewußt. Zum Teil, das wußte sie, hatte dies mit der Armseligkeit der Umstände zu tun. Sie erkannte die Stücke, die der Organist intonierte, und wußte, daß Helen sie ausgesucht hatte; leise, melancholische Musik, an die sie sich aus den Tagen ihres gemeinsamen Jurastudiums erinnerte. Von der Stelle, wo sie saß, konnte sie ab und zu einen Blick auf den Organisten werfen, rechts oberhalb des Chorgestühls, und sie sah, daß er ein zerbrechlicher, sehr alter Mann war, dessen Finger unbeholfen über die Tasten glitten. Emma wußte, daß der Gesang, würde er angestimmt, holprig und dünn klingen würde. Zudem, das war nicht zu vermeiden, konnte sie zu keiner Hochzeit gehen, ohne an ihre eigene zu denken, die im Sommer vor sechs Jahren stattgefunden hatte. Helen war damals gekommen, und Emma war sehr selbstzufrieden gewesen; aber vielleicht machte es ihre Freundin richtig, indem sie so spät heiratete. Ihr wurde jetzt klar, daß es ihr schwerfallen würde, ihr Glück zu wünschen.

Als sie sich umwandte, um Helen zuzusehen, wie sie den Gang entlangging, sah sie, daß sie blaß und nervös war: aber ihre Blicke trafen sich kurz, und sie tauschten ein zittriges Lächeln aus.

Während der Gottesdienst voranschritt, spürte sie, wie die Kräfte sie verließen. Sie wünschte, sie könnte sich an einem Arm festhalten, und wenn es der ihres Mannes wäre. Glücklicherweise vergoß auch die Tante neben ihr ab und zu eine Träne, und Emma war es nicht ganz so peinlich, daß sie sich ständig die Augen mit einem Taschentuch abtupfen mußte; aber als sie schon glaubte, es sicher durch die gesamte Zeremonie zu schaffen, gab etwas in ihr nach, und sie brach zusammen. Es passierte während des letzten Liedes, das früher einmal (zu Zeiten, als sie noch regelmäßig in die Kirche ging) eins ihrer Lieblingslieder gewesen war. Abgesehen von allem anderen mochte sie die Melodie, aber zudem hatte das Lied eine besondere Bedeutung für sie, weil es auch bei ihrer Hochzeit gesungen worden war. Nach den ersten vier Zeilen, der Rhythmus zog sich unter den alten Händen des Organisten dahin, die Töne klangen schrill und unsicher, stieg ein entsetzlicher Schmerz in ihr auf:

Unser Wissen und Verstand
Ist mit Finsternis verhüllet
Wo nicht Deines Geistes Hand
Uns mit hellem Licht erfüllet

Plötzlich schluchzte sie laut, lauter als alle anderen sangen, und die Leute drehten sich zu ihr um, und sie sank auf die Knie, und die Tante legte ihr eine knochige Hand auf den Arm und lächelte süß in irregeleitetem Mitgefühl.

Auf dem Empfang, der im Haus von Helens Eltern stattfand, sagte Emma als erstes zu ihrer alten Freundin: »Helen, es tut mir so leid. Ich weiß nicht, was in mich gefahren ist. Ich hab dir alles verdorben.«

»Das hast du überhaupt nicht. Sei nicht albern.« Sie trug noch immer ihr Hochzeitskleid. »Sollen wir ein bißchen spazierengehen und reden? Ich hab dich seit Ewigkeiten nicht mehr gesehen.«

Sie gingen in den Garten hinaus und bahnten sich einen Weg durch die Gäste, die bereit waren, dem grauen Himmel und dem drohenden Regen zu trotzen. Darunter befanden sich der Bräutigam, Tony, und ein paar seiner Freunde.

»Hallo, Emma«, sagte er. »Du siehst gut aus.«

»Danke.«

»Mark ist nicht bei dir?«

»Nein, heute nicht. Er hat es nicht geschafft.«

Tony küßte Helen, und die beiden Frauen gingen weiter. Emma hörte noch einen aus der Gruppe fragen: »Wer ist Mark?« Und Tony antwortete: »Ihr Mann.« Sein Freund schüttelte den Kopf und sagte wehmütig: »Der Glückspilz.«

Der Garten grenzte an das Edgbaston Reservoir; sie gingen durch ein kleines Weidentor, ein Stück den Weg entlang und setzten sich ans Wasser. Der Boden war feucht, aber das störte sie nicht.

»Emmy«, sagte Helen, »erzähl mir, was los ist.«

Emma weinte eine Weile in den Armen ihrer Freundin und begann dann zu erzählen.

»Ach, Helen, was soll ich bloß machen?« sagte sie, nachdem sie geendet hatte. »Was kann ich tun?«

»Was würdest du denn gerne tun?«

»Ich weiß nicht. Ich hasse es, in seiner Nähe zu sein. Ich hasse es, in unserem Haus zu sein.«

»Kannst du irgendwo anders hin?«

»Nein. Ich weiß nicht. Nach Hause vielleicht.«

»Vielleicht solltest du das tun, nur für eine Weile. Mach ein bißchen Urlaub. Kannst du es dir leisten? Hast du sehr viel Arbeit?«

Emma setzte sich auf und trocknete sich die Augen.

»Nicht sehr viel. Im Augenblick habe ich nur einen Fall, der viel Arbeit erfordert.«

»Worum geht es?«

Sie erzählte ihr von Robin und erklärte, daß man ihr geraten hatte, er solle sich schuldig bekennen.

»Warum nicht? Bist du so sicher, daß er es nicht getan hat?«

»Ich war mir ziemlich sicher, ja.«

»Aber es würde *ihm* doch das Leben um vieles leichter machen, wenn er sich schuldig bekennen würde, oder? Würde das nicht ein milderes Urteil bedeuten? Und der Junge müßte nicht die Tortur auf sich nehmen, vor Gericht auszusagen. Das wirst du ihm bestimmt verständlich machen können. Das würde ich an deiner Stelle tun.«

»Vielleicht.«

»Könntest du dann ein paar Tage freinehmen?«

»Wahrscheinlich. Eine Woche.«

»Dann tu's, Emma, ich bitte dich. Sei einmal in deinem Leben ein Egoist. Wann warst du das letztemal egoistisch?«

Emma brachte ein kleines dankbares Lächeln zustande und blickte hinaus auf das graue Wasser des Reservoirs, das der auffrischende Wind aufwühlte. In Gedanken suchte sie bereits nach Worten, um Robin ihren Entschluß mitzuteilen.

TEIL DREI
Ein Streit unter Liebenden

Freitag, 18. April 1986

Alle Mächte scheinen sich gegen mich verschworen zu haben, dachte Robin, als er auf der Parkbank saß und zusah, wie Ted davonging.

Ich denke mir alle diese Theorien aus, alle diese Theorien über Literatur, und ich kann sie um nichts in der Welt niederschreiben. Ich denke mir alle diese Geschichten aus, alle diese Geschichten, die ich wie durch ein Wunder tatsächlich niederschreiben kann, und niemand will sie lesen. Die Abende verbringe ich damit, von Haus zu Haus zu latschen und Flugblätter über einseitige Abrüstung und den Weltfrieden zu verteilen, und der sogenannte Führer der sogenannten freien Welt wacht eines Morgens auf und beschließt, ein paar hundert Libyer abzuschlachten, nur weil er sein Gesicht ein bißchen verloren hat. Die einzige Person in dieser Stadt, die ich respektiere, die einzige Person, die zu lieben ich in der Lage bin, ist so verbittert und wütend über die Art und Weise, wie die Leute sie behandeln, daß sie wegen der kleinsten Provokation über mich herfällt. Ich plane einen erholsamen Urlaub im Lake District, statt dessen stecke ich in Coventry fest und muß den Gastgeber für einen Idioten spielen, der behauptet, in Cambridge mein Freund gewesen zu sein.

Eigentlich ist es nicht so, daß ich Ted nicht mag. Die Gleichgültigkeit, die er in mir auslöst, ist eher erheiternd. Er ist keine fünf Minuten weg, und schon habe ich fast vergessen, wie er aussieht. Manche Gesichter verblassen, kaum sind sie außer Sichtweite. Und andere Gesichter verblassen nie. Nie, nie. Zumindest nehme ich – was bin ich? ein sechsundzwanzigjähriger Mann – an, daß sie nie verblassen. Vielleicht werde ich, wenn ich sechsundvierzig bin, vergessen haben, vollkommen vergessen haben, wie sie aussieht. Vielleicht werden Kate und ich in irgendeiner Straße aneinander vorbeigehen, in Bradford oder irgendwo anders, und wir werden uns nicht erkennen. Aber das bezweifle ich. Irgendwie sehe ich nicht, daß es so kommen wird. Außerdem werde ich hoffentlich nicht sechsundvierzig.

Oder wenn ich schon sechsundvierzig werde, dann werde ich hoffentlich diesen ganzen Kram, diese Ideale oder wie immer man sie nennen will, hinter mir gelassen haben, die Hoffnungen, die ich wie einen Sack Kartoffeln um den Hals trage; oder wenn das nicht gelingt, dann werde ich vielleicht etwas daraus gemacht haben, dann wird es sich vielleicht ausgezahlt haben, das lange Warten, und ich werde schließlich ein berühmter Schriftsteller sein, und dann werden eines Abends die Scheinwerfer in irgendeinem Studio mein Gesicht anstrahlen, und der Moderator einer Late-Night-Plaudershow wird mich anlächeln und sagen:

»*Vielleicht können Sie uns etwas über Ihre Jahre in Coventry erzählen. Wenn Sie jetzt zurückblicken, war das nicht eine besonders prägende Zeit für Sie, für Ihre Arbeit als Schriftsteller und die Entwicklung Ihrer theoretischen Vorstellungen? Können Sie uns etwas über die sogenannte ›Coventry-Gruppe‹ und die Form, die Ihre Treffen für gewöhnlich annahmen, erzählen?*«

Und ich werde mich am Kopf kratzen oder meine Nase reiben oder meine Beine überschlagen und in einem Tonfall distanzierter Nostalgie antworten:

»Tja, im großen und ganzen sahen unsere Treffen für gewöhnlich so aus, daß wir in einem schäbigen Café saßen und wirr über einen Haufen Bücher redeten, die keiner von uns richtig gelesen hatte. Wir taten unser Bestes, Coventry zu einem Zentrum intellektueller und kultureller Debatten zu machen, aber ehrlich gesagt, die meiste Zeit über hatte ich den Eindruck, einen aussichtslosen Kampf zu kämpfen. Selbstverständlich hatten wir die

Pariser Intelligenz der zwanziger und dreißiger Jahre zum Vorbild, aber im Gegensatz zu Jean-Paul Sartre und seinen Freunden, die sich in Cafés wie dem Dôme trafen, tranken wir unseren Kaffee aus Pappmaché-Bechern im Burger King gegenüber dem Busbahnhof, oder wenn wir uns gut fühlten, gingen wir zu Zukkerman's, einer Pseudo-Wiener Patisserie in der Nähe der British Home Stores. Irgendwann hatte ich die Nase voll, und nach dem April 1986 hatte ich de facto nichts mehr mit ihnen zu tun.«

»*Wer waren damals die wichtigsten Mitglieder der Gruppe?*«

»Das war natürlich ich, und dann war da Hugh Fairchild, jetzt einer der führenden T.-S.-Eliot-Experten der Welt, nur daß kein Mensch je von ihm gehört hat, und dann war da noch Christopher Carter, heutzutage einer der obskursten und unausgewiesensten Literaturtheoretiker Englands, wenn nicht gar Europas, wenn nicht gar der zivilisierten Welt, und schließlich Paul Smith – wieso gelingt es einem Mann mit so einem Namen nicht, berühmt zu werden? –, der mit großer Sicherheit ein immens geachteter Dichter, Kritiker und Literat geworden wäre, wenn er nicht dieses kleine Problem mit dem Aufstehen am Morgen gehabt hätte, wenn er sich nur die Mühe gemacht hätte (dieser Gedanke kommt einem unwillkürlich), ein paar von den Dingen, die er ständig schreiben wollte, aufs Papier zu bringen.«

»*Die Universität spielte vermutlich eine wichtige Rolle in Ihrem intellektuellen und sozialen Leben.*«

»Ja, das tat sie. Wir kauften dort unsere Sandwiches.«

»*Welches waren Ihrer Meinung nach die wesentlichsten Merkmale der Gruppe?*«

»Farblosigkeit, Depressivität, extrem schlechte Manieren, einseitige Ernährung und sexuelle Unerfahrenheit. Bitte verzeihen Sie mir, falls ich bitter klinge, wenn ich über diese Zeit rede. Um ehrlich zu sein, ich kann mir nur schwer vorstellen, wie es sein wird, in zwanzig Jahren zurückzublicken, weil ich mir nur schwer vorstellen kann, wie es sein wird, zwanzig Jahre älter zu sein. Denn ich bin nicht sechsundvierzig, sondern sechsundzwanzig, und wenn ich zwanzig Jahre zurückblicke, sehe ich mich nur als kleinen Knirps, der sich in der Schule stets weigert, seine Milch zu trinken, der sich weigert, beim Spazierengehen die Hand seiner Mutter zu halten, und der seine große Schwester für den tollsten Menschen auf der Welt hält. Jetzt sehe ich meine Schwester überhaupt nicht mehr. Sie lebt mit ihrem Mann in Kanada. Gelegentlich schreiben wir uns. Die Schwierigkeit, mir vorzustellen, was für eine Art Mensch ich im Alter von sechsundvierzig Jahren sein werde, liegt darin, daß ich keine Ahnung habe, wirklich überhaupt keine Ahnung, was für eine Art Mensch ich jetzt bin. Ich habe überhaupt keine Ahnung von meinem Ich, wenn Sie verstehen, was ich meine. Ich komme mir ziemlich hohl vor. Unter diesen Umständen Ted wiederzusehen war wirklich das letzte, was ich brauchen konnte, denn er scheint eine klare Vorstellung davon zu haben, was für eine Art Person ich bin, aber er irrt sich so gewaltig, daß es mich nur verwirrt. Niemand weiß wirklich, wer ich bin, das ist das Problem, und ich brauche dringend jemanden, der mir sagt, wer ich bin. Aparna ist die einzige, die es weiß, aber sie weigert sich, mir zu helfen. Sie hat sich schon immer geweigert, mir zu helfen.»

»Das erscheint mir eine ziemlich defätistische Einstellung. Warum anderen Leuten die Verantwortung zuschieben? Wenn Sie glauben, die Richtung verloren zu haben, dann ist es Zeit, daß Sie sich ein paar Fragen stellen. Erinnern Sie sich an das, was Ihnen wichtig ist. An Ihre Arbeit als Schriftsteller zum Beispiel.«

»Meine Arbeit als Schriftsteller.«

»Erzählen Sie mir von Ihrer Arbeit als Schriftsteller. Wodurch zeichnet sich Ihr Werk aus? Wie würden Sie es beschreiben?«

»Tja, wenn Sie nach meinem Werk fragen – interessiert Sie das wirklich?»

»Selbstverständlich. Fahren Sie fort.«

»Mein Werk zerfällt in zwei Kategorien. Einerseits meine kreativen Arbeiten (nicht gerade das beste Wort, ich weiß, aber mir fällt kein anderes ein), andererseits meine theoretischen Arbeiten. Was meine kreativen Arbeiten auszeichnet, was sie von Anfang bis Ende durchzieht, was ihnen eine Art thematische Einheitlichkeit verleiht, ist die Tatsache, daß sie ausnahmslos unveröffentlicht sind. Nichts davon ist je in einer wie auch immer gearteten gedruckten Form erschienen, nichts davon hat je ein Wort des Lobes oder der Zustimmung seitens eines Agenten, Lektors oder Gutachters geerntet. Im Gegenteil, einiges davon provozierte Briefe der Ablehnung, die mit einer nur religiös zu nennenden Vehemenz ausgedrückt wurde. Diese Kategorie muß weiter unterteilt werden in das, was schlichtweg nie publiziert wurde, und das, was darüber hinaus nie gelesen wurde. Denn es gibt ein paar Werke, die vielleicht genau aus diesem Grund die charakteristischsten, die typischsten, die wesentlichsten meines *Œuvres* sind, die zu lesen ich nicht einmal meine besten Freunde überreden konnte, durch die sich durchzukämpfen meines Wissens niemandem gelungen ist, selbst wenn er mit dem besten Willen darangegangen ist. Aber nun zu meinen theoretischen Arbeiten, die ein etwas anders geartetes Merkmal aufweisen, nämlich daß sie alle – wiederum ausnahmslos – ungeschrieben sind; sie haben keinerlei Existenz außer in der Fantasie meines Doktorvaters (wenn er in seiner zuversichtlichsten Stimmung ist), und sogar er wird sich mittlerweile fragen, warum ich ihm nie etwas davon schriftlich vorgelegt habe. In diesem Zusammenhang muß angemerkt werden, daß mein Doktorvater auf das Nicht-Erscheinen meiner Dissertation während der letzten viereinhalb Jahre nie mit Überraschung, ganz zu schweigen mit Mißfallen reagiert hat, eine Tatsache, die überaus bemerkenswert ist und zwei Schlußfolgerungen nahelegt: entweder ist er ein sehr geduldiger und toleranter Mann, oder ich und meine Arbeit sind ihm vollkommen egal, und er ist froh, daß er nichts davon lesen muß. Solange also die Universität ihre Studiengebühren bekommt und er sein Gehalt erhält, spielt es allseits keinerlei Rolle, ob ich etwas schreibe oder nicht. Allerdings schaffe ich es nicht, daß es *mir* vollkommen egal ist. Nicht vollkommen.«

»Und darf ich vielleicht fragen, was Sie in diesen viereinhalb Jahren getan haben, als Sie eigentlich hätten arbeiten sollen?«

»Ach, einiges, wirklich einiges. Ich habe ein paar interessante Menschen kennengelernt und ein paar interessante Gespräche geführt. Ich habe über dies und das nachgedacht. Tut mir leid, daß ich mich so vage ausdrücke, aber es fällt mir im Augenblick schwer, meine Errungenschaften konkret zu benennen. Nehmen wir zum Beispiel die Politik. Vor ein paar Monaten hätte ich gesagt, daß ich politisch gereift bin, seitdem ich hier lebe. Jetzt bin ich mir da nicht mehr so sicher.«

»Haben Sie in dieser Hinsicht einen Vertrauensverlust erlitten?«

»Nun, die jüngsten Ereignisse haben meine Theorien etwas durcheinandergebracht. Damals habe ich versucht, Lawrence mit den Mitteln der Satire darzustellen, aber jetzt würde ich ihm zustimmen, daß vieles, was als politische Aktivität gilt, naiv ist. Aber darüber will ich jetzt nicht reden, sonst werde ich nur wütend.«

»Aber vielleicht ist Wut genau das Gefühl, das Sie brauchen. Sie meinten nicht zufällig Reagans Bombenangriff auf Libyen, der mit Unterstützung und in Kooperation mit der britischen Regierung stattfand? Haben Sie sich deswegen wie ein zu Tode erschrockenes Tier während der letzten drei Tage in Ihrem Zimmer versteckt und jede Fernsehsendung angesehen, jede Radiosendung gehört, die sich damit beschäftigt, und Ihre Wohnung nur verlassen, um Zeitungen zu kaufen?«

»Das ist wahrscheinlich nicht der einzige Grund, warum ich mich im Augenblick fühle, wie ich mich fühle, aber ich muß zugeben, daß es mich mehr aufregt als alle anderen politischen Ereignisse, an die ich mich erinnern kann. Es macht mir angst, wie sich diese Leute verhalten. Sie sind Barbaren.«

»Die Vereinigten Staaten handelten in Notwehr und innerhalb der Richtlinien internationalen Rechts. Sie sind doch sicher nicht der Meinung, daß Terroristen ungeschoren davonkommen sollten?«

»Ich weiß gar nicht, wo ich anfangen soll, dieses Argument auseinanderzunehmen, es gibt so viele verschiedene Möglichkeiten. Die USA fühlen sich gerechtfertigt durch Artikel 51 der Charta der Vereinten Nationen, aber wenn das der Fall ist, warum haben sie sich dann nicht an den Sicherheitsrat gewandt, bevor sie losgeschlagen haben (was sogar Mrs. Thatcher anläßlich der Falkland-Krise getan hat)? Thatcher erklärte am Dienstag im Parlament, warum: ›Weil der Sicherheitsrat keine wirksamen Maßnahmen ergreifen kann, um staatlich unterstützten Terrorismus zu unterbinden.‹ Mit anderen Worten, weil er sie nicht hätte autorisieren können, irgend etwas zu unternehmen. Reagan hat sich rücksichtslos über die legalen Kanäle hinweggesetzt. Er wußte, daß ein Angriff auf Libyen keine Notwehr im Sinne von Artikel 51 darstellt, weil die terroristischen Anschläge, die er vergelten wollte, weder mit letzter Sicherheit Libyen zugeschrieben werden können noch ausreichend ernst waren, um die Vergeltung in dem Maßstab zu rechtfertigen, in dem sie stattgefunden hat.«

»Aber Reagan reagierte auf zwei kurz zurückliegende Anschläge, die sich ausdrücklich gegen amerikanische Zivilisten und Soldaten richteten.«

»Niemand weiß mit letzter Sicherheit, ob Libyen hinter dem Bombenanschlag auf die TWA-Maschine steckt. Im Augenblick erscheint es wahrscheinlicher, daß es das Werk von Abu Nidals Gruppe im Libanon war: am 26. März veröffentlichte sie eine Verlautbarung des Inhalts, daß ›alle amerikanischen Einrichtungen von heute an Ziel unserer Revolutionäre sind‹. Niemand, weder in Amerika noch in England, hat eindeutige Beweise vorgelegt, die Libyen direkt mit diesem Anschlag in Verbindung bringen. Der Befehlshaber der NATO, General Bernard Rogers, hat lediglich gesagt: ›Ich kann Ihnen nicht sagen, wie wir an sie rankommen, aber es gibt sie.‹ Thatcher hat im Parlament gemauert, indem sie ständig wiederholte, daß Libyen ›nachweislich an der Ausführung und Unterstützung terroristischer Anschläge beteiligt ist‹. Am 14. wurde Geoffrey Howe zitiert, der gesagt hat, daß es ›eindeutige Beweise‹ für Libyens Beteiligung gibt; später am gleichen Tag machten Whitehall-Quellen aus ›eindeutig‹ ›ziemlich überzeugend‹. Möglicherweise hatten sie ihre Informationen aus Zypern, wo der Funkverkehr überwacht wird und libysche Nachrichten aufgefangen werden können, aber das ist eine reine Vermutung, weil sich die Regierung aus Gründen der ›Staatssicherheit‹ hartnäckig weigert, dem Parlament tatsächliche Beweise zur Verfügung zu stellen. Wie auch immer, bei dem Anschlag auf die TWA-Maschine kamen fünf Amerikaner ums Leben, und ein weiterer starb bei dem Bombenanschlag auf eine Diskothek in Westberlin am 5. April. Um die Opfer zu rächen, ließ Reagan einen Angriff fliegen, bei dem mindestens hundert Menschen umkamen (so lauten die niedrigsten Schätzungen), darunter Gaddafis Adoptivtochter. Viele der Schwerverletzten sind Italiener, Griechen, Jugoslawen, und die französische, die österreichische und die finnische Botschaft in Libyen wurden zerstört. Und im Oktober 1983 starben über 250 amerikanische Armeeangehörige bei dem Bombenanschlag auf die Marinebasis in Beirut: fünf Monate später zogen die Amerikaner aus dem Libanon ab, ohne auch nur den Versuch gemacht zu haben, diese Todesfälle zu vergelten. Für nahezu jeden Akt der Luftpiraterie und fast jeden Bombenanschlag erklärten sich Gruppen in Beirut und nicht in Libyen verantwortlich, aber, wie viele amerikanische Diplomaten und Geheimdienstmitarbeiter zugeben, Länder wie Iran oder Syrien sind einfach zu groß, als daß sich die USA im Augenblick mit ihnen anlegen würden. Und deswegen beschloß Reagan, Gaddafi zum Sündenbock zu machen, möglicherweise weil er klein genug ist, um ihn zu zerquetschen, ohne allzu ernste Konsequenzen heraufzubeschwören. Und er zettelt diese Haßkampagne gegen ihn an und gab Statements heraus wie am 10.: ›Wir wissen, daß dieser wahnsinnige Verbrecher aus dem Mittleren Osten das Ziel hat, eine Weltrevolution zu entfachen, eine moslemisch fundamentalistische Revolution... vielleicht sind wir der Feind, weil es uns gibt, so wie es den Mount Everest gibt.‹ Aber wie kann man sechs Tote rächen, indem man die gesamte Sechste Flotte hinschickt, darunter neunzehn Kreuzer, Zerstörer und Fregatten, dazu zwei riesige Flugzeugträger (insgesamt 140000 Bruttoregistertonnen) mit über einhundert Flugzeugen, darunter F18 und F14 Kampfflugzeuge, plus die F111 Bomber, die von den Luftwaffenstützpunkten in England gestartet sind?«

»Die Anschläge auf die TWA-Maschine und in Westberlin sind nur die Spitze eines tödlichen Eisbergs. Zwanzig Menschen kamen kürzlich bei Anschlägen, die mit Sicherheit das Werk prolibyscher (wenn nicht gar libyscher) Gruppen waren, auf den Flugenhäfen von Rom und Wien um.«

»Richtig, aber was ich nicht ertrage, ist die Scheinheiligkeit, mit der diese Todesfälle die Aufmerksamkeit und den Zorn der Öffentlichkeit auf sich ziehen: weil die Opfer aus dem Westen stammen, fühlen sich die Vereinigten Staaten verpflichtet, ein Riesengeschrei darum zu veranstalten. Was ist zum Beispiel mit den Hunderten von Palästinensern, die im letzten Jahr in den Lagern von Sabra und Chatila von pro-israelischen Terroristen (wenn wir das Wort schon benützen müssen) ermordet wurden? Jedenfalls haben wir noch immer nicht über die Rolle gesprochen, die unsere Regierung bei diesem kleinen Fiasko gespielt hat. Warum haben von allen europäischen Ländern einzig und allein wir uns an diesem Akt beteiligt, den Gorbatschow zu Recht als ›Banditentum‹ bezeichnet hat? Wie kann Thatcher gestatten, daß Flugzeuge zu einer Mission wie dieser von Luftstützpunkten in East Anglia starten, und sich dann umdrehen und die Bewohner der Gegend für ihren ›Mut‹ in einer Situation loben, auf die sie keinerlei Einfluß haben? Und dann müssen wir auch noch hinnehmen, daß sich Reagan bei uns *bedankt*: ›Unsere Alliierten, die mit uns bei dieser Aktion kooperiert haben‹ (das ist der genaue Wortlaut), ›besonders jene, die unser rechtliches Erbe teilen, können stolz darauf sein, daß sie für Freiheit und Recht eingestanden sind, daß sie sich als freie Menschen durch die Androhung von Gewalt nicht haben einschüchtern lassen.‹ ›Freie Menschen‹ – haben Sie das gehört? Wurden wir gefragt? Haben wir die Erlaubnis erteilt? In einer Umfrage vom Dienstag, dem 15., sagten 71 Prozent der Briten, daß Thatcher die Stützpunkte nicht hätte zur Verfügung stellen sollen (eine Entscheidung gemäß einer fünfunddreißig Jahre alten Vereinbarung, deren Einzelheiten nie veröffentlicht wurden). Am selben Abend wachen zweitausend Menschen mit Kerzen in der Hand vor Whitehall, um gegen die Bombardierung zu protestieren, und die Polizei verhaftet 160 von ihnen wegen ›Verkehrsbehinderung‹. Die große Mehrheit der Bevölkerung ist gegen die Regierung, aber sie gewinnt eine eilig einberufene Abstimmung zu Libyen mit 119 Stimmen. Und wir sind laut Präsident Reagan ›frei‹. Wir sind ›freie Menschen‹. Also, tut mir leid, ich fühle mich nicht mehr frei. Ich fühle mich ohnmächtig, ich habe Angst, und ich bin wütend.«

»Tja, dann reden wir doch nicht länger über Politik. Das scheint im Augenblick Ihr wunder Punkt zu sein.«

»Das kann man sagen, ja.«

»Gibt es noch etwas anderes, das Ihnen Sorgen macht? Irgend etwas Persönlicheres? Ihr beständiges Scheitern, eine Liebesbeziehung mit einer Frau aufrechtzuerhalten zum Beispiel?«

»Wollen mal sehen. Meine Leistungen in dieser Hinsicht sind enttäuschend – oder nicht so sehr enttäuschend als vielmehr katastrophal. Ich würde sagen, daß ich in Anbetracht meiner diversen Affären während der letzten Jahre und ihres durchweg gräßlichen Ausgangs Grund genug zur Verzweiflung habe.«

»Wie erklären Sie sich Ihre Unfähigkeit, Liebesbeziehungen einzugehen? Hat es irgend etwas mit einer weit zurückliegenden, nicht erwiderten Liebe zu tun, die Sie nie wirklich überwunden haben?«

»Nun, vielleicht versuche ich nur mich herauszureden, aber mir scheint, daß ich noch immer unverhältnismäßig viel Zeit damit verbringe (in Anbetracht der Tatsache, daß alles schon vor fünf Jahren passiert ist), an Kate zu denken.«

»Wenn Sie sagen ›passiert ist‹, was genau meinen Sie damit?«

»Ich meine damit, daß nichts passiert ist. Das ist vor fünf Jahren passiert, und ich könnte mir noch immer dafür in den Hintern treten. Was ein weiterer Grund dafür ist, daß das Wiedersehen mit Ted wirklich das letzte war, was ich jetzt brauchen konnte.«

»Und was fanden Sie an Kate so ausgesprochen attraktiv?«

»Das ist eine ziemlich dumme Frage. Man entwickelt Obsessionen und hält daran fest: Vernunft hat damit nichts zu tun. Sie war schön und intelligent, was immer das heißen soll, aber die Welt ist voll von schönen und intelligenten Frauen, von denen ich viele nicht attraktiv finde. Im nachhinein weiß ich, daß wir sehr gut zueinander gepaßt hätten, und mich quält der Gedanke, daß ich nicht clever oder mutig genug war, es damals zu merken. Wie viele Menschen trage ich gern das Gefühl mit mir herum, Gelegenheiten verpaßt zu haben, es verleiht meinem Leben so etwas wie einen ästhetischen Aspekt, und es ist ein guter Grund, sich unglücklich zu fühlen, wenn nichts klappt. Ich kann mir sagen: ›Wenn ich nur Kate geheiratet hätte‹, und so tun, als sei das das eigentliche Problem.«

»Und ist es nicht das eigentliche Problem? Sie erwähnten, daß Sie auch andere Affären hatten. Wollen Sie sagen, daß diese Beziehungen grundsätzlich in Ordnung waren, abgesehen von Ihrer eigenen destruktiven Verbohrtheit, Ihrem Beharren, auch weiterhin in den Ruinen einer zerstörten romantischen Obsession zu leben?«

»Ganz und gar nicht. Das würde bedeuten, daß ich der Schuldige bin, während tatsächlich immer und in jedem Fall die Frau die Schuld traf. Seit ich an dieser Universität bin, habe ich mit drei oder vielleicht vier oder möglicherweise fünf Frauen etwas angefangen – oder waren es nur zwei? –, und jede hat sich des gleichen Vergehens schuldig gemacht: sie war nicht Kate. Ich versichere Ihnen, wenn man dem hätte abhelfen können, hätte alles reibungslos geklappt. Aber so ist es ein Teufelskreis, den keine Frau durchbrechen kann. Vielleicht sollte ich eine Affäre mit einem Mann anfangen.«

»Aber es gibt doch jemanden, der diesen Teufelskreis durchbrechen kann, nicht wahr? Was ist mit Aparna?«

»Ich gebe zu, es gab eine Zeit, als ich hierherkam und sie kennenlernte... wir schienen uns so gut zu verstehen, alles schien prima zu funktionieren. Damals habe ich nicht an Kate gedacht, das stimmt, obwohl es noch nicht lange zurücklag. Ich war nicht unbedingt *glücklich*, aber aufgeregt, sehr aufgeregt. Wir beide waren aufgeregt. Jetzt kann ich mich nicht einmal mehr daran erinnern, wann dieses Gefühl schwächer zu werden begann. Sie war so frustriert, sie hatte es so satt, nicht ernst genommen zu werden, und ich war ihr keine Hilfe. Heute sind wir weiter voneinander entfernt als je zuvor. Was kann ich jemandem wie ihr bieten? Ich blicke in mich hinein und sehe die Leere, und ich weiß nicht, wie das passiert ist, und ich weiß nicht, was ich dagegen tun soll. Es jagt mir nahezu Todesangst ein.«

»So etwas nennt man Ausreden. Sie haben ihr eine Menge zu bieten: sie braucht Sie ebenso, wie Sie sie brauchen. Gehen Sie jetzt zu ihr und entschuldigen Sie sich für das, was Sie gestern gesagt haben, und alles wird wieder ins Lot kommen.«

»Meinen Sie wirklich? Gestern hatten wir gar keine Chance, richtig miteinander zu reden. Es wäre schön, wieder mit ihr zu reden. Ich wüßte gern, was sie von meiner Geschichte hält, von meiner dritten Geschichte, meiner Lieblingsgeschichte. Für gewöhnlich hat sie etwas Interessantes dazu zu sagen. Vielleicht sollte ich sie heute abend besuchen und sie danach fragen. Ja, das könnte ich machen.«

»Ausgezeichnet. Eine Entscheidung. Es geht bergauf.«

»Vorher, und zwar sofort, muß ich jedoch auf die Toilette. Ich habe heute ungefähr zwölf Tassen Tee getrunken. Ich fürchte, das kann nicht warten, bis ich wieder in der Wohnung bin; ich muß es hier und jetzt hinter mich bringen, am hellichtem Tag. Aber es sind ja nur die beiden da, und die scheinen mit ihrem Spiel beschäftigt. Außerdem sehe ich ein diskretes Rhododendrongebüsch, das sich vortrefflich für diesen Zweck eignet. Entschuldigen Sie mich einen Augenblick. Es wird nicht lange dauern.«

VIER GESCHICHTEN von Robin Grant

3. Ein Streit unter Liebenden

Irgendwo auf der Strecke zwischen Warrington und Crewe blieb ein Zug außerplanmäßig stehen.

Er stand schon ungefähr eine Viertelstunde still, bevor ein paar der Fahrgäste anfingen, miteinander zu reden. Während dieser Zeit hatte sich der Geräuschpegel jedoch merklich erhöht: Füße scharrten, Kinder schrien, Chipstüten raschelten, Zungen schnalzten ärgerlich. Dann erfolgten ein paar vereinzelte Bemerkungen:

»Typisch, nicht wahr?«

»Diese ganze moderne Technologie, und wohin führt uns das?«

»Ich hätte nichts dagegen, wenn sie uns wenigstens sagen würden, was eigentlich los ist.«

»Wir haben jetzt schon fünfunddreißig Minuten Verspätung.«

Aus diesen wenig versprechenden Samen begannen vor-

sichtige Unterhaltungen zu sprießen: in den meisten Fällen nichts Besonderes, nur hier und da eine Anekdote über eine selten empörende Verspätung der britischen Eisenbahn. Jeder hatte so eine Geschichte irgendwo gespeichert, und das Vergnügen, das es bereitete, sie zu erzählen, überwog alle Gereiztheit und Unannehmlichkeit, die die Reisenden ursprünglich hatten auf sich nehmen müssen.

An einem Tisch für vier Personen in einem Nichtraucherabteil entwickelte sich ein interessanteres Gespräch. Auf der einen Seite saßen zwei Doktoren, zwei berühmte Ärzte aus den Midlands, die von einem Angelwochenende in Schottland zurückkehrten (es war ein Sonntagabend Ende August): gutaussehende, freundliche Männer mittleren Alters. Auf der anderen Seite saßen zwei Studenten, die sich erst noch kennenlernen sollten. Der eine hieß Robert – er stammte aus Surrey und schrieb gerade seine Magisterarbeit in Anglistik an der Universität von Birmingham; die andere hieß Kathleen – sie stammte aus Glasgow und schrieb ihre Doktorarbeit in Biologie in Leicester. Die Literaturbeilage der Sunday Times, die einer der Ärzte gelesen hatte, lag auf einem Tischchen, und Kathleens Augen fixierten die Titelseite. Als er das bemerkte, schob der Arzt ihr die Zeitung hin und sagte: »Sie können sie haben, wenn Sie wollen.«

Sie lächelte. »Nein, danke. Ich lese nie Zeitung.«

»Es sah so aus, als würden Sie diese lesen.«

»Ich habe nur das Foto angeschaut«, sagte sie. Es handelte sich um einen weiteren großen Artikel über den Zweiten Weltkrieg – mit Zucker bestäubte und gut gewürzte Militärgeschichte, die einen bizarren, aber offenbar weit verbreiteten sonntäglichen Appetit stillen sollte –, und oben auf der Seite war ein Foto von Feldmarschall Montgomery, der vor einem riesigen Panzer stand. »Ich habe mir nur überlegt, wie obszön phallisch diese Dinger aussehen. Manchmal denke ich, daß Männer den Krieg nur erfunden haben, um in der Öffentlichkeit mit ihren Erektionen anzugeben.«

Einer der Ärzte schien schockiert und rutschte nervös hin und her. Der andere lächelte wissend.

»Haben wir eine Frauenbefreierin in unserer Mitte?«

Robert blickte von seinem Buch auf, in dem er sowieso nicht richtig gelesen hatte.

»Dieser Begriff wird seit Jahren nicht mehr benutzt«, sagte er.

»Frauenbefreiung, Feminismus, nennen Sie es, wie Sie wollen. Die junge Dame weiß, wovon ich spreche.«

»Was mich betrifft«, sagte sein Freund, »habe ich nichts gegen Feminismus, aber bitte in Maßen.«

»Genau! Genau meine Meinung. Du sagst es, wirklich, du sagst es.«

Kathleen starrte sie erstaunt an, und Robert sagte: »Befreiung in Maßen? Das scheint mir ein vollkommen sinnloses Konzept.«

Ihre Mienen wirkten verständnislos.

»Ich meine, entweder befreit man die Menschen oder man befreit sie nicht.«

»Aber wovon befreit man sie?«

»Genau. *Wovon* müssen denn Frauen befreit werden?«

»Unterdrückung«, sagte Robert.

»Ja, aber was verstehen Sie darunter?«

»Eine Menge von dieser sogenannten Unterdrückung«, sagte der andere Arzt, »existiert nur in den Köpfen. Das ist alles Unsinn.«

»Es würde Stunden dauern, es zu erklären«, sagte Robert. »Tage. Und warum wollen Sie es ausgerechnet von mir wissen? Warum fragen Sie nicht eine Frau?«

Alle sahen Kathleen an.

»Na los, Sie können sich da nicht raushalten. Sie können Ihrem Freund nicht das Reden überlassen.«

Sie beugte sich vor. »Meinem Freund? Meinem *Freund*? Meine Güte, ich habe den Mann noch nie gesehen, ich sitze im Zug neben ihm, und Sie unterstellen einfach, daß er mein Freund ist. Die Unterstellungen, die die Leute machen. Diese verdammten *Unterstellungen*!«

»Ich wollte nicht voreilig sein«, sagte der Arzt. »Ich dachte nur ... tja, ich weiß nicht, was ich dachte.«

Kathleen lehnte sich wieder zurück. Sie schlug einen nachdenklichen Ton an.

»Nein, eigentlich ist das ziemlich interessant. Ziemlich decouvrierend. Dieser Mann und ich haben während der ganzen Fahrt kein Wort miteinander gesprochen – wie heißt du eigentlich?« fragte sie ihn.

»Robert.«

»Ich bin Kathleen. Hallo.« Sie schüttelten sich die Hände. »Wir haben den ganzen Abend kein Wort miteinander geredet, und trotzdem haben Sie die Schlußfolgerung gezogen, daß wir ein Paar sind. Ganz offensichtlich erwarten Sie nicht, daß Menschen, die ein Paar sind, miteinander sprechen. Ganz offensichtlich beinhaltet Ihre Vorstellung von einem Paar – was immer Sie darunter verstehen – nicht die Möglichkeit, daß zwei Menschen irgendeine psychische Verbindung eingehen oder den Wunsch haben, miteinander zu kommunizieren. Sonderbar, nicht wahr?«

»Jetzt unterstellen Sie mir aber etwas. Schließlich nahm ich an, daß Sie beide ... also zusammen sind oder so – also, man kann doch nicht erwarten, daß zwei Menschen sich ständig etwas zu sagen haben. Es gibt so etwas wie geselliges Schweigen. Sie sollten nicht alles so ... wörtlich *nehmen. Das ist das Problem mit euch Feministinnen, ihr seht immer nur das Negative, ihr seid so extrem.«*

»Extrem?«

»›Mäßigung in allen Dingen‹ war schon immer mein Motto.«

»Genau«, sagte sein Freund. »Mäßigung in allen Dingen. Wenn man sich daran hält, kann einem nichts passieren. Das gilt für alles: Arbeit, Spiel – sogar für die Politik.«

Sie lehnten sich zurück und lächelten; der Zug fuhr wieder an, und ein allgemeiner Seufzer der Erleichterung ging durch das Abteil. Ein paar Fahrgäste brachen in sarkastische Jubelrufe aus.

»Mäßigung in allen *Dingen?« sagte Kathleen; sie war so*

entsetzt, daß sie die lang ersehnte Wiederaufnahme der Fahrt ignorierte. »Wollen Sie damit sagen, daß ein mäßiges Quantum Wahrheit, Fairneß, Gerechtigkeit oder Glück genug ist? Meinen Sie, daß wir zufrieden sein sollten, solange die Menschen nur mäßig in Gefahr schweben, zu verhungern oder gefoltert zu werden oder in einem Atomkrieg umzukommen? Das erscheint mir ein höchst merkwürdiger Standpunkt. Ein sehr extremer Standpunkt, wenn ich so sagen darf.«

Kathleen und Robert beschlossen, auf gut Glück in Crewe auszusteigen, wo sie vielleicht einen schnelleren Zug Richtung Süden erwischen würden. Als sie im Bahnhofscafé saßen und Kaffee tranken, sagte er zu ihr: »Ich muß zugeben, daß ich wirklich bewundert habe, wie du mit den beiden alten Knackern umgesprungen bist. Sie haben es verdient.«

»Ach, die waren gar nicht so schlimm. Auf gewisse Weise haben sie es gut gemeint. Es gibt gefährlichere Formen von Dummheit.«

»Ich war dir keine große Hilfe, stimmt's? Ich hab dich denen einfach … überlassen.«

»Ich hab keine Hilfe gebraucht«, sagte sie. »Weißt du, die Sache mit den Männern ist … Zum Beispiel mein Freund: er hätte versucht, mir zu helfen, und er hätte die Sache vermasselt. Er wäre dem Thema einfach ausgewichen.«

»Dein Freund?«

»Also, mein Exfreund. Es ist komisch, aber er hat es gehaßt, wenn ich mich auf Diskussionen eingelassen habe. Er hatte immer Angst, daß ich am Ende schlecht dastehen würde, aber ich habe nur dann den kürzeren gezogen, wenn er sich auf meine Seite geschlagen hat.« Sie lächelte. »Ich bin deswegen nicht böse, seine Motive waren in Ordnung.« Stirnrunzeln. »Zumindest glaube ich das. Das Problem mit ihm war, daß ich nie wußte, was er dachte. Männer haben diese großartige Fähigkeit, aus unerklärlichen Gründen vorwurfsvoll zu schweigen. Ich hab immer gesagt, Jims

Problem war, daß man in ihm lesen konnte wie einem Buch: nur daß er eins dieser Bücher war, bei denen man auf Seite fünfzehn hängenbleibt und nie mehr weiterkommt.«

»Du meinst, du hast das Gefühl, daß du ihn nie wirklich verstanden hast?«

»Es gab Dinge… Bereiche, die ich nie verstanden habe. Zum Beispiel –« Sie beugte sich konzentriert vor. »Also, du bist doch ein Mann, oder?«

Robert nickte.

»Hattest du was mit Frauen?«

Er nickte erneut.

»Also, mir kommt es so vor: Männer – manche Männer jedenfalls, die, die sich zumindest um irgend etwas bemühen – wollen, daß ihre Freundinnen stark und unabhängig sind, daß sie gut mit anderen auskommen, daß sie interessant und lebhaft und schlagfertig sind. Richtig? Aber wenn es hart auf hart kommt, ist es ihnen dann nicht eher unangenehm, wenn diese Eigenschaften zutage treten? Finden sie es dann nicht ein bißchen peinlich und… provokativ?«

»Ja? Vermutlich ist es so, manchmal. Du klingst, als ob du auf etwas ganz Bestimmtes hinauswillst.«

»Wie gesagt, ich bin nicht verbittert«, sagte Kathleen und lächelte; und dann wiederholte sie es, leiser, mehr zu sich selbst, und tippte dabei mit dem Finger auf den Tisch. »Nein, bin ich nicht. Bin ich nicht.« Dann sah sie Robert wieder an. »Aber es hat mich immer angekotzt, daß – einmal, da war was, und das hat mir wirklich den Rest gegeben – er hat mich mitgenommen zu einem Treffen mit Freunden, einem Mann und einer Frau, und ich hab mich mit dem Mann wirklich gut verstanden, es war ein toller Abend. Und als wir wieder zu Hause waren, hat er mir vorgeworfen, ich hätte geflirtet – geflirtet, du meine Güte, mit seinem besten Freund. Ich hab's nicht kapiert. Ich sagte: ›Was ist bloß los, wolltest du nicht, daß wir uns verstehen, wolltest du nicht, daß ich mich mit ihm unterhalte? Ich dachte, es ging darum, daß wir Freunde werden.‹«

»Was er sich vermutlich vorgestellt hat«, sagte Robert

trocken, »war eine Freundschaft in Maßen. Es klingt, als hätte er an Mäßigung in allen Dingen geglaubt.« Aber ihm wurde bewußt, daß das eine unpassende Antwort gewesen war, und er fügte hinzu: »Und deswegen habt ihr euch getrennt?«

»Es wurde einer dieser kleinlichen Streits daraus. Ein Streit unter Liebenden: diese langweiligen und beleidigten Gespräche, bei denen nicht viel gesagt wird. Am Ende hat er sich entschuldigt. Zumindest hat er gesagt, ich solle ihn nicht weiter ernst nehmen, er sei einfach nur schwierig.« Sie sinnierte darüber nach und schüttelte den Kopf. »Erstaunlich, so etwas zuzugeben …«

Robert sagte: »Wenn ihr Freunde und kein Liebespaar gewesen wärt, hätte dieser Streit nicht stattgefunden, weil er nicht das Gefühl gehabt hätte, ein ureigenes Recht auf dich zu haben. Er hätte nicht gedacht, daß er Besitzrechte an dir hat.«

»Freundschaften, Liebesbeziehungen – wo ist der Unterschied?«

»Vermutlich beim Sex. Ihr habt doch miteinander geschlafen?«

»Ja.«

»Na also. Das verändert alles. Sex impliziert Besitz.« Er trank seinen Kaffee aus und zerbrach seinen Plastiklöffel. »Glaub mir: eine Freundschaft ohne Sex, und die Sache wäre ganz anders gelaufen. Ganz anders.«

Auf diesen Gedanken war Kathleen schon früher gekommen, aber sie fand es interessant, ihn aus dem Mund von jemandem wie Robert zu hören, und er vergrößerte ihre anfängliche vorsichtige Sympathie für ihn. Bald darauf fuhr ihr Zug ein, und sie unterhielten sich über andere, weniger anspruchsvolle Themen. Aber als sie sich in der Birmingham New Street Station trennten, waren sie sich so vertraut, daß er sich in der Lage fühlte, ihr einen Vorschlag zu unterbreiten.

»Ich habe einen Freund in Leicester«, sagte er. »Übernächstes Wochenende wollte ich ihn besuchen. Wie wär's,

wenn ich bei dir vorbeischaue, auf eine Tasse Tee oder so, wenn ich da bin?«

Und genau das tat er, nur daß er die meiste Zeit an diesem Wochenende mit Kathleen statt mit seinem Freund verbrachte. Am Sonntag abend sagte sie zu ihm: »Ich habe eine Tante in Birmingham, die ich in nächster Zeit wirklich mal besuchen müßte. Ich glaube allerdings, daß sie nicht genug Platz hat, um mich unterzubringen. Könnte ich nicht zwei Nächte bei dir wohnen?«

Und so kam Kathleen und blieb ein ganzes Wochenende bei Robert, in dem Haus, das er sich mit zwei anderen Studenten teilte. Während der ganzen Zeit besuchte sie ihre Tante nur einmal (und auch das erst ein paar Stunden, bevor sie nach Leicester zurück mußte).

Der Herbst ist eine hoffnungsvolle Jahreszeit für junge Menschen und für diejenigen, die nach akademischen Würden streben: es ist der Beginn eines neuen Studienjahres, und dazu ein sichtbarerer, weniger willkürlicher Beginn als das Neue Jahr, das mitten im Winter stattfindet. Birmingham, eine friedliche, grün belaubte Stadt (ich schreibe das für die, die nie dort waren), kann in dieser Jahreszeit sehr hübsch aussehen, wenn man es in einem unbeobachteten Augenblick erwischt: kupfer- und silberfarbene Äste heben sich vor einem grellen, traurigen blauen Himmel ab, und vertrocknetes Laub raschelt und fliegt um die Ecken von Wohnblocks und ordentlichen roten Reihenhäusern. Zeit und Ort können nicht warm genug empfohlen werden, wenn man eine ernsthafte Freundschaft mit einem Angehörigen des anderen Geschlechts schließen will.

Robert und Kathleen hatten diesen Vorteil, und, soviel muß man ihnen lassen, sie machten das Beste daraus. Zwischen ihnen entwickelte sich eine ausgesprochen tiefe Zuneigung. Sie basierte auf einer verständnisvollen wechselseitigen Sympathie, einer intellektuellen und spirituellen Kompatibilität, gepaart mit Wohlbehagen und stillem Vergnügen, das sie an der physischen Gegenwart des jeweils anderen empfanden: sie hatten Spaß daran, den anderen zu beobachten, wie er Tee kochte, Gemüse schnitt, in einem Buch blätterte, sich träge auf einem Sofa streckte und ausruhte. Sie fanden Gefallen daran, den anderen im Schlaf zu betrachten. Vor allem aber zeichnete sich ihre Freundschaft durch eine Stärke aus: sie kam ohne Schuldgefühle aus. Weil keiner von beiden völlig abhängig vom anderen war, quälten Robert keine Ängste, wenn Kathleen schlecht gelaunt war, und Kathleen peinigten keine egoistischen Vorwürfe, wenn Robert sich unglücklich fühlte, und so weiter. Sie stellten sich den Ängsten und Depressionen des anderen robust und voll mitfühlender Anteilnahme. Und Sex, bei unglücklichen Paaren der herausragende Verursacher von Schuldgefühlen, dieser winzige Kelch, aus dem wir meinen, so viele unterschiedliche Arzneien trinken zu können – Zuneigung, Versöhnung, Pathos, Sühne, Dankbarkeit, Abschied –, fand in diesem Fall nicht statt, um das anstehende Thema zu umwölken; er bot keine Rückzugs- oder einfache Lösungsmöglichkeit bei Problemen, die nichts mit ihm zu tun hatten.

»Das ist also deine neue Freundin?« wurde Robert von einem seiner Mitbewohner an einem Sonntag abend gefragt, nachdem er Kathleen zum Bahnhof gebracht hatte.

»Nein«, sagte er, »nicht wirklich.«

Am Abend im Bett dachte er über diese Frage nach. Er wollte das Wort »Freundin« nicht benutzen, weil es Ansprüche implizierte, die zu besitzen er nicht das Gefühl hatte. Gleichzeitig schien es ihm unzureichend. Nachdem er seinen privaten mentalen Thesaurus durchgegangen war, kam er zu dem Schluß, daß es kein Wort gab, das einerseits eine Person charakterisierte, für die man eine starke und spezielle Zuneigung empfand, und das andererseits nicht mit romantischen Konnotationen überfrachtet war. Dieser Zustand erschien ihm unbefriedigend. Zudem wurde ihm klar, daß es bestimmte Handlungen und Gesten gab, die, obwohl als solche spontan und angenehm, mit Assoziationen verbunden waren, für die ihm Kathleen womöglich *nicht gedankt hätte. Zum Beispiel rief Kathleen am Morgen eines Tages, an dem sie ihn eigentlich in Birmingham hatte besuchen wollen, an und teilte ihm mit, daß sie Grippe habe und nicht kommen könne. Hätte er seinem ersten Impuls und seinem Instinkt folgend gehandelt, hätte er ihr auf der Stelle einen großen Strauß Blumen und dazu ein mitfühlendes Briefchen geschickt. Aber angenommen, sie verstünde es falsch? Angenommen, ihre Mitbewohnerin sähe die Blumen und zöge sie deswegen auf? Der Gedanke an die Verlegenheit, in die er sie bringen könnte, und an das Überschreiten der unausgesprochenen (und deshalb vagen) Grenzen, die festlegten, was zwischen ihnen erlaubt und was verboten war, reichte aus, um jeglichen Tatendrang im Keim zu ersticken. Aber de facto lag Kathleen den ganzen Tag im Bett und wartete halb darauf, einen großen Strauß Blumen und dazu ein mitfühlendes Briefchen zu bekommen; Roberts offensichtlicher Mangel an Besorgnis schmerzte sie auf stille, aber eindeutige Weise. (Sie war jedoch nie fähig, es ihm gegenüber einzugestehen, aus Angst, jene unausgesprochenen Grenzen zu überschreiten.)*

Sie küßten oder umarmten sich nur selten: für gewöhnlich nur bei der Begrüßung oder beim Abschied oder wenn sie Geschenke austauschten. Die Umarmungen waren stets von kurzer Dauer, und es war nie klar, von wem das Signal, sie abzubrechen, ausging; sie küßten sich nur auf die Wange, nie auf den Mund, und es war nie klar, wer diese Entscheidung traf. Robert dachte dabei: ›Ich würde sie nicht auf die Wange küssen, wenn sie mir ihren Mund anbieten würde‹, und Kathleen dachte: ›Ich würde ihm meinen Mund anbieten, wenn er sich nicht so schnell für meine Wange entscheiden würde.‹ Trotz ihrer Verwirrung und Zögerlichkeit hüteten sie diese Momente wie einen Schatz.

Während der vielen Wochenenden, die sie gemeinsam verbrachten, schliefen sie nie im selben Bett. In Roberts Haus schlief Robert auf dem Sofa im Wohnzimmer, und Kathleen schlief in seinem Bett, und in Kathleens Haus schlief Kathleen auf einem Feldbett im Eßzimmer, und Ro-

bert schlief in ihrem Bett. Unter diesen Bedingungen war guter Schlaf garantiert, und es bestand keine Gefahr, daß einer von beiden irgend etwas versuchte. Und doch dachte Robert bisweilen, wenn er um drei Uhr nachts wach auf dem Sofa lag, daß es vielleicht angenehm wäre, Kathleens warmen Körper neben sich zu spüren, das leise Auf und Ab ihres Atems zu hören, sanft ihren Arm zu berühren, während sie schlief. Und Kathleen dachte bisweilen, wenn sie wach auf ihrem Feldbett lag und zusah, wie die Dämmerung heraufzog, daß es in gewissem Sinne vielleicht angenehm wäre, wenn Robert neben ihr läge, ein Körper, an dem sie sich in den ersten stillen Minuten des Schlafes festhalten könnte, ein Gesicht, in das sie beim Aufwachen im gedämpften, friedlichen Licht eines späten Sonntagmorgens blicken könnte. Beide hatten diese Gedanken, zweifellos; aber das hinderte sie nicht daran, zuinnerst davon überzeugt zu sein, sich richtig zu verhalten.

An einem Wochenende, nachdem ihre Freundschaft bereits seit zwei oder drei Monaten andauerte, kamen zwei sehr gute Freunde von Robert aus Surrey nach Birmingham. Es war ein junges verheiratetes Paar, das Verwandte in der Gegend besuchte. Sie verabredeten sich mit Robert auf einen Drink am Samstag abend, und selbstverständlich drängte er Kathleen, ihn zu begleiten. Sie war zu dieser Zeit sehr beschäftigt – ein Teil ihrer Doktorarbeit mußte geschrieben, in den Computer eingegeben und rechtzeitig am Mittwoch vormittag in der Universität vorgelegt werden –, aber ihr war klar, wieviel es Robert bedeutete (und ihr ebenfalls), daß sie seine Freunde kennenlernte, und so fuhr sie am Samstag nachmittag außerplanmäßig von Leicester nach Birmingham.

An einem Abend wie diesem werden oftmals zwei separate Gespräche geführt: Robert unterhielt sich überwiegend mit Barbara, und Kathleen vertiefte sich in ein langes, ernstes Gespräch mit seinem alten Schulfreund Nicholas. Diese leise, in ernstem Tonfall geführte Unterhaltung fand nahezu ohne Unterbrechungen statt. Sie steckten die Köpfe zusammen, während Robert und Barbara eher sprunghaft miteinander redeten und die Pausen zwischen den Gesprächsteilen immer länger wurden, da sich die Bandbreite ihrer Diskussionsthemen zunehmend verringerte. Um eine dieser Pausen zu beenden, bemerkte Barbara: »Du und Kathleen steht euch wohl sehr nahe.«

Angesichts der Tatsache, daß sie den ganzen Abend kaum miteinander gesprochen hatte, war das eine sonderbare Bemerkung, aber Robert freute sich trotzdem.

»Ja, das tun wir.«

»Seit wann bist du mit ihr zusammen?«

»Ach, wir sind nicht ›zusammen‹«, erklärte er und lächelte über ihre Naivität. »Wir schlafen nicht miteinander und tun auch sonst nicht die Dinge, die Paare normalerweise tun.«

»Ich verstehe«, sagte Barbara ziemlich überrascht. »Ihr seid also nur gute Freunde.«

Robert dachte über diesen Satz nach.

»Was für eine eigenartige Formulierung das ist«, sagte er. »So wegwerfend, so reduktionistisch. Das kleine Wort ›nur‹ ist so vernichtend. Als ob das Fehlen von Sex in einer Beziehung sie auf einer viel trivialeren Ebene beließe, als wäre sie dort hängengeblieben. Kathleen und ich, wir glauben, daß es genau umgekehrt ist. Wenn wir Menschen sehen, die etwas zusammen machen, fragen wir uns immer: ›Meinst du, daß sie gute Freunde sind?‹ Und wenn sie nicht wirklichen Spaß an der Gesellschaft des anderen zu haben scheinen, lautet die Antwort für gewöhnlich: ›Nein, nur ein Liebespaar.‹«

Barbara lachte. »Ich verstehe. Das habe ich gemeint, als ich sagte, daß ihr euch sehr nahe zu stehen scheint. Ihr versteht euch. Ihr denkt gleich.«

»Ja, vermutlich tun wir das.«

Daraufhin fiel ihre Unterhaltung wieder auf das frühere, schleppende, unambitionierte Niveau zurück, und sie sprachen über Barbaras Berufsaussichten, die Schwierigkeiten,

Surrey mit öffentlichen Verkehrsmitteln zu bereisen, und die Möglichkeit, ihr Schlafzimmer auszubauen. Die meiste Zeit jedoch schwiegen sie. Während Kathleen und Nicholas unablässig weitersprachen.

Es war fast Mitternacht, als Robert und Kathleen durch die letzten engen Sträßchen schritten, die zu Roberts Haus führten. Ein merkwürdiges Schweigen hatte sich auf sie gelegt. Kathleen hatte ab und zu versucht, freundlich ein Gespräch zu eröffnen, aber er hatte nur einsilbig oder sarkastisch reagiert, und jetzt bekam sie Angst, ins Bett gehen zu müssen, ohne die Sache vorher klären zu können; zudem mußte sie mit Robert über seinen Freund reden; sie wollte ihm Fragen stellen. Deswegen sagte sie: »Bist du aus irgendeinem Grund wütend auf mich?«

»Nein. Ich werde nie wütend auf dich. Das weißt du doch.«

Das stimmte tatsächlich, bis jetzt.

»Du bist heute abend so still. Ich meine, nach einem Abend wie diesem, einem Abend mit Freunden, würden wir normalerweise darüber reden, wir würden darüber diskutieren.«

»Ja?«

»Ja.«

Sie gingen ein paar Schritte weiter.

»Da gibt's nicht viel zu sagen, wenn du mich fragst.«

»Ach nein?« Sie blieb stehen und wandte sich ihm zu. »Du hast mir nie von deinem Freund erzählt, du hast mir nie erzählt, was er alles durchmacht. Der Mann hatte es wirklich nötig, mit jemandem zu reden. Was ist mit euch beiden, sprecht ihr nie miteinander?«

»Ich sehe ihn nicht gerade oft«, sagte Robert ausweichend. »Was meinst du überhaupt? Was hat er dir erzählt?«

»Er hat mir von seiner Depression erzählt. Hat er mit dir nicht darüber geredet? Er ist deswegen in Behandlung. Er ist einfach nicht zur Arbeit gegangen, ohne ein Wort zu sagen – es hat angefangen, als seine Schwester letztes Jahr starb, das

mußt du doch wissen, und dazu hat er allmählich sein Selbstvertrauen verloren. Er ist zu Treffen der Quäker gegangen... Vor ein paar Monaten war er kurz davor, sich umzubringen.«

»Was – Nick? Sei nicht albern. So etwas würde er nie tun.«

»Meine Güte, er hat es mir erzählt. Er hat gesagt, daß er aufs Dach dieses verdammt hohen Wohnblocks im Südosten Londons gestiegen ist und sich beinahe hinuntergestürzt hat. Hat er dir nie davon erzählt?« Sie schüttelte ungläubig den Kopf. »Männer. Himmel! Ihr könnt nicht miteinander reden. Ihr seid so gestört.«

Robert ging weiter. Kathleen seufzte tief, lief los, um ihn einzuholen, und faßte ihn am Arm.

»Tut mir leid, Robert, ich wollte dich nicht verletzen. Du weißt, daß ich nicht so über dich denke. Daß ich dich nicht mit allen anderen in einen Topf werfe.« Er verlangsamte kaum merklich den Schritt. »Es tut mir leid, daß wir heute abend so wenig miteinander gesprochen haben, weil ich gern mit dir rede, lieber als mit jedem anderen. Es ist nur... Ich glaube, es war wichtig für ihn, daß ihm endlich jemand zugehört hat. Vielleicht habe ich ihn sogar ein bißchen aufgeheitert. Was meinst du?«

»Da bin ich mir ganz sicher.«

»Ja?« Sie wunderte sich über seinen ungewöhnlich bestimmten Tonfall.

»Also, das würde doch jeden Mann aufheitern, oder?« sagte Robert. »Wenn eine hübsche Frau den ganzen Abend mit ihm flirtet.«

Kathleen blieb wie angewurzelt stehen, Robert ging weiter. Aber nach ein paar Sekunden blieb auch er stehen, drehte sich um und sah sie an. Sie hatte sich auf eine niedrige Gartenmauer gesetzt; im gelben Licht der Straßenlampe sah sie sehr blaß und wunderschön aus. Als sie sich mit den Armen umklammerte und ihr Körper zu zittern begann, ging Robert in plötzlicher Panik schnell zu ihr zurück, setzte sich neben sie und legte ihr eine Hand aufs Bein.

»Liebling, es tut mir leid. Liebes, es tut mir leid… ich weiß nicht, warum ich das gesagt habe. Ich bin heute abend in einer komischen Stimmung. Ich hab's nicht so gemeint. Ich war… «

»… einfach nur schwierig«, sagten sie unisono langsam.

Robert blickte weg und erinnerte sich.

Genaugenommen hatte Kathleen gelacht: ein trauriges, krampfhaftes Lachen. Sie hatte sich sofort erinnert und versuchte, die komische Seite zu sehen.

»Scheiße«, sagte sie. »Wir sind ein Liebespaar. Stimmt's? Wir sind ein Liebespaar, und das ist ein Streit unter Liebenden, und was mich wirklich ärgert, ist, daß wir keins von den schönen Dingen getan haben, die Liebende normalerweise tun, bevor sie anfangen zu streiten.«

»Wirklich?« sagte Robert.

»Natürlich.« Ihr Lachen wurde lauter und gelöster. »Gott, wie dumm! Wir müssen das erste Paar auf der Welt sein, das sich trennt, bevor es anfing, wirklich zusammenzusein.«

»Sich trennt? Was meinst du damit?«

»Ich meine, daß das das Ende ist, Robert«, sagte Kathleen, stand auf und steckte die Hände tief in die Manteltaschen. »Wenn ich mich nicht sehr täusche, ist das das Ende.«

»Was heißt das – daß du Schluß machst mit mir?«

»Ja«, sagte Kathleen und ging weiter. »Ja, ich glaube schon.«

Er war völlig verwirrt. Es dauerte eine Weile, bis er seinen Widerspruch formuliert hatte, und als es endlich soweit war, klang er hölzern und indigniert: »Aber… du kannst nicht Schluß mit mir machen. Ich bin doch nicht dein Freund.«

Kathleen war außer Sichtweite verschwunden – vermutlich fand sie dieses Argument nicht sehr überzeugend –, und die Stille der mitternächtlichen Straßen war absolut; selbst ihre weit entfernten Schritte waren kaum mehr zu hören. Robert nahm an, daß sie zu ihm nach Hause ging, und er *folgte ihr: aber dann, noch bevor er sie eingeholt hatte, begann er zu laufen und nahm eine Abkürzung. Er hielt es für wichtig, daß das Sofa bereit war, wenn sie eintraf.*

Dienstag, 15. Juli 1986

Robin sprach weitere drei Monate lang nicht mit Aparna über seine Geschichte. Während dieser Zeit besuchte er sie einmal in der Woche, manchmal öfter; und zweimal kam sie zu ihm in seine Wohnung, etwas noch nie Dagewesenes. Eine Weile schien es, als hätte seine Situation eine große Veränderung bei ihr bewirkt. Sie zeigte ihm großzügig ihre Sympathie, Loyalität und Unterstützung. Robin, beziehungsweise alle beide, fühlten sich an die Zeit erinnert, als er an die Universität gekommen war, als er und Aparna sich kennenlernten und eine Freundschaft schlossen, von der er damals überzeugt war, daß sie von Dauer sein würde: sie hatten miteinander geredet, gestritten und gelesen, und sie hatten gelacht, wie Robin noch nie zuvor gelacht hatte. Obwohl er es seit Jahren nicht mehr gehört hatte, erinnerte er sich an Aparnas Lachen: ein kolossales schallendes Gelächter, das an Kraft und Lautstärke gewann, und weitertönte, lange nachdem der Witz erzählt war, und nur langsam unter Keuchen und Luftschnappen verklang. Ihre Augen und Zähne hatten geschimmert wie der Mond. Sie war eine hinreißende Frau. Und es war wunderbar gewesen während der letzten drei Monate, wieder ihre Witze zu hören, die unwiderstehliche Anziehungskraft ihres Humors zu spüren, obwohl er wußte, daß sie das nur tat, um ihn von seinen Sorgen abzulenken. Es war wunderbar, wenn er die Kälte seiner eigenen Verzweiflung nicht länger ertrug, ihre Wärme zu suchen, die Wärme ihres Vertrauens: denn Aparna hatte als einzige unter seinen Freunden nie in der Überzeugung geschwankt, daß Robin unschuldig war.

Aber es war nicht nur ihre Sympathie für Robin, die sie so liebenswert machte; sie legte auch einen eher persönlichen Optimismus an den Tag, den er bei ihr nicht mehr erwartet hatte. Mit ihrer Arbeit ging es voran. Zum erstenmal seit über einem Jahr schrieb sie wieder. Eine neue Idee nahm Gestalt an, und sie glaubte, daß sie endlich auf eine Argumentation gestoßen war, die die Zustimmung ihres Doktorvaters finden würde. Es schien möglich, daß sie ihre Arbeit doch noch zu einem Ende bringen würde, daß ihre Mühen belohnt würden, daß sie endlich in den Augen der akademischen Autoritäten bestehen würde, die hartnäckig an ihr gezweifelt hatten. Robin war überwältigt von der großen Energie, mit der sie sich erneut ihrem Projekt widmete. Sie arbeitete jedesmal, wenn er sie besuchte, und nach ihren eigenen Angaben hörte sie selten vor drei oder vier Uhr morgens auf.

Eines Nachmittags erlaubte sie ihm, alles zu lesen, was sie bislang geschrieben hatte; und sie redeten darüber, zuerst in ihrer Wohnung und dann beim Abendessen in einem Restaurant nahe dem Stadtzentrum. Das Gespräch begann als eine mehr oder weniger ernste Diskussion, Robin zeigte sich begeistert, kritisierte da und dort ein Detail, aber mit der Zeit wurde ihr Tonfall spielerisch. Aparna spottete über seine intellektuellen Vorurteile und brachte ihn dazu, alte Erinnerungen an Cambridge auszugraben: sie liebte seine Geschichten über die absurden Menschen, mit denen er dort zu tun gehabt hatte. Gegen Ende des Abends waren beide etwas betrunken und konnten sich vor Lachen kaum mehr halten. Robin schlief schließlich auf dem Boden ihres Wohnzimmers und merkte, kurz bevor er einschlief, daß er den ganzen Abend über nicht einmal an sein bevorstehendes Verfahren gedacht hatte.

Und so ist es nicht überraschend, daß er sich an dem Tag nach Aparna sehnte, an dem er Emmas Nachricht erhielt. Sie bat ihn lediglich, sobald wie möglich bei ihr im Büro vorbeizuschauen. Er war sofort hingegangen und hatte eine veränderte Emma vorgefunden: nervös, schroff, wortkarg. Sie erklärte ihm, wie vorteilhaft es wäre, wenn er sich schuldig bekannte; sie erklärte ihm, wie ernst es wäre, wenn er sich auf einen Prozeß einließe und am Ende das Urteil gegen ihn ausfiele. Diesmal sprach sie nicht davon, daß sie ihm vertraute und ihn für unschuldig hielt.

»Sie müssen sich nicht jetzt sofort entscheiden«, sagte sie. »Denken Sie darüber nach.«

»Aber warum?« sagte Robin. »Warum haben Sie Ihre Meinung geändert?«

»Das habe ich nicht«, sagte sie. »Zumindest geht es nicht darum...«

Sie beendete den Satz nicht, und er saß mehrere Minuten schweigend da. Schließlich legte sie eine Hand auf seinen Arm und murmelte: »Robin, ich muß jetzt noch ein paar Dinge erledigen. Warum gehen Sie nicht nach Hause und denken darüber nach.«

Zurück in seiner Wohnung, hörte er eine halbe Stunde klassische Musik im Radio; er räumte sein Zimmer auf, legte seine Kleidung zusammen und steckte Socken und schmutzige Unterwäsche in einen Plastiksack; er holte die Schachtel unten aus seinem Schrank heraus, in der alle seine Manuskripte lagerten. Er leerte sie in die Mülltonne neben der Hintertür. Er machte sich einen Toast und Bohnen und verbrauchte seine drei letzten Teebeutel. Dann ging er zu Aparnas Wohnblock im Slumviertel der Stadt.

Sie öffnete die Tür und sagte, ohne zu sehen, wer der Besucher war: »Hallo, Robin.« Als er im Flur stand, hatte sie sich bereits umgewandt und ging in die Küche. »Du willst wahrscheinlich Tee«, sagte sie. Robin folgte ihr.

»Ja, das wäre nett. Aber ich bin nicht nur deswegen gekommen.«

»Natürlich nicht. Tee und Sympathie. Das Leibgericht der Engländer.«

Er lehnte sich an die Küchentür, war plötzlich mißtrauisch, weil er einen altbekannten Tonfall herausgehört hatte. Und jetzt, nachdem sie den Kessel mit Wasser gefüllt hatte, drehte sie sich zum erstenmal zu ihm um, und er sah ihr in die Augen, die nicht mehr fröhlich oder fragend oder belustigt blickten, sondern stumpf und blutunterlaufen und rot vom Weinen waren. Unter dieser Oberfläche lauerte Zorn.

Robin wandte sich ab und sagte: »Ich setz mich ins andere Zimmer, wenn du nichts dagegen hast.«

Aparna erwiderte nichts. Ein paar Minuten später kam sie ins Wohnzimmer, mit zwei Tassen Tee. Er war achtlos gekocht, zu stark, mit zuviel Milch, und die Tassen waren nicht sauber gespült. Sie stellte sie auf das niedrige Tischchen und öffnete die Glastür, die auf den Balkon hinausführte. Es war ein heißer, drückender Nachmittag, und es bestand wenig Hoffnung, daß das Zimmer auf diese Weise abkühlte; die offene Tür bewirkte nur, daß das Geschrei schulschwänzender Kinder hereindrang, die weit unten auf einem landschaftlich gestalteten Spielplatz mit zwei Schaukeln, einer Rutsche und ein paar Betonröhren spielten. Aparna blieb eine Weile auf dem Balkon stehen, sah hinunter auf die winzigen Gestalten, die ihre lautstarken Gewalt- und Konfliktfantasien auslebten. Dann ging sie wieder hinein und setzte sich Robin gegenüber. Sie tranken schweigend ihren Tee.

»Also«, sagte sie schließlich, und es war unverkennbar, daß es ihr Mühe machte, überhaupt etwas zu sagen, »was führt dich her?«

»Nichts. Ich wollte dich nur besuchen.«

»Einfach nur so, Robin? Ich fühle mich geschmeichelt.«

»Wenn ich ungelegen komme, werde ich wieder gehen.«

»Da bin ich mir nicht so sicher. Du wärst erstaunt, wenn ich ja sagen würde, oder?«

»Komme ich ungelegen?«

»Es wäre unhöflich, dich sofort hinauszuwerfen, weil du wahrscheinlich zu Fuß gegangen und müde bist. Außerdem störst du mich nicht. Du nimmst nicht viel Platz ein.« Plötzlich trank sie sehr schnell, und sie hatte fast die ganze Tasse starken braunen Tee ausgetrunken, bevor sie sie angewidert abstellte und ausdruckslos sagte: »Ich werde dieses Land verlassen, demnächst. Ich werde es verlassen ... damit es in seinem eigenen Saft schmort.« Sie lächelte ein bitteres, böses Lächeln, und in ihren Augen blitzte es kurz auf.

»Ich auch.«

»Du, Robin? Wohin willst du gehen?«

»Ich weiß nicht. Wohin willst du gehen?«

»Nach Hause natürlich. Zurück nach Hause. Aber das kannst

du nicht, weil dies hier dein Zuhause ist. Also, wohin willst du gehen?«

»Du hast gesagt, du würdest nie mehr nach Hause zurückkehren. Hundertmal hast du das gesagt. Erzähl mir bloß nicht, daß du deine Meinung geändert hast.«

Aparna antwortete ihm nicht direkt, sondern sagte: »England muß ein wunderbares Land zum Leben sein, für die Engländer. Ihr habt soviel Freiheit hier, so viele Möglichkeiten, so viele Interessen, soviel Abwechslung, soviel Schönheit. Warum wollen sie mich von all dem ausschließen?«

»Diese rosarot getönte Brille, die du heute aufhast«, sagte Robin, »wo gibt's die?«

»Ich werde dich mehr mögen, Robin«, sagte Aparna, »wenn du endlich einsiehst, wie privilegiert du bist. Wie unglaublich glücklich du dich schätzen kannst, weil du hier geboren bist und so viele Chancen hast.«

»Wir können gern tauschen«, sagte Robin. »Dann kannst du in drei Wochen vor Gericht erscheinen.«

»Das tut mir leid, Robin, du weißt, daß mir das leid tut; aber du wirst den Prozeß unbeschadet überstehen, das liegt auf der Hand. Menschen wie dir ergeht es immer so. Die Gerichte sind für Menschen wie dich geschaffen. Als erstes hast du schon mal was sehr Kluges getan, indem du dir eine Anwältin gesucht hast, die dich mag. Sie wird den Boden mit diesem Mann aufwischen, das sehe ich jetzt schon voraus.«

»Was meinst du mit ›Menschen wie mir‹?«

»Damit meine ich schlaue, gebildete, heterosexuelle Engländer der Mittelklasse. Menschen, die seit Jahrhunderten ihren Willen durchsetzen und es auch in Zukunft tun werden, bis zum jüngsten Tag.«

Beide schwiegen; und als Robin endlich sprach, schien es, als würde er aus tiefem Schlaf aufwachen.

»Erzähl mir, was passiert ist, wenn du willst«, sagte er.

Sie sah ihn fragend an, und er erklärte: »Was diesen plötzlichen Ausbruch von Anti-Imperialismus verursacht hat.«

»Plötzlich?«

Robin nahm eine alte Zeitung, die auf dem Tischchen lag.

»Du scheinst in schlechter Stimmung zu sein.«

»In schlechter Stimmung.« Aparna wiederholte die Worte langsam. »Das ist die Stimmung, Robin, in der ich mich seit zwei Jahren oder länger befinde. Oder ist dir das noch nicht aufgefallen?«

»Weißt du«, sagte Robin, »im Augenblick bin ich nicht in der Stimmung zu streiten. Ist das nicht komisch? Ich glaub einfach nicht, daß ich das jetzt packen würde.«

»Dann lies die Zeitung.«

Er legte sie zurück auf den Tisch.

»Sag bloß, daß du bei deinem Doktorvater gewesen bist. Du hast ihm vorgelegt, was du die letzten sechs Monate geschrieben hast. Und er hat skeptisch die Augenbrauen hochgezogen, dir den Kopf getätschelt und dich wieder einmal zum Abendessen eingeladen.«

Es folgte ein kurzes Schweigen.

»Diese Scheißkerle. Diese Scheißkerle merken einfach nicht, wie wichtig mir dieser verdammte Abschluß ist. Sie haben nicht die Absicht, mich diese verdammte Arbeit zu Ende schreiben zu lassen. Nichts würde ihnen besser gefallen, als wenn ich mit dem nächsten Flugzeug nach Indien zurückfliege, damit sie nie wieder auch nur eine halbe Stunde mit mir und meiner Arbeit verbringen müssen. Das ist es, was sie wirklich wollen.«

»Und genau das wirst du tun, oder?«

»Du hast kein Recht, mich zu kritisieren, Robin. Sechs Jahre habe ich um diese Arbeit gekämpft – sechs Jahre meines Lebens –, und ich bin keine junge Frau mehr. Ich bin überhaupt nicht mehr jung. Und Tatsache ist, daß ich, was immer die Leute versuchen mir anzutun, noch immer ein freier Mensch bin. Ich kann immer noch wählen. Ich kann mich dafür entscheiden, weiterzukämpfen, oder ich kann mich dafür entscheiden, aufzugeben. Und genau das werde ich vielleicht tun.« Da Robin nichts sagte, fuhr sie fort: »Zufälligerweise war deine Diagnose korrekt. Ich war bei Dr. Corbett, und ich kann berichten, daß er sein Verhalten nicht geändert hat. Ich bin sicher, daß er glaubt, sich sehr liebenswürdig benommen zu haben: bezaubernd sogar. Als ob ich den ganzen verdammten Weg auf mich genommen hätte, um mich dann von einem schmerbäuchigen Wissenschaftler mittleren Alters bezaubern zu lassen. Als erstes hat er gesagt, daß ich ›gut aussehe‹. Bezog sich das auf meine Kleidung, mein Gesicht, meine Figur? Ich weiß es nicht. Dann plauderten wir darüber, wie es mir geht. Das war interessant: es hat sich herausgestellt, daß er nicht mal wußte, wo ich seit zwei Jahren wohne. Und schließlich, anscheinend um die Zeit totzuschlagen, sprachen wir über meine Arbeit. Wir sprachen über diese winzige Sache, an der ich ein Fünftel meines verdammten Lebens geschrieben habe und die ich auf sein Geheiß hin neu angefangen und überarbeitet und wieder neu angefangen und überarbeitet und neu angefangen habe, bis ich schwarz wurde. Und was hatte er diesmal dazu zu sagen, zu meinen hundert Seiten, zu meinen dreißigtausend Worten, zu diesem halben Jahr, das ich hier gesessen und geschrieben habe? Er fand es ›interessant‹; er meinte, es habe ›Potential‹; aber er sagte, daß man darin ›ausmisten‹ müßte; er meinte, ich wäre ›emotional‹ und ›aggressiv‹, nur weil ich versucht habe, etwas von dem, was ich für diese Schriftsteller *empfinde*, für diese *indischen* Schriftsteller, die jemand aus den Fängen der verdammten englischen Philologen mit ihren Theorien und ihrem intellektuellen Imperialismus retten muß, niederzuschreiben. Und dann, ja, dann hat er gesagt, ich solle mal zum Abendessen kommen. Und irgendwie kam dann das Gespräch darauf, daß seine Frau im Moment eine Cousine in Amerika besucht.« Sie schüttelte den Kopf. »Intellektuell sind diese Leute raffiniert. Die Verachtung, die Herablassung – diese Dinge werden nie explizit artikuliert. Deswegen glaubt einem auch niemand, wenn man sagt, daß es sie gibt. Aber ich weiß, daß es sie gibt. Ich kann sie spüren. Seitdem ich hier bin, habe ich versucht, mich daran vorbeizumogeln. Vielleicht ist es Zeit, damit aufzuhören.« Ihr Tonfall veränderte sich, wurde trauriger, aber nicht milder. »Himmel, ich vermisse meine Eltern, Robin. Verstehst du das? Sechs Jahre. Ich vermisse sie… *so… sehr.*« Dann fragte sie: »Würde es dir leid tun, wenn ich gehe?«

Robin zuckte die Achseln. »Vermutlich.«

Sie lächelte ihr sprödestes Lächeln. »Du würdest dein kleines wertloses Schmuckstück vermissen, nicht wahr? Dein Stückchen Exotik?«

»So sehe ich dich eigentlich nicht.«

»Das ist die Frage. Wenn es hart auf hart kommt, seid ihr doch alle gleich. Samt und sonders. Du warst enttäuscht, nicht wahr, an jenem Tag in deiner Wohnung, als ich dir das Buch gezeigt habe? Wäre mein Leben nicht leichter, wenn ich einfach tun würde, was die Leute von mir erwarten? Corbett will doch nur, daß ich fremdländisch und exotisch bin: es würde ihm gefallen, wenn ich bei ihm hereinmarschiere im Sari und mit einer Sitar. Er will die Wahrheit über mein Land nicht wissen: keiner von euch. Er will nicht wissen, daß es in *dieser* Stadt eine indische Gemeinde gibt, und dort könnte er an einem Nachmittag mehr über Indien herausfinden, als ich die Absicht habe, ihm je zu erzählen. Menschen wie er... das ist die schlimmste Art, Menschen zu benutzen. Sie beschließen, wie du sein sollst, und dann drängen und drängen sie dich in diese Form, bis es wirklich weh tut. Es tut fürchterlich weh.«

Da Robin mit tonloser Stimme sprach, war nicht klar, ob er ihr überhaupt zugehört hatte.

»Hast du was dagegen, wenn wir das Thema wechseln? Ich bin gekommen, weil ich über etwas reden wollte, und ich habe nicht viel Zeit.«

Aparna sah ihn überrascht an. In ihren Augen flackerte kurz Schmerz auf, als ob man mit einem Messer auf sie eingestochen hätte, aber sofort war er wieder verschwunden.

»Wir können reden, worüber immer du willst, solange es dich interessiert. Ich möchte deinem geschäftigen Tagesablauf keinesfalls im Weg stehen.«

»Ich bin gekommen, weil ich dich fragen wollte, ob ich meine Geschichte zurückhaben kann. Ich versuche, alle Exemplare der Geschichten, die ich geschrieben habe, einzutreiben.«

»Natürlich. Ich gehe sie holen.« Sie ging ins Schlafzimmer und kam mit Robins Notizbuch zurück.

Als sie es ihm reichte, fragte er: »Was hältst du davon?«

»Sie hat mir gefallen. Mir gefallen alle deine kleinen komischen Geschichten.«

»Was heißt das?«

Sie setzte sich wieder und seufzte.

»Also, wie wichtig ist es dir, daß ich ehrlich bin? Wer käme dir heute gelegen – die süße Aparna oder die saure Aparna? Willst du sie warm oder kalt? Was steht an, Robin?«

»Heute«, sagte er, »ist es mir sehr wichtig, daß du ehrlich bist.« Er überlegte. »Ich sage das, aber es ist nicht wirklich wichtig. Ich werde nie wissen, ob du wirklich meinst, was du sagst, nicht wahr? Du kannst also sagen, was du willst. Sag, was du willst.«

»Ich soll sagen, was ich will? Da habe ich ja jede Menge Spielraum. Ich hoffe, du meinst es ernst.« Das klang fast spaßhaft, verglichen mit ihrer nächsten Bemerkung: »Du bist ein komischer Mensch, Robin. Ein seltsamer Mensch.«

»Warum sagst du das?« fragte er kalt.

»Weil du dir selbst ständig Hindernisse in den Weg stellst. Weil du ständig zu beweisen versuchst, daß das Leben härter ist, als es tatsächlich ist.«

»Du glaubst, daß für mich immer alles ziemlich einfach war, nicht wahr?«

»Das sieht jeder. Jeder außer dir.«

»Was hat das mit der Geschichte zu tun?«

»Es hat sehr viel damit zu tun. Ich meine, Liebe muß doch nicht so sein, oder? Du weißt, daß sie nicht so sein muß. Diese zwei Menschen – wie kann man nur Sympathie für sie empfinden? Sie hätten sich einfach entscheiden sollen, entweder für das eine oder das andere, und dann hätten sie damit zurechtkommen sollen.«

»Ich sehe nicht, daß das so einfach ist.«

»Natürlich siehst du das nicht. Vermutlich wirst du mir jetzt erzählen, daß dir genau so etwas einmal passiert ist.«

»Ja, selbstverständlich ist mir das passiert.«

»Das arme Mädchen.«

»Wer?«

»Wer immer es war, der du so mitgespielt hast. Sie hat Schluß mit dir gemacht, stimmt's?«

»Ja.«

»Gut.«

Es folgte eine entscheidende Pause, dann rutschte Robin auf seinem Stuhl hin und her und sagte etwas irritiert: »Ich wollte wissen, wie du ihren literarischen Verdienst einschätzt.«

»Das habe ich dir gerade gesagt. Ich kann ›literarischen‹ Verdienst nicht von dem trennen, was eine Geschichte aussagt. Warum, glaubst du, hassen mich alle Wissenschaftler hier so?«

»Fandest du sie amüsant? Mußtest du schmunzeln, wegen der Ironie?«

»Nicht wirklich. Was die Leute in der Literatur Ironie nennen, wird im wirklichen Leben üblicherweise Schmerz und Mißverständnis und Unglück genannt, und darüber muß ich nicht schmunzeln. Es gibt zu wenig Liebe in der Welt, als daß ich es amüsant fände, wenn zwei Menschen nicht in der Lage sind, ihre Gefühle füreinander auszudrücken. Das gleiche gilt für diese schreckliche Geschichte über den Glückspilz. Er war so offensichtlich dumm, so gedankenlos gegenüber der Art und Weise, wie das Leben wirklich funktioniert, daß man einfach nur wollte, daß der Erzähler etwas dazu sagt oder ihn bestraft oder so was Ähnliches.«

»Viele Leute fanden die Geschichte komisch. Du hast im Lauf der Jahre einfach deinen Sinn für Humor verloren.«

»Aber allein kann man nicht lachen, Robin. Niemand lacht allein. Ich würde lachen, wenn es andere Leute gäbe, mit denen ich lachen könnte.«

»Erinnerst du dich«, fragte Robin still und voll Angst, »wie du mit mir gelacht hast?«

»Ich habe mit allen möglichen Leuten gelacht. Vielleicht warst du einer davon.« Sie bemerkte die Wirkung nicht, die ihre Worte auf ihn hatten, sondern fuhr hastig fort: »Die Leute, die deine Geschichte komisch fanden – das waren Männer, oder?«

»Überwiegend Männer, ja.«

»Das habe ich mir schon gedacht. Männer mögen Ironie, weil es dabei um Gefühle von Macht und Distanz und Überlegenheit geht, Dinge, mit denen sie geboren wurden. Das Lachen von Frauen ist ganz anders als das Lachen von Männern. Ich glaube nicht, daß du das Lachen der Frauen überhaupt verstehen kannst: es hat mit Befreiung zu tun, damit, Dinge aus sich herauszulassen. Sogar der Klang ist anders, es klingt nicht wie das Bellen, das man hört, wenn Männer zusammen lachen.«

»Willst du damit sagen, daß ich nie etwas werde schreiben können, das Frauen komisch finden?«

»Ich sage nur, daß du nicht jedesmal überrascht sein solltest, wenn die Leute nicht nach deiner Pfeife tanzen.«

Diese Bemerkung provozierte ein weiteres kurzes Schweigen, das zu brechen Robin nicht geneigt war.

»Du denkst also«, fuhr Aparna fort, »daß du in der Liebe Pech gehabt hast?«

»Ich habe während der letzten Jahre ein paar gute Freundschaften mit Frauen kaputtgemacht, falls es das ist, was du meinst.«

»So gut können sie nicht gewesen sein.«

»Das kann doch wohl nur ich beurteilen, oder?«

»Nein, nicht wirklich, weil ich nicht glaube, daß du überhaupt verstehst, was Freundschaft heißt. Männer verstehen das für gewöhnlich nicht. Sobald sie für eine Frau *echte* Freundschaft empfinden, werden sie damit nicht fertig und machen eine Liebesbeziehung daraus. Und dann zerbricht alles.«

»Du scheinst heute auf alles eine Antwort zu haben.«

»Irgend jemand muß dir diese Dinge doch erklären, wenn du hereinkommst wie ein wandelndes Fragezeichen. Du schreibst alle diese Geschichten, die nur versteckte Fragen sind, und das schreit doch nach Aufklärung. Jemand muß anfangen, diese Knäuel zu entwirren. Mein Rat an dich lautet, zu *lernen*. Du solltest lernen, dir mehr Zeit zu nehmen, mehr Menschen zu lieben, auf unterschiedliche Arten. Jemanden zu lieben heißt, ihm zu helfen, es bedeutet nicht nur... ihm deine überschüssigen Gefühle vor die Füße zu werfen. Deine Art zu lieben ist Selbstbefriedigung. *Ver*lern das, Robin, bevor es zu spät ist.« Er schien nicht überzeugt, deswegen fügte sie ärgerlich hinzu: »Das Liebäugeln mit der Homosexualität wird dich nicht weiterbringen. Es ist erbärmlich, wie du auf Zehenspitzen das Thema umkreist, fasziniert wie ein nicht geladener Gast, der durch das Fenster eine Party beobachtet. Ja? Entweder du klopfst an die Tür, Robin, und gehst rein, oder du verschwindest. Wozu soll diese voyeuristische Obsession gut sein? Triff einmal im Leben eine Entscheidung. Aber das ist nicht deine Art, stimmt's? Dir hat man beigebracht, mit Themen zu spielen, dich nicht wirklich auf sie einzulassen. Diese wunderbare englische Erziehung, wie gut sie dich vor der Welt beschützt hat.« Sie seufzte rhetorisch und schloß: »Ich würde alles für eine englische Erziehung geben.«

»Was soll ich also tun?« sagte Robin ruhiger, ausdrucksloser, mechanischer als je zuvor. »Soll ich deinem Beispiel nacheifern? Niemanden treffen, niemanden lieben, nichts fühlen. Allein leben und vom vierzehnten Stock aus voll Zorn auf die Welt hinuntersehen.«

»Ich würde nicht bedauern, wie ich die letzten zwei Jahre gelebt habe«, sagte Aparna, »wenn ich nur meine Arbeit zu Ende bringen würde. Wenn sie mich meine Arbeit zu Ende bringen lassen würden. Alles andere ist letztlich unwichtig. Ich brauche keine Freunde mehr; wohingegen du sie wahrscheinlich noch brauchst. Diese kalten intellektuellen Freundschaften, an die du dich klammerst. Ist dir jemals aufgefallen, daß alle deine Freunde mich nicht mochten? Wie plötzlich alle diese brillanten Debatten, dieser geistreiche spontane Witz verstummte, kaum saß ich mit am Tisch mit meinen ernsten Augen und meiner komischen Ernsthaftigkeit? Wahrscheinlich müssen sie nur meinen Namen hören, und sie fangen an sich zu winden. Sprichst du jemals über mich mit ihnen? Oder ist das Thema *Menschen* heutzutage etwas zu prosaisch für eure hochtrabende Konversationsebene?«

»Warum hast du nie den Kontakt zu mir abgebrochen, Aparna?« fragte Robin. »Das stellt mich vor ein Rätsel. Es fasziniert mich. Das, was ich wirklich wissen will, bevor ich gehe, ist, warum hast du nie den Kontakt zu mir abgebrochen?«

»Ich mag dich«, sagte sie. Daraufhin mußte Robin kurz und leise lachen. »Und irgendwann einmal hätten wir einander helfen können.«

»Irgendwann einmal?«

»Damals... wann war das, es muß im Sommer gewesen sein. Du hast mir versprochen, daß wir zusammen in den Lake

District fahren. Du sprachst von einem Freund, der sich gerade ein Häuschen dort gekauft hatte, und wir wollten hinfahren und ein, zwei Wochen dort verbringen. Du wolltest ihn anrufen und ihn fragen, ob wir es haben könnten. Du hast mir immer wieder von den Orten erzählt, die du als Kind gesehen hast, und wie gern du wieder dorthin willst, und ich erinnere mich, wie ich mir vorgestellt habe, dabeizusein... es hätte ein Spaß werden können. Damals hast du mehr von deiner Familie gesprochen. Jetzt redest du nicht mehr über sie.«

»Ich verbinde diese Gegend... mit Familie. Komisch, nicht wahr? Jetzt bedeuten sie mir nichts mehr. So eine Distanz. Auch andere Dinge haben dort angefangen. Es lag wohl an meinem Alter damals. Es wäre schön gewesen, wieder dorthin zu fahren.«

»Warum? Was hätte es gebracht?«

»Ich weiß nicht. Du wärst mitgekommen, oder?«

»Selbstverständlich wäre ich mitgekommen. Wir hätten uns an einen See gestellt, den Sonnenuntergang betrachtet und Händchen gehalten. Es wäre sehr romantisch gewesen.«

»Vielleicht sollte ich meine Eltern besuchen... hinfahren und sie besuchen. Was hältst du davon?«

»Vielleicht sind wir beide verhinderte Romantiker, Robin, und es wäre der Anfang einer leidenschaftlichen Affäre gewesen, die uns beide entweder gerettet oder umgebracht hätte. Vielleicht hätte ich dich vom Hocker gehauen und dich alles vergessen lassen. Sogar die geheimnisvolle K.«

»›K‹? Was meinst du?«

»Diese Liebenden, über die du immer schreibst. Immer R und K. Wann wirst du mir endlich von ihr erzählen, Robin? Wann wirst du gestehen?«

Als er keine Antwort gab, verfiel Aparna wieder in den Tonfall bitterer Erinnerung. »Versprechen, Versprechen, immer diese Versprechen. Du hast deinen Freund nie angerufen. Wir haben unsere sentimentale Reise zweiter Klasse nie gemacht. Du hast wieder einmal gespielt, nicht wahr? Ich will nicht sagen, daß du dir dessen bewußt warst, ich will nicht sagen, daß du es mit Absicht getan hast, aber du hast mich nicht ernst genommen.

Nicht wirklich. Wann wirst du endlich einmal etwas ernst nehmen, Robin? Das Leben ist für dich düstere Ironie – und das macht die Dinge so einfach, nicht wahr?«

»Ich nehme meine Schriftstellerei ernst.«

»Ja? Es sind vermutlich ein paar ernst zu nehmende Ideen drin, die du immer nebenbei einfügst: deine kleinen literarischen Hobbys, wie zum Beispiel Selbstmord.«

»Selbstmord?«

»Ja. In deinen Geschichten taucht immer irgendwo ein Selbstmord auf. Oft überflüssigerweise. Wie diese arme Familie in der ersten Geschichte oder der depressive Freund in dieser. Aber nie machst du etwas daraus. Du flirtest mit der Idee wie mit allem anderen auch. Vielleicht willst du damit beweisen –«

»Hör mal, Aparna, soll ich dir sagen, warum ich gekommen bin und worüber ich mit dir sprechen wollte? Ich habe heute mit Emma gesprochen. Emma, meine Anwältin. Sie will mich nicht mehr verteidigen, wenn ich mich nicht schuldig bekenne. Sie glaubt, daß ich es getan habe.«

Aparna senkte den Blick, und ihre Stimme klang jetzt sanft und mitfühlend.

»Das tut mir leid, Robin. Ich hatte keine Ahnung, du weißt, daß ich keine Ahnung hatte. Warum hast du das nicht früher erzählt? Ich weiß nicht, was ich sagen soll.«

Robin klang heiser vor Schmerz; er konnte kaum sprechen.

»Kann ich noch eine Tasse Tee haben, bitte?«

»Ja, natürlich.«

Sie nahm die zwei Tassen und ging in die Küche; und während sie Wasser in den Kessel goß, die Teebeutel nahm, Milch einschenkte, biß sie sich auf die Lippen und suchte nach aufmunternden Worten, nach Trost. Vielleicht würde sie Robin bitten, dazubleiben, ihm ein Abendessen kochen, sich aus ihrer rachsüchtigen Stimmung reißen. Sie machte den Tee, so schnell sie konnte, und ging zu ihm zurück. Sie würde sich neben ihn aufs Sofa setzen.

Aber Robin war verschwunden. Und was ihr noch auffiel, war, daß vom Spielplatz nicht mehr Kinderlachen und -geschrei zu hören waren, sondern ein Durcheinander eindringlicher Erwachsenenstimmen. Ohne es zu wissen, ohne nachzudenken, ohne Angst, lief sie hinaus auf den Balkon und blickte hinunter. Es hatte sich bereits eine Menschenmenge um die Leiche versammelt.

TEIL VIER
Der Pechvogel

Freitag, 19. Dezember 1986

Allmählich dämmerte es Hugh, daß er nie eine Stelle an der Uni bekommen würde. Diese Erkenntnis war langsam wie das Winterwetter über ihn hereingebrochen, und er stellte sich beidem auf die gleiche Weise, nämlich indem er so lange wie möglich im Bett liegenblieb, die Gasheizung auf die höchste Stufe gedreht. Die Hälfte der Zeit döste er, die andere Hälfte war er hellwach, starrte froschäugig an die Decke, seine Hand lag, ohne daß er sich dessen bewußt war, auf seinen Genitalien. In dieser Lage dachte er an die Vergangenheit, um nicht an die Zukunft denken zu müssen. Er ging die Episoden seines Lebens durch, auf die er am stolzesten war,und verglich sie mit seinem gegenwärtigen Zustand dumpfer Trägheit: seinen Universitätsabschluß; seine sechsmonatige Tour durch Italien und die griechischen Inseln; die Anwandlung intellektueller Aufregung, in der er seine Magisterarbeit beendet hatte; seine erste sexuelle Eroberung; seine zweite sexuelle Eroberung; seine letzte sexuelle Eroberung; die Veröffentlichung seiner Anmerkung zu Zeile 25 von »Little Gidding« in einer 1976er Ausgabe von *Anmerkungen und Fragen*; die Feierlichkeit anläßlich seines zweiten Abschlusses, als ihm die Doktorwürde verliehen wurde.

Aber im Vordergrund seiner Gedanken schwärte stets das Wissen, daß diese Ereignisse lange zurücklagen. Sie hatten innerhalb eines Zeitraums von acht Jahren stattgefunden, und seitdem waren fast genauso viele Jahre vergangen, in denen nichts passierte. Nicht ein einziger Lichtblick. Das bedeutete unter anderem, daß Hugh ein sehr konfuses Empfinden für das Vergehen der Zeit entwickelt hatte: er wußte sehr wohl, daß acht Jahre vergangen waren, seitdem er promoviert hatte, aber weil keine Meilensteine diese Jahre markierten, konnte er sie nicht mehr voneinander unterscheiden oder den Zeitraum in seiner kumulativen Gesamtheit erfassen. Jener triumphale Tag in der Kathedrale von Coventry schien weder lange noch kurz zurückzuliegen; er schien, wenn überhaupt, einer anderen Ebene seiner Existenz anzugehören. Sein Leben setzte sich jetzt aus anderen Realitäten zusammen: dem Zischen der Gasheizung und der erdrückenden Wärme in seinem Zimmer; der Beschaffenheit seines Schamhaars, das er um seinen Zeigefinger wickelte; dem Geruch (den er schon lange nicht mehr wahrnahm) der unter sein Bett gestopften, ungewaschenen Socken und Unterhosen, der der wahre Grund war, warum sein Vermieter nur noch selten vorbeikam, um die Miete zu kassieren; und der täglichen Routine, die darin bestand, sich gegen halb drei aus dem Bett, aus der Wohnung, in einen Bus und zum Universitätsgelände zu quälen auf der Suche nach Gesellschaft.

Um drei Uhr ging er durch den Regen zur Bushaltestelle Pool Meadow. Ein eisiger Wind wehte, und aus der Ferne hörte er Weihnachtslieder, die über ein Lautsprechersystem abgespielt wurden. Das erinnerte ihn daran, daß er bald nach Hause fahren und seine Familie besuchen, daß er Karten und Geschenke auswählen mußte, und er machte eine finstere Miene. Sie würden ihm die üblichen Fragen stellen – »Wann wirst du dir eine Arbeit suchen?«, »Hast du zur Zeit eine Freundin?« –, und er würde den subtilen Spott seines jüngeren Bruders ertragen müssen, der Badezimmerarmaturen für eine Firma in Aberdeen verkaufte und in einem Monat mehr Geld verdiente als Hugh in seinem ganzen bisherigen Leben. Aber es würde etwas Anständiges zu essen geben, und sollte es ihm zuviel werden, konnte er in sein Schlafzimmer gehen und rauchen. Zuerst mußte er allerdings seine Eltern anrufen und sie bitten, ihm das Geld für die Fahrkarte nach Hause zu schicken.

Er war einer von drei Fahrgästen in dem Bus, und hatte das

obere Abteil während der gesamten Fahrt für sich allein. An manchen Haltestellen hielt er Ausschau nach bekannten Gesichtern – Freunden, Dozenten, Studenten, die zumindest einen Teil der Ferien hier verbrachten –, aber er entdeckte keins; vielleicht lag es am Wetter. Und es war auch niemand in der Cafeteria. Freitagnachmittage während der Ferien waren immer ruhig, aber an diesem Tag schien die Inaktivität ein Niveau erreicht zu haben, das sogar Hugh beunruhigte, obwohl er die Atmosphäre leerer Cafés und verlassener Bars gewöhnt war. Manchmal plauderte er mit der Frau hinter der Theke, aber er sah, daß sie diesmal nicht in der Stimmung dazu war; sie las eine Zeitschrift, und abgesehen davon fiel ihm sowieso nichts ein. Er setzte sich und streckte seine Tasse mit heißer Schokolade nahezu eine halbe Stunde, bis schließlich ein anderer Gast auftauchte: es war Dr. Corbett, der erst kürzlich eine Honorarprofessur am Institut erhalten hatte. Wie die meisten Mitarbeiter mochte er Hugh, und er setzte sich zu ihm an den Tisch. Er hatte einen Bart, trug eine Lederjacke und hatte sich Kaffee und ein Stück Schokoladenkuchen gekauft. Sie begrüßten sich murmelnd, dann aß Corbett seinen Kuchen, und Hugh ließ sich so etwas Originelles einfallen wie: »Ziemlich ruhig heute, oder?«

»Es geht auf Weihnachten zu«, sagte der hochgelobte Autor von *Das intelligente Herz: Gedanke und Gefühl im Roman des achtzehnten Jahrhunderts.*

»Haben Sie heute gearbeitet?« fragte Hugh. »An einem neuen Buch oder so?«

»Sitzung des Prüfungsauschusses«, sagte Corbett mit vollem Mund. »Wir mußten heute die Fragen festlegen, für die Prüfungen im nächsten Semester, Lyrikkurs.«

»Die war heute?« sagte Hugh ungläubig. »War Davis da?«

Corbett nickte.

»Aber er hat gesagt, er würde mir Bescheid sagen, wenn diese Sitzung stattfindet«, sagte Hugh. »Er hat gesagt, ich könnte mitkommen. Er hat gesagt, ich könnte mitkommen und Vorschläge machen. Ich habe mir eine Frage überlegt. Ich habe mir diese Frage gründlich überlegt. Und die Sitzung war heute! Warum hat mir das keiner gesagt?«

»Sie hätten nicht wirklich mitkommen können«, sagte Corbett. »Es war nur das Lehrpersonal da.«

»Wer hat die Frage zu Eliot gestellt?«

»Davis.«

»Davis? Aber Davis hat keine Ahnung von Eliot. Er hat nicht den blassesten Schimmer von Eliot. Wie lautet seine Frage?«

»Weiß ich nicht. Irgendwas zu *Das wüste Land.*«

»Aber es werden immer Fragen zu *Das wüste Land* gestellt. Deswegen wollte ich mitkommen. Ich habe mir diese brillante kleine Frage überlegt. Zu *Little Gidding.*«

Corbett lächelte. »Ihr Lieblingsthema.«

»Genau. Sie kennen doch Malcolm Kirkby, oder?«

»Ich hab von ihm gehört, ja.«

»Und sein Buch *Vier Quartette*?«

»Ja.«

»Dann wissen Sie bestimmt, was er über mich geschrieben hat? In diesem Buch.«

»Nein.«

»Aber Sie wissen wahrscheinlich, daß ich in *Anmerkungen und Fragen* etwas veröffentlicht habe?«

»Ja?«

»Über Zeile 25 von *Little Gidding.*«

»Was war es – eine Anmerkung oder eine Frage?«

»Also, es war eine Art Anmerkung. Egal, wissen Sie, was er darüber in seinem Buch geschrieben hat?«

»Was?«

»Er schreibt, daß es nicht mehr möglich ist, diese Zeile so wie früher zu lesen. Nach meiner Anmerkung. Sie hat die ganze Sache verändert, schreibt er.«

»Das ist ein ziemliches Kompliment.«

»Ich weiß also, worüber ich rede. Ich sage Ihnen, ich könnte eine bessere Frage stellen als Davis, jederzeit.«

»Also, wenn Sie meine Meinung hören wollen, der Typ hat mehr oder weniger ausgespielt. In ein oder zwei Jahren wird er emeritiert. Die Hälfte der Zeit weiß er nicht einmal, worüber er reden soll. Die Studenten beschweren sich ständig über ihn.«

»Warum lehrt er dann noch? Warum kommt kein frisches

Blut ans Institut? Ihr schneidet euch selbst die Kehle durch, weil es in zehn Jahren tot sein wird, vom Hals an aufwärts.«

»Wir haben kein Geld. Etatkürzungen, die Wirtschaft – wir müssen alle den Gürtel enger schnallen.« Corbett wischte sich die letzten Krümel Schokoladenkuchen aus den Mundwinkeln und fügte hinzu: »Es hat keinen Zweck, sich deswegen aufzuregen. Die Universitäten sind genauso überbesetzt wie die Industrie.«

»Sie können es sich leisten, so etwas zu sagen.«

»Das ist keine Selbstgefälligkeit, Hugh. Das ist nur realistisch«, sagte der bekannte Autor von *Männer und Berge: Aufsätze über das politische Engagement von Künstlern.* »Ich kenne die Probleme, mit denen Leute wie Sie heutzutage konfrontiert sind. Aber sehen Sie doch auch mal die positive Seite.«

»Gibt es eine positive Seite? Erzählen Sie mir davon.«

»Also, zumindest haben Sie die erste Hürde genommen. Zumindest haben Sie Ihren Doktortitel. Eine Menge Leute kommt nicht einmal so weit: sie haben nicht das Durchhaltevermögen. Zum Beispiel – haben Sie jemals diese Freundin von Robin kennengelernt, Aparna? Aparna Indrani.«

»Ja, ich bin ihr ein paarmal begegnet. Warum?«

»Wußten Sie, daß sie weggegangen ist?«

»Weggegangen? Wann?«

»Offenbar vor ein paar Monaten. *Mir* hat sie nie etwas davon gesagt, auch sonst niemandem vom Institut, und ich bin angeblich ihr verdammter Doktorvater. Hat einfach ihre Koffer gepackt und ist auf und davon. Hat die Hälfte ihrer Sachen hier eingelagert, und kein Mensch weiß, wann sie zurückkommen und sie holen wird. Und kein Wort davon, ihre Arbeit fertig zu schreiben. Hat alles in mein Fach gelegt, ohne eine Nachricht, nichts. Hat sie nicht mal mitgenommen.«

»Warum erzählen Sie mir das?«

»Wie gesagt, kein Durchhaltevermögen. Sie hat fast sechs Jahre an diesem Ding herumgemacht, und ich war wirklich geduldig mit ihr, das kann ich Ihnen sagen. Aber so ist es eben.«

»Unglaublich.«

»Sie hat einfach... den Dreh nicht rausgekriegt«, sagte der

Verfasser der viel gerühmten Abhandlung »Die Psychologie weiblicher Kreativität«, vor kurzem publiziert in *Studien zur zeitgenössischen Ästhetik*. »Wahrscheinlich war sie zu sehr mit ihren eigenen Problemen beschäftigt.«

Sie dachten ein paar Augenblicke über diese Diagnose nach.

»Ich hab sie nie besonders gemocht, das muß ich zugeben«, sagte Hugh. »Sie hatte Haare auf den Zähnen. Jedesmal, wenn man was gesagt hat, was ihr nicht gefiel, hat sie auf einen eingehackt. Auf gewisse Weise ist es nicht verwunderlich, daß sie so eingeschnappt auf und davon ist.«

»Ach, eigentlich juckt es mich nicht«, sagte Corbett. »Jetzt muß ich das Zeug wenigstens nicht mehr lesen.«

Ein einsamer Student tauchte am Eingang der Cafeteria auf, sah sich bedächtig und traurig um und verschwand wieder. Hugh ging zur Theke, um zwei Kaffee zu holen, aber die Frau war nirgendwo zu sehen, und seine Hallo-Rufe in Richtung der Küche blieben unbeantwortet.

»Sie ist wahrscheinlich gleich wieder da«, sagte er, als er zum Tisch zurückkam. Er dachte noch immer an Aparna. »Vielleicht war sie durcheinander wegen Robin.«

»Vielleicht. Ich habe gehört – wahrscheinlich war es nur ein Gerücht –, aber ich habe gehört, daß sie so was wie eine Affäre hatten.«

»Ganz bestimmt. Sie haben sich ständig gesehen, gegen Ende. Ich kann es nicht mit absoluter Gewißheit sagen, weil Robin sich mir in diesen Dingen nicht anvertraut hat. Ich weiß auch nicht, warum – ich war schließlich sein Freund. Aber wenn ihm der Sinn danach stand, konnte er ziemlich verschlossen sein. Vermutlich war er auch einer dieser Menschen ohne Durchhaltevermögen. Nur in einem extremeren Sinn.«

»Tja, wer weiß schon, was in so einem Kopf vor sich geht.«

»Ich glaube, daß er wegen seiner Arbeit ziemlich frustriert war«, sagte Hugh. »Er kam mit seiner Doktorarbeit einfach nicht weiter. Das hab sogar ich gemerkt.«

»Der Kerl hatte im Grunde genommen nicht mehr alle Tassen im Schrank«, sagte Corbett, dessen Vorlesung über die Beziehung zwischen Wahnsinn und intellektuellen Meisterleistungen ein Höhepunkt des Wintersemesters war. »Wir sollten nicht um den heißen Brei herumreden. Was seine Arbeit anbelangt, bin ich der Meinung, daß es ausreicht, Davis als Doktorvater zu haben, um den Verstand zu verlieren.«

»Vermutlich ist er nicht gerade der dynamischste Betreuer. Ich glaube, sie haben sich nur einmal im Jahr getroffen.«

»Er tickt nicht mehr richtig. Ist zu alt. Je eher wir ihn überreden, einzupacken, um so besser für uns alle.«

In diesem Moment schlenderte Professor Davis höchstpersönlich in die Cafeteria, er hatte eine alte, abgewetzte Aktentasche dabei und putzte seine Brille mit einem schmutzigen Taschentuch. Nachdem er Hugh und Dr. Corbett entdeckt und kurz gezögert hatte, gesellte er sich zu ihnen. Corbett schob ihm einen Stuhl hin, und Hugh bestand darauf, ihm Kaffee und eine Makrone zu kaufen. Es dauerte lange, bis er das Kaffeesahne-Behältnis aus Plastik geöffnet, den Kaffee gezuckert, die Hälfte der Makrone gegessen und sich die Nase geputzt hatte. Dann bemerkte er mit nachdenklicher Miene: »Ziemlich naß heute.«

Hugh nickte aufmerksam und zustimmend.

»Draußen«, fügte Davis hinzu, um jeden Zweifel zu beseitigen.

»Absolut.«

»An einem Tag wie diesem«, sagte Davis und wägte jedes Wort mit extremer Sorgfalt ab, »braucht man einen Regenschirm.«

»Oder einen Anorak«, sagte Corbett. »Einen Anorak mit Kapuze.«

»Genau.«

Er nippte an seinem Kaffee und beschloß, ein weiteres Stück Zucker hineinzutun.

»Aber«, sagte Hugh, »es ist ja auch fast Weihnachten.«

»Stimmt«, sagte Professor Davis. »Stimmt. Wieder nähert sich ein Jahr seinem Ende. Die Zeit vergeht.«

»Dieses Jahr ist sehr schnell vergangen«, sagte Corbett.

»Ich finde, daß es sehr langsam vergangen ist«, sagte Hugh.

»Diese Dinge sind relativ «, sagte Davis, »langfristig gesehen.

Ein Jahr erscheint nur dann lange, wenn viel passiert ist. Ich würde sagen, daß in diesem Jahr ziemlich viel passiert ist.«

»Meinen Sie global?« sagte Hugh. »Oder lokal?«

»Beides«, sagte Davis. »Da war Westland. Da war Libyen. Da war Tschernobyl. Da war das häßliche Loch im Dach des Speisesaals für den Lehrkörper.«

»Und da war Robin«, sagte Corbett.

»Genau. Da war Robin.«

Es folgte ein respektvolles Schweigen.

»Hugh und ich, wir haben uns gerade gefragt«, sagte Corbett, »ob Robins eigentliches Problem seine Arbeit war. Hat außer Ihnen jemals jemand anders Einblick genommen? Hat sie was getaugt?«

»Worüber ging sie, Robins Doktorarbeit?«

»Nun«, sagte Professor Davis, »sie hat eine ganze Bandbreite literarischer Themen abgedeckt, aus einer Vielfalt unterschiedlicher Perspektiven.«

»Würden Sie sagen, daß sein Ansatz ein... theoretischer war?«

»Man könnte ihn theoretisch nennen, ja.«

»Eher als praxisbezogen?«

»Man könnte ihn vermutlich auch praxisbezogen nennen.«

»Würden Sie sagen, daß seine Methodologie eine... marxistische war?«

»Sie enthielt marxistische Elemente, zweifellos.«

»Im Gegensatz zu formalistischen?«

»Er hatte auch formalistische Tendenzen, das muß gesagt werden.«

»War seine Forschungstätigkeit auf einen Autor beschränkt oder eine bestimmte Periode?«

»Im Lauf der Zeit hätte er sie eingegrenzt. Wissen Sie, seine Arbeit hat nie wirklich Formen angenommen. Er hatte Schwierigkeiten, seine Gedanken zu Papier zu bringen.«

»Haben Sie jemals eine seiner Geschichten gelesen?« fragte Hugh, und beide sahen ihn überrascht an.

»Er hat Geschichten geschrieben?«

»Ja. Er hatte diese Illusion, Schriftsteller zu werden. Er hat nie viel darüber geredet, aber eines Abends, als wir uns beide in seiner Wohnung betrunken haben, hat er mir die Geschichten gezeigt, die er geschrieben hat. Ich habe sie alle gelesen.«

»Was für Geschichten waren das?«

»Kurzgeschichten.«

»Und haben sie etwas über ihn ausgesagt? Haben sie geholfen, ihn zu verstehen?«

Hugh dachte nach.

»Nicht wirklich.«

»Wovon handelten sie?«

»Ich kann sowieso keinen Sinn darin entdecken, diese Sachen *verstehen* zu wollen«, sagte Hugh. »Ich meine, was für einen Sinn hätte es? Es ändert nichts, oder? Das sage ich auch immer wieder zu Emma: ›Schau, es wird nichts ändern, auch wenn du herausfindest, warum er es getan hat. Also wozu?‹«

»Wer ist Emma?« fragte Corbett.

»Sie war seine Anwältin.«

»Sie haben immer noch Kontakt zu ihr?« sagte Davis. »Ich dachte, sie hätte Coventry vor Monaten verlassen.«

»Sie ist zurückgekommen. Ich weiß nicht, ob sie noch immer hier arbeitet oder nicht. Jedenfalls ruft sie mich an und stellt Fragen über Robin. Vermutlich fühlt sie sich schuldig: es scheint, als wollte sie die ganze Sache wieder aufwärmen.«

»In der Abendzeitung war ein Interview mit dem Vater des Jungen«, sagte Davis. »Offenbar hat Robins Familie Briefe an ihn geschrieben, in denen sie ihn für das Geschehen verantwortlich machen. Das erscheint mir ziemlich unvernünftig.«

»Es läuft aufs gleiche hinaus«, sagte Hugh. »Es hat keinen Zweck, die Wahrheit herausfinden zu wollen. Es spielt keine Rolle, ob Robin es tatsächlich getan hat oder nicht. Entscheidend ist, daß er es getan haben *könnte*. Er war fähig dazu.«

»Was meinen Sie damit, er war fähig dazu?«

»Also, er hatte ein paar höchst merkwürdige Vorstellungen von Sex. Das wenigstens geht aus seinen Geschichten eindeutig hervor.«

»Merkwürdige Vorstellungen?« fragte Dr. Corbett und beugte sich vor.

»Es wirkte immer... Männer und Frauen... die zusammen sind: ich glaube nicht, daß er das für eine gute Idee hielt.«

»Wie außergewöhnlich«, sagte Professor Davis.

»Er hatte alle diese Affären«, sagte Hugh, »die nie lange gedauert haben. Ich weiß nicht, was er mit diesen Frauen getan hat, aber... man macht sich eben so seine Gedanken.«

Professor Davis und Dr. Corbett, die beide selbst unter erbitterten Umständen geschieden worden waren, nickten weise. Dann sagte Corbett: »Diese Emma – sie ruft Sie immer wieder an, oder?«

»Ja. Letzte Woche drei- oder viermal.«

»Ich frage mich, warum.«

»Wie gesagt, sie ist besessen von Robin. Vor ein paar Wochen habe ich diese Geschichte wiedergefunden, die er geschrieben und mir geliehen hat, und sie sagt, sie will sie lesen.«

»Was ist es?«

»Es ist nur seine letzte Geschichte. Offenbar war eins der letzten Dinge, die er getan hat, alle seine Sachen wegzuwerfen, aber da waren diese vier Geschichten, die er in verschiedene Notizbücher schrieb. Emma hat noch eins – die zweite, glaube ich –, und ich habe die vierte. Es ist nur eine ganz kurze Geschichte und ein paar Anmerkungen, die er am Ende hingekritzelt hat. Sie ist nicht interessant, sage ich ihr immer wieder. Jedenfalls kommt sie, um sie zu lesen.«

»Was, zu Ihnen?«

»Ja, morgen abend.«

Der Professor und der Doktor tauschten bedeutungsvolle Blicke aus.

»Hat sie nicht ihren Mann verlassen?« fragte Davis.

»Richtig.«

»Seit wann kennen Sie sie?« fragte Corbett.

»Schon eine ganze Weile – ungefähr vier Jahre. Warum? Worauf wollen Sie hinaus?«

Aber Dr. Corbett sah auf seine Uhr und stand auf.

»Ich muß jetzt wirklich gehen«, sagte er. »Joyce wird bald mit dem Abendessen anfangen. Ich sehe Sie beide zweifellos nächstes Jahr wieder. Ich wünsche Ihnen Frohe Weihnachten, Leonard.«

Er legte Hugh eine Hand auf die Schulter. »Dann also viel Erfolg morgen. Und sehen Sie zu, daß es ein glückliches Neues Jahr wird.«

Er ging, und Hugh starrte ihm verwirrt nach.

»Komisch, was er da gesagt hat.«

»Normans Geist arbeitet immer im gleichen Schema«, erklärte Professor Davis. »Ich denke, er nahm an, daß die Tatsache, daß Sie morgen abend eine junge, attraktive, ungebundene Dame zu Gast haben, nur eins bedeuten kann.«

Er schüttelte den Kopf. »Da irrt er sich.«

»Ist sie nicht attraktiv?« sagte Davis und versuchte, aus einer leeren Tasse Kaffee zu trinken.

»Doch, doch. Sie ist sehr attraktiv. Trotzdem...«

Davis kicherte, stellte die Tasse ab und stand auf. Er nahm seine Aktenmappe und wischte Krümel von seinem Kordsamtjackett.

»Sehen Sie, Hugh«, sagte er, »Sie wollen doch nicht Ihr Leben lang allein bleiben, oder? In einer Ein-Zimmer-Wohnung? Lassen Sie sich gehen. Es ist Weihnachten.«

Hugh antwortete nicht, bis Davis schon im Gehen war, dann rief er: »Warum haben Sie mir nichts von der heutigen Sitzung erzählt?« Aber des Professors Gehör war auch nicht mehr, was es einmal gewesen war.

Auf dem Heimweg wurde Hugh erneut durchnäßt, und er zitterte heftig, als er sein Zimmer betrat. Im Radio sagten sie voraus, daß der Regen über Nacht in Graupel oder Schnee übergehen würde. Am Abend lag er über eine Stunde in der Badewanne, bis das Wasser nahezu kalt war. Er begann Pläne für Emmas Besuch zu machen. Er würde ein raffiniertes Essen kochen, vielleicht mexikanisch, das Zimmer ordentlich aufräumen und den ganzen Vormittag die Fenster offen lassen, während er im Waschsalon und im Supermarkt wäre. Es tat gut, endlich wieder Pläne zu schmieden. Nachdem er Zeit gehabt hatte, darüber nachzudenken, schienen Corbetts Worte gar nicht mehr so absurd: es stimmte, daß Emma ihn in letzter Zeit häufig angerufen hatte, und hatte sie sich im Sommer nicht extra bemüht, zu seiner Geburtstagsparty zu kommen? Wahrscheinlich war sie wie er einfach nur einsam, und ein bißchen körperliche Zuneigung an Weihnachten war vielleicht genau das, was sie brauchte.

Er legte sich direkt nach dem Bad ins Bett, mußte aber wie so oft feststellen, daß er nicht einschlafen konnte. Ihm gingen die üblichen langweiligen Fantasien durch den Kopf, sowie verzerrte Bruchstücke der Unterhaltung vom Nachmittag und ein paar Dinge, die er am nächsten Tag sagen wollte. Irgendwann fiel ihm ein, daß er nicht mehr wußte, wohin er das Notizbuch mit Robins Geschichte gelegt hatte. Panisch schaltete er die Nachttischlampe ein, stand auf und begann nackt nach dem kleinen roten Notizbuch zu suchen; als er es fand, war er wacher als zuvor, und er beschloß, die Geschichte noch einmal zu lesen. Sie war nicht sehr lang.

Während Hugh las, herrschte absolute Stille in seinem Zimmer, und es war eine Stille, die er nur zu gut kannte. Er wußte, daß es keine andere Art Stille gab, die so tödlich war wie die Stille in der Stunde vor der Morgendämmerung, wenn man allein im Bett liegt und das Licht brennt; und nichts läßt einen diese Stille besser hören als das Wissen, daß draußen vor dem Fenster Schnee durch die Nacht fällt.

VIER GESCHICHTEN von Robin Grant

4. Der Pechvogel

Im Teezimmer eines Hotels in einem provinziellen Kurort spielt ein Streichquartett einen traurigen Tango.

Ein Mann saß allein an einem Tisch neben dem Fenster. Manchmal lauschte er der Musik, manchmal sah er zum Fenster hinaus auf die Straße, manchmal betrachtete er ängstlich die Gesichter der anderen Gäste. Die meiste Zeit starrte er ausdruckslos vor sich hin. Er war sehr deprimiert. Er war Grundstücksmakler (Grund genug, deprimiert zu sein, denken Sie vielleicht, aber das ist noch nicht alles, wie sich zeigen wird), und eigentlich hätte er an diesem Nachmittag arbeiten sollen, aber der Wille, sein Leben fortzuführen wie bisher, hatte ihn verlassen. Die Fundamente seiner

Existenz waren ins Wanken geraten. Seine Anwesenheit in diesem Raum war lediglich ein letzter Einsatz, ein letzter verzweifelter Versuch, irgendeine Art von Kontrolle zurückzugewinnen; so etwas wie Gerechtigkeit durchzusetzen. Aber als er auf seine Uhr blickte, zur Tür schaute, auf die Straße hinaussah, stieg in ihm der Verdacht auf, daß er sich auch hier verkalkuliert hatte.

Plötzlich bemerkte er, daß ein Mann neben ihm stand und ihn anlächelte. Einen Augenblick lang erkannte er das Gesicht nicht wieder, und dann paßten langsam Name, Gesichtszüge und die damit verbundenen Erinnerungen zusammen. Und dann brach auch er in ein unerwartetes Lächeln aus.

»Larry Norden!« sagte er.

»Harry Eatwell!«

»Also so was! Setz dich, setz dich.«

»Störe ich?«

»Nein, überhaupt nicht.«

Harry und Larry hatten sich ungefähr acht Jahre zuvor zum letztenmal gesehen, als sie in die gleiche Schule gegangen waren. Sie waren niemals sonderlich enge Freunde gewesen, aber bei Gelegenheiten wie dieser, in dieser nostalgischen Umgebung und in der Aufregung eines zufälligen Wiedersehens, neigt man dazu, so etwas zu vergessen.

»Was führt dich hierher?«

»Ich lebe hier«, sagte Harry. »Ich lebe und arbeite jetzt in dieser Stadt. Und du?«

»Ach, ab und zu bin ich in der Gegend. Besuche Freunde. Und – wie ist es dir ergangen?«

»Ach, gar nicht schlecht, es lief alles ziemlich glatt.«

»Es ist alles so gekommen, wie du es geplant hast, oder?«

Die Frage war in einem leicht ironischen Tonfall gestellt, so daß Harry sagte: »Wie meinst du das?«

»Ich hab nur gerade daran gedacht, wie du in der Schule warst. Du warst immer so verdammt organisiert. Ich erinnere mich – wie alt waren wir, achtzehn? –, daß du dein ganzes Leben schon geplant hattest. Weißt du noch, wie wir

über unsere Ambitionen, unsere Lebensziele geredet haben? Die Diskussionen, die wir ständig führten?«

»Ich erinnere mich sehr gut.«

»Und ist alles so gekommen? Du hast gesagt, daß du mit fünfundzwanzig Grundstücksmakler und verheiratet sein wolltest, ein eigenes Haus und einen Sportwagen haben wolltest.«

»Hier sitze ich: ich bin Grundstücksmakler, und ich bin verheiratet, ich habe eine Frau und einen Wagen. Es ist alles so gekommen.«

»Das ist erstaunlich.«

»Und was ist mit dir? Du hast gesagt, du wolltest ... ein Fernfahrer werden! Mit einer Wohnung in Spanien und einem unter deinem Namen veröffentlichten Roman.«

»Stimmt.«

»Und ist es so?«

»Nein, ich arbeite in der Marketingabteilung einer Korbwarenfabrik in der Nähe von Ashby-de-la-Zouch.«

»Oh.« Harrys Tonfall verriet ehrliche Enttäuschung. »Aber du bist doch glücklich verheiratet, oder?«

»Nein.«

»Oder verlobt mit einem hübschen Mädchen?«

»Nein.« Er tätschelte Harry den Rücken. »Du brauchst dir um mich keine Sorgen machen. Ich war schon immer so: wie gewonnen, so zerronnen. Das Leben nehmen, wie es kommt. Keine Sorgen. Aber du« – er lehnte sich zurück und sah ihm in die Augen –, »du scheinst mir Sorgen zu haben.«

Harry war ein paar Sekunden lang unentschlossen, als ob er versuchte, tapfer zu sein. Dann gab er auf.

»Ich kann es vor dir nicht verbergen. Du hast mich zu einem sehr schlechten Zeitpunkt erwischt. In letzter Zeit geht alles schief.«

»Erzähl's mir, Harry.«

Harry trank Mineralwasser und rieb sich die Stirn; er schien nicht zu wissen, wie er anfangen sollte.

»Also – du weißt doch, wie es ist, wenn man meint, sein

Leben völlig unter Kontrolle zu haben? Alle Fäden in der Hand zu halten?«

»Nein, ich glaube, dieses Gefühl habe ich nie gehabt.«

»Ja, aber du weißt, wie es ist, wenn man jemandem vertraut? Wenn man weiß, wie es mit jemandem ist, auch wenn man fort ist. Wie... wie als Kind, wenn man im Bett liegt und tief und fest schläft, und der Grund, warum man so gut schläft, ist, daß man weiß, daß die Eltern unten sind und fernsehen und an einen denken, und die Welt ist in Ordnung.«

»Meine Eltern haben entweder gestritten oder gevögelt. Aber egal, sprich weiter.«

»Mein Leben ist immer so gewesen. Ich war immer sicher. *Die Menschen, die mir nahestanden – ich habe nie zugelassen, daß sie mich überraschen. Das ist ungeheuer wichtig, nicht wahr? Sonst wird das Leben zur Anarchie. Es war mir zum Beispiel immer ungeheuer wichtig zu wissen, daß um fünf Uhr, wenn ich meinen letzten Kunden besuche, Angela zu Hause in der Küche steht und die Töpfe aufstellt. Sie haben mich am Laufen gehalten, diese kleinen Gewißheiten.«*

»Und irgend etwas ist passiert, das alles gesprengt hat?«

Harrys Stimme zitterte. »Ich habe herausgefunden, daß sie mich betrügt.«

Er trank wieder einen Schluck, während sich sein Freund vorbeugte, ihm eine Hand auf den Arm legte und sagte: »Es ist wohl besser, wenn du mir die ganze Geschichte erzählst.«

Harry hatte Verdacht geschöpft, als ihm ein Kollege beiläufig mitteilte, daß seine Frau an einem Mittwochnachmittag um vier Uhr im Teezimmer des Hotels gesehen worden sei. Harry wußte, daß das unmöglich war, weil seine Frau nachmittags stets zu Hause war und das Hörspiel in Radio Four hörte. An diesem Mittwoch hatte sie ihm während des Abendessens die Handlung detailliert geschildert, später fand er allerdings heraus, daß ihre Synopse Wort für Wort aus der Radio Times *stammte. Wie auch immer, zuerst nahm er diesen Vorfall nicht ernst; aber als ihm sein Kollege widerstrebend erzählte, daß sie mit einem Mann gesehen worden war und daß sie sich auf eine Weise verhalten hatte, die Intimität nahelegte, blickte Harry bekümmert drein.*

»Was soll ich deiner Meinung nach tun?« fragte er.

»Du hast Glück«, sagte sein Kollege. »Ich hab jemanden für dich. Einen Privatdetektiv. Sehr diskret und sehr qualifiziert. Hat sich auf diese Art Arbeit spezialisiert. Ich geb dir seine Karte, und du kannst dich sofort mit ihm in Verbindung setzen.«

Harry erhielt die Adresse eines Büros im obersten Stock eines schäbigen Gebäudes im Elendsviertel der Stadt. Der Name an der Tür lautete »Vernon Humpage«.

Mr. Humpage stellte sich als trübseliger Mann mit sich lichtendem Haar heraus, der eine gewisse Ähnlichkeit mit Mervyn Johns in Traum ohne Ende *aufwies. Er beruhigte Harry umgehend und erklärte, daß seine Arbeit in zwei Kategorien fiele – Nachforschungen und Überwachungen. In diesem besonderen Fall, so schlug er vor, sollte beides in Betracht gezogen werden. Harry stimmte zu. Mr. Humpage versprach ihm, innerhalb von sieben Tagen einen vollständigen Bericht vorzulegen.*

Eine Woche später sahen sie sich wieder.

»Ich habe eine ganze Menge herausgefunden, Mr. Eatwell«, sagte der Detektiv.

»Freut mich zu hören. Bitte, nennen Sie mich Harold.«

»Gern. Darf ich Ihnen zuerst ein paar Fragen stellen?«

»Schießen Sie los.«

»Wann haben Sie Ihre Frau kennengelernt?«

»Vor ungefähr zwei Jahren.«

»Ich verstehe, kurz nachdem sie aus Berlin zurückgekehrt war.«

»Wie bitte?«

»Sie wissen, daß Ihre Frau ein halbes Jahr in einem Nachtclub in Berlin gearbeitet hat?«

»Nein.«

»Sie ist von dort abgehauen. Kurz nach ihrer Scheidung.«

»Scheidung?«

»Sie war schon einmal verheiratet, aber das wissen Sie bestimmt. Meine Nachforschungen belegen, daß die Ehe nie offiziell aufgelöst wurde; aber er kommt die nächsten vier Jahre nicht aus dem Gefängnis, das soll uns also im Augenblick nicht weiter bekümmern.«

»Mr. Humpage, ich habe nichts davon gewußt«, sagte Harry, seine Miene ausdruckslos vor Erstaunen.

»Kommen wir also zur Überwachung. Harold, würden Sie sagen, daß Sie eine präzise Vorstellung davon haben, wie Ihre Frau ihre Zeit verbringt?«

»Ja.«

»Die sich worauf gründet?«

»Die sich auf das gründet, was sie mir erzählt.«

»Gut, dann wollen wir mal sehen.« Er nahm ein handschriftlich beschriebenes Blatt Papier vom Schreibtisch. »Was tut sie als erstes am Morgen?«

»Sie, ähm, macht mir eine Tasse Tee.«

»Richtig. Und dann?«

»Dann frühstücken wir zusammen, und ich gehe zur Arbeit.«

»Stimmt ebenfalls.«

»Dann räumt sie die Küche auf und wischt Staub.«

»Nein, das tut sie leider nicht. Nachdem Sie das Haus am Morgen verlassen haben, legt sie als erstes die Füße hoch, macht sich einen Gin Tonic und raucht.«

»Raucht? Meine Frau raucht nicht.«

»O doch, das tut sie. Havanna-Zigarren. Wußten Sie das nicht? Wie auch immer, es ist jetzt mitten am Vormittag. Wissen Sie, was sie tut?«

»Also, ich habe mir immer vorgestellt, daß sie Kaffee trinkt und ein paar Kekse ißt ... vielleicht die Einkaufsliste zusammenstellt, ein bißchen fernsieht.«

»Leider falsch. Sie ruft ihren Börsenmakler an.«

»Ihren Börsenmakler?«

»Ja. Sie hat Aktien von fünf großen Unternehmen der Leichtindustrie. Es wird eine Menge verkauft und gekauft. Hat sie Ihnen das nicht erzählt?«

»Nein.«

»Merkwürdig. Sie wissen selbstverständlich, wie sie die Mittagszeit verbringt.«

»Sie macht eine Diät. Normalerweise sieht sie die Nachrichten und ißt einen leichten Salat und trinkt etwas Fruchtsaft. Stimmt das nicht?«

»Tatsächlich sucht sie diverse Pubs auf. Gestern zum Beispiel The Bull and Gate: sie hat Steak und Kidney-pie und Pommes frites gegessen und zwei Bier getrunken. Am Tag davor war sie in der Weinbar in der Dale Street: sie hat zwei Portionen Chili con carne und mehrere Whiskeys zu sich genommen. Manchmal geht sie allein, manchmal mit Freunden.«

»Aber wann hat sie dann noch Zeit, das Abendessen zu kochen? Für diese hervorragenden Gerichte braucht sie doch den halben Nachmittag.«

»Das sind meistens Fertiggerichte. Normalerweise holt sie sie auf dem Rückweg aus dem Spielsalon.«

»Spielsalon?«

»Sie spielt an Spielautomaten. An drei der letzten vier Tage hat sie das getan. Sie ist gar nicht schlecht: meistens geht sie mit mehr, als sie gekommen ist.« Er hielt inne und blickte auf. »Beunruhigt Sie das, Mr. Eatwell?«

Harry hatte seinen Mantel angezogen und stand am Fenster.

»Und danach?« fragte er. »Das Hotel?«

Mr. Humpage nickte.

»Um wieviel Uhr?«

»Um vier Uhr.«

Harry ging zur Tür. »Ich will nichts mehr hören«, sagte er, aber dann fragte er doch: »Ist es immer derselbe Mann?«

Wieder nickte Humpage. Und als sein Klient die Tür öffnete, sagte er freundlich: »Harold.« Harry wandte sich um.

»Niemand hat das Recht, eine andere Person zu kontrollieren.«

»Er hatte recht.«

»Vermutlich.«

Harold rang sich ein Lächeln ab und wischte sich über die Augen. Sein alter Freund, der aufmerksam zugehört hatte, dachte einen Augenblick nach, bevor er sagte: »Stört es dich, wenn ich eine sehr persönliche Bemerkung mache?«

»Nein, nicht unbedingt.«

»Weißt du, offen gesagt, Harry, ich glaube nicht, daß du deine Frau überhaupt geliebt hast. Ich glaube, du hast geliebt, wofür sie gestanden hat – oder wofür du gewollt hast, daß sie steht.«

»Wie meinst du das?«

»Ich meine, das, was dich aus der Bahn wirft, ist nicht die Tatsache, daß dich deine Frau betrügt. Deine ganze Art, die Welt zu sehen – ist aus den Angeln gehoben. Und das nicht zu früh. Du kannst nicht einfach solche Annahmen machen. Du kannst nicht einfach davon ausgehen, daß sich die Menschen so verhalten, wie es dir gefällt. Das Leben ist chaotisch. Es ist willkürlich. Merkst du das erst jetzt?«

»Gibt es denn nichts, was wir tun können, überhaupt nichts, um zu beweisen, daß wir unser Leben unter Kontrolle haben?«

Es folgte ein kurzes Schweigen.

»Auf welchem Weg bist du zum Hotel gegangen?«

»Den Fluß entlang«, sagte Harry, der sich über die Frage überhaupt nicht wunderte.

»Und was hast du gedacht, während du den Fluß entlanggegangen bist?«

»Ich hab den Fluß betrachtet«, sagte Harry, »und mich gefragt, wie tief er in der Mitte ist …«

»Da hast du deine Antwort«, sagte sein Freund. »Das ist die einzige Möglichkeit. Wenn du wirklich beweisen willst, daß du kontrollieren kannst, was aus dir wird, wenn du den

Teufelskreis wirklich durchbrechen willst, dann mußt du es tun.« Er lachte und klopfte Harry auf die Schulter. »Aber das willst du nicht wirklich – oder?«

Harry lächelte dankbar und schüttelte den Kopf.

»Was du wirklich willst, ist eine gute Tasse Tee und daß jemand den Musikern sagt, sie sollen etwas Fröhlicheres spielen. Warum gehe ich nicht hin und sage es ihnen?«

»Gut, Larry. Danke.«

Harry ging zur Toilette, wusch sich Hände und Gesicht mit warmem Wasser und stand eine Weile mit dem Rücken an die Wand gelehnt und atmete tief durch. Er dachte, er würde weinen, er wollte sogar weinen, aber es kamen keine Tränen. Statt dessen verspürte er ein leises Hochgefühl, das er, wäre er in der Lage gewesen, es zu analysieren, als die Rückkehr seiner tödlichen Selbstsicherheit hätte identifizieren können. Besonders tröstlich fand er in diesem Augenblick den Gedanken an Larry, der ihm eine weitere Tasse Tee spendierte, auf ihn wartete, nach mehr tröstlichen und aufmunternden Worten suchte. Das Gefühl, wieder einmal im Mittelpunkt des Bewußtseins eines anderen Menschen zu stehen, behagte ihm.

Insofern war es nur gut, daß er nicht sah, wie Angela an ihren Tisch kam, »Lawrence, Liebling«, murmelte, ihm mit der Hand durchs Haar fuhr und ihn auf den Mund küßte. Als Harry aus der Toilette zurückkehrte, waren beide verschwunden.

Emma sank auf ihr Sofa und sah sich im Wohnzimmer ihres kleinen Hauses um. Sie war nicht müde, und sie wollte in diesem Augenblick auch nicht Bestandsaufnahme ihres Wohnzimmers machen, aber sie war wie üblich zu früh fertig gewesen und mußte jetzt die Zeit totschlagen. Sie mochte das Zimmer. Man betrat es direkt von der Straße aus, und Gäste sagten immer als erstes: »Oh, was für ein hübsches Zimmer.« Dann bemerkten sie die Fotos, die in Vierergruppen an den Wänden hingen: verblaßte Sepiadrucke von Emmas Urgroßeltern und ihrer Familie, aufgenommen um die Jahrhundertwende – sie hatte sie im Sommer aus Edinburgh mitgebracht. Sie betrachtete sie jetzt und fühlte sich gestützt von ihrer gütigen Melancholie, der festen, ungezwungenen Zuversicht in ihrem Blick. Im Gesicht einer traurigen untadeligen Urgroßtante entdeckte sie eine merkwürdige Ähnlichkeit mit sich selbst. Im Speicher zu Hause, während sie eines Nachmittags mit ihrem Vater in feuchten Schachteln nach diesen Fotos stöberte, hatte er, so gut er sie erinnerte, die Geschichte dieser Frau erzählt: sie hatte jung geheiratet, war jung zur Witwe geworden und hatte nie Kinder gehabt. Spät in ihrem Leben hatte sie Medizin studiert und sogar ein mittlerweile vergessenes Buch publiziert.

Emma fühlte sich wohl dabei, auf dem Sofa zu sitzen und die Familienfotos zu betrachten, und plötzlich merkte sie, daß sie an diesem Abend am liebsten zu Hause bleiben würde. Das ging ihr immer so. Sie hatte ständig Angst, kein richtiges Sozialleben entwickeln zu können, und dann, wenn sich die Gelegenheit bot, auszugehen und jemanden zu besuchen, kamen ihr Bedenken. Sie war den ganzen Tag nicht draußen gewesen, und als erstes würde sich das Problem stellen, den Wagen vom Schnee zu befreien und ihn anzulassen. Dann müßte sie ein Spirituosengeschäft finden und eine Flasche Wein kaufen und schließlich das Auto in der Nähe von Hughs Wohnung parken, in einer Straße, die sich in keiner sehr sicheren Gegend befand. Und einmal dort, könnte sie nicht viel trinken, weil sie zurück nach Hause fahren müßte. Bis auf die Hauptstraßen waren sicherlich alle Straßen glatt und gefährlich. Und obendrein: wollte sie wirklich einen ganzen Abend mit Hugh verbringen, in dessen Gesellschaft sie sich, wie ihr jetzt klar wurde, in erster Linie deswegen wohlgefühlt hatte, weil sie ein Gegengift zu der ihres Mannes gewesen war?

Wahrscheinlich hätte sie nicht gezögert, abzusagen, wenn sie nicht unbedingt weitere Informationen über Robin hätte haben wollen. Auch wenn die Geschichte, die Hugh hatte, sich als unwichtig erweisen sollte, so versprach die Aussicht, ein paar Stunden über ihn sprechen zu können, ein eigenartiges Vergnügen.

Bislang hatte sie sich noch nicht gefragt, warum sie mehr über die Umstände seines Todes erfahren wollte oder wann sich ihr anfänglicher eiskalter Schock angesichts seines Todes sich in diese neugierige Betroffenheit verwandelt hatte. Nachdem ihr diese Idee gekommen war, hatte es fast einen Monat gedauert, bis sie Ted den Brief geschrieben hatte. Er hatte prompt und höflich geantwortet. Er sei entsetzt gewesen, so sagte er, als er von dem Selbstmord erfahren habe, und er sympathisiere mit ihren Gefühlen der Verflechtung und Trauer. Nichtsdestotrotz empfand er es als absurd, daß Emma sich irgendwie schuldig fühlte. Wenn er sie durch eine wie immer geartete Erklärung beruhigen könnte, würde er das augenblicklich tun, aber er war von der ganzen Angelegenheit ebenso vor den Kopf gestoßen wie sie. Nichts, was zwischen ihm und Robin während ihrer letzten Begegnung vorgefallen war, hatte ihn auf eine solche Entwicklung vorbereitet. Am Schluß hatten sie auf die herzlichste Weise Erinnerungen an frühere Tage ausgetauscht. Ted bedauerte es zutiefst, daß er ihr nicht weiterhelfen konnte; aber er nutzte die Gelegenheit, um ihr ein Notizbuch, das Robin gehört hatte und das er vor ein paar Wochen in seiner Manteltasche gefunden hatte, zu schicken. Es enthielt die erste seiner Kurzgeschichten. Ted mußte es aus Versehen mit nach Hause genommen haben.

Er hatte ihr auch eine Weihnachtskarte geschickt und eine Kopie eines Rundschreibens mit einer Riesenmenge unwichtiger Informationen über seine Familie. Die Karte stand zusammen mit sechs anderen auf dem Kaminsims: es sah so aus, als würde sie dieses Jahr weniger Karten als sonst bekommen, aber das war zu erwarten gewesen. Zwei ihrer Freunde hatten sie für den Weihnachtsabend zu sich nach Hause eingeladen, und während Emma die Freundlichkeit dieser Einladungen durchaus zu schätzen wußte, mißfiel ihr doch die zugrundeliegende Annahme, daß die Trennung von ihrem Mann gleichbedeutend war mit einem Zustand chronischer Isolation und möglicherweise Heimatlosigkeit. Weihnachten allein zu verbringen schreckte sie nicht, trotzdem hatte sie beschlossen, hauptsächlich als Reaktion auf den Druck ihrer Eltern, für ein paar Tage nach Edinburgh zu fahren. Und es war ihr gelungen, das Haus zumindest im Parterre einigermaßen festlich erscheinen zu lassen. Ihr fiel auf, daß der Baum im Treppenhaus bereits Nadeln verlor, und war froh, den Staubsauger holen und sich ein paar Minuten beschäftigen zu können. Als sie fertig war, entschied sie, daß sie genausogut gehen konnte.

Für einen Samstagabend waren nur wenig Menschen unterwegs. Die Menschheit manifestierte sich in Coventry an diesem Abend nicht, indem sie betrunken die Gehsteige entlangtorkelte oder in Vierer- oder Fünfergruppen auf Weinbars oder Nachtclubs zusteuerte, sondern sie machte sich mittels beleuchteter Fenster, zugezogener Vorhänge und leiser Musik bemerkbar. Emma stellte sich vor, daß hinter jeder geschlossenen Haustür eine Party im Gange war, ferngesehen wurde, Drinks eingeschenkt wurden und Kinder lange aufblieben. Sie fragte sich, was Mark und Elizabeth taten; zumindest nahm sie an, daß Mark und Elizabeth den Abend irgendwo zusammen verbrachten. Als Mark und Emma sich trennten, hatten sie sich, wie das so üblich ist, versprochen, Freunde zu bleiben, aber weil sie, lange bevor sie sich trennten, aufgehört hatten, Freunde zu sein, hielten sie dieses Versprechen nicht. Sie hatte keine Ahnung, wie sein Leben derzeit aussah, und war unfähig, ihre Neugier diesbezüglich vollständig zu unterdrücken. Selbstverständlich hatten sie sich Weihnachtsgrüße geschickt.

Emma parkte unter einer gelben Straßenlampe ein paar Häuser von Hughs Wohnung entfernt. Die Straßen waren mittlerweile mit gut drei Zentimeter Schnee bedeckt, und Hugh schien eine Ewigkeit zu brauchen, bis er die Tür öffnete, jedenfalls so lange, bis sie völlig durchgefroren war. Als er endlich auftauchte, entschuldigte er sich.

»Ich habe kleinere Schwierigkeiten mit der Vorspeise«, erklärte er. »Ich glaube, ich bin beim Pfeffer zum Berserker geworden.«

»Hallo«, sagte Emma. »Ich hab dir was mitgebracht.«

Sie gab ihm eine in lila Papier gewickelte Flasche.

»Hallo«, sagte er. »Danke.« Er gab ihr einen haarigen Kuß auf die Wange.

Sie folgte ihm die Treppe hinauf, fragte sich, warum er eine Krawatte trug.

»Ich fürchte, das Hauptgericht wird noch etwas dauern«, sagte er und führte sie in sein Zimmer. »Die Leute im Flur gegenüber haben Folienkartoffeln gemacht, und ich konnte erst jetzt ans Backrohr.«

»Das ist schon in Ordnung. Ich wußte nicht, daß ihr eine gemeinsame Küche habt.«

»Normalerweise ist das kein Problem. Willst du dich nicht setzen?«

Emma hatte die Wahl, sich entweder sofort an den Tisch oder aufs Bett zu setzen, das ordentlich gemacht und mit einer langweiligen grünen Tagesdecke bedeckt war. Sie schob die Entscheidung hinaus, schlenderte zum Bücherregal und begann, die Buchtitel zu lesen. Es faszinierte sie immer wieder, daß Hugh, der beständig an oder unter der Armutsgrenze lebte, soviel Geld für Bücher ausgab, noch dazu für Bücher, die so militant abstrus oder fachspezifisch waren. Werke über literarische Theorien standen neben postmodernen Romanen in der französischen Originalversion, und es gab auch ein paar Bücher über Musik und mittelalterliche englische Gedichte.

»Hast du diese Bücher gelesen?« fragte sie.

»Natürlich nur ein paar«, sagte Hugh, der dabei war, eine Flasche zu öffnen, ein Prozeß, den er jetzt unterbrach, um ihr ein besonders umfangreiches Taschenbuch zu zeigen, das auf seiner Kommode lag. »Es ist angenehm zu wissen, daß sie da sind. Hier – schau dir das an: ich hab's erst diese Woche gekauft. Ich geh nur schnell und hol Gläser.«

Emma wurde nicht schlau aus dem Buch, aber sie setzte sich aufs Bett und legte es sich höflicherweise aufgeschlagen in den Schoß, während sie auf Hughs Rückkehr wartete.

»Es ist gut, oder?« sagte sie.

»Eigentlich war ich ein bißchen enttäuscht«, sagte Hugh und reichte ihr ein volles Glas. »Prost. Auf deine Gesundheit. Normalerweise ist Fournier einigermaßen progressiv, was die Narrativik anbelangt, aber ich glaube, er entwickelt revisionistische Tendenzen.«

»Aha«, sagte Emma. »Das ist ein Jammer.«

»So etwas gibt's«, sagte Hugh.

»Das Leben geht vermutlich weiter. Die Fundamente der Gesellschaft werden nicht ins Wanken geraten.«

»Genau.« Er nahm ihr das Buch aus der Hand, etwas irritiert, daß er ihrer Ironie auf den Leim gegangen war, ohne es zu merken. »Guter Wein«, sagte er.

»Danke.«

»So.« Hugh sah sich im Zimmer um, blickte zu den zwei leeren Stühlen, blickte auf das Bett. »Hast du was dagegen, wenn ich mich neben dich setze?«

»Nein, natürlich nicht.«

Er setzte sich neben sie. Das Bett stand an der Wand, so daß er sich zurücklehnen konnte, Emma jedoch blieb aufrecht sitzen.

»Findest du den Tisch nicht schön?« fragte er gutgelaunt.

Von irgendwo hatte er zueinander passendes Silberbesteck aufgetrieben, zwei Weingläser aus Kristallglas, Servietten aus Seide und Tischsets mit Jagdszenen. Auch eine bislang nicht brennende Kerze und eine kleine Vase mit Blumen standen da.

»Er sieht wunderschön aus«, sagte Emma. »Ich hatte keine Ahnung, daß du für mich so einen Aufwand betreiben würdest.«

»Jeder muß ab und zu mal aufgeheitert werden, nicht wahr?« sagte Hugh.

»Meinst du, ich muß aufgeheitert werden?«

»Nein, ich meine, daß es *mich* aufgeheitert hat, alles vorzubereiten. Es ist angenehm, sich mal Mühe zu geben.«

»Kochst du nicht gerne nur für dich allein? Ich schon.«

»Du hast dich noch nicht daran gewöhnt«, sagte Hugh. »Bei mir war's so, daß nach ungefähr viereinhalb Jahren der Neuigkeitswert nachzulassen begann.«

»Du meinst, du hast immer noch keine Freundin gefunden?« sagte Emma. Es machte ihr Spaß, ihn auf den Arm zu nehmen.

»Ich denke, wir sollten die Suppe essen«, sagte Hugh.

Er ging in die Küche. Emma zündete die Kerze an und setzte sich an den Tisch.

»Es tat mir leid, als ich von dir und Nick gehört habe«, sagte

Hugh, als er ihren Teller mit eisgekühlter Wasserkressesuppe füllte.

»Mark«, sagte Emma. »Mein Mann heißt Mark.«

»Entschuldigung. Natürlich. Jedenfalls tat es mir leid. Du mußt dich… also, es muß doch ein ziemlicher Schock gewesen sein.«

»Nicht wirklich. Mich überrascht, wie schnell ich mich angepaßt habe.«

»Wo wohnst du jetzt?«

»Ich hab mir ein Haus gekauft. Nur ein kleines Reihenhaus. Die letzten zwei Monate habe ich es eingerichtet, da war ich beschäftigt. Das schmeckt sehr gut.«

»Nicht zu scharf?«

»Nein.« Sie hielt im Essen inne und überlegte. »Vielleicht trifft es mich erst nach einer Weile richtig.«

Hugh, der nicht wußte, ob sie den Pfeffer oder die Trennung meinte, wartete, daß sie das näher ausführte.

»Ich meine, daß mir langsam die Zeit ausgeht. Wenn ich Kinder haben will, meine ich.« Sie seufzte. »Ich wollte wirklich welche.«

»Wollte?«

»Ich versuche im Augenblick nicht daran zu denken. Es hat keinen Zweck im Moment.«

»Brötchen«, sagte Hugh. »Ich habe die Brötchen vergessen.« Er ging wieder in die Küche, kam sofort zurück und sagte: »Klar, ich wollte immer Kinder. Ich kann gut mit ihnen umgehen. Das liegt mir einfach. Ich habe einen Neffen und eine Nichte. Ja, die freuen sich, wenn ihr Onkel Hugh kommt. Ich glaube nicht, daß ich noch lange warten werde, bis ich eine Familie gründe. Ich will nicht ewig so weiterleben.«

»Du klingst sehr zuversichtlich«, sagte Emma und lächelte. »Kannst du es dir finanziell denn leisten, eine Familie zu gründen?«

»Im Augenblick natürlich nicht. Aber ich habe gute Aussichten?«

»Welche?«

»Also neulich habe ich mit einem der Honorarprofessoren gesprochen, und es scheint ziemlich klar, daß Professor Davis – er ist der Institutsvorstand –, es scheint ziemlich klar, daß er sehr bald emeritiert wird.«

»Meinst du etwa, daß sie dich zum Vorstand des Anglistikinstituts ernennen werden?«

»Nein, das wäre selbstverständlich unrealistisch. Aber es wird was in Bewegung kommen. Und dabei wird eine offene Stelle herausspringen. Und im Institut kennt man mich.«

»Und das betrachtest du als Vorteil.«

Hugh hielt einen Augenblick lang ihrem Blick stand, dann klopfte er mit dem Suppenlöffel seitlich an den Teller.

»Ich geh mal nach den Kartoffeln sehen«, sagte er.

Das mexikanische Essen hatte er aufgeben müssen, weil er nicht genug Zeit gehabt hatte, alle Zutaten aufzutreiben. Der nächste Gang bestand aus Schweinefleischstreifen in einer Sahne-Apfelwein-Sauce. Als er auf dem Tisch stand, lenkte Emma die Unterhaltung auf Robin.

»Ich hätte nie gedacht, daß er so etwas tut«, sagte sie. »Ich hatte keine Ahnung. Ich hätte nicht einmal gedacht, daß er auf so einen Gedanken kommt.«

»Du hast ihn doch kaum gekannt, oder? Ich dachte, du wärst ihm nur ein- oder zweimal begegnet.«

»Aber das ist genau das, was mich so beunruhigt: mich als Anwältin. Man redet eine Stunde oder länger mit einem Mandanten – und in einer Stunde kann man eine Menge über eine Person herausfinden, wenn es um die Sache geht –, und dann glaubt man, sie zu kennen: man glaubt, es gibt eine Verständigungsbasis. Ich verstehe meinen Beruf als soziale Aufgabe. Sonst würde ich ihn nicht ausüben wollen. Aber dann wird einem klar – man weiß nichts. Nichts. Man hat kaum an der Oberfläche gekratzt. Man hat nur soviel herausgefunden, daß man involviert ist, genug, um aus dem Gleichgewicht geworfen zu werden, wenn die Sache schiefgeht, aber nicht genug, um zu verstehen, welche Art Hilfe gebraucht worden wäre.«

»Robin brauchte keine Hilfe.«

»Wie kannst du so etwas sagen?«

»Ich meine damit, daß es nichts gab, was irgend jemand hätte tun können. Und sobald wir glauben, daß es etwas gab, werden wir uns für den Rest unseres Lebens schuldig fühlen.«

»Sollten wir das nicht?«

»Wie schmeckt dir das Schweinefleisch?«

Emma zögerte, fragte sich, ob sie das Thema so einfach fallenlassen sollte.

»Es ist köstlich, wirklich köstlich«, sagte sie. »Aber mir wird allmählich heiß hier drin.«

»Zieh doch deinen Pullover aus.«

Emma zog ihren Pullover aus und legte ihn ordentlich neben ihren Mantel auf das Bett. Hugh drehte die Gasheizung herunter.

»Alle diese Fragen, die du stellst«, sagte Hugh, »daß du Ted schreibst, mich besuchst – wenn du das nur tust, damit du dich nicht länger schuldig fühlst, vergiß es. Ich glaube nicht, daß sie irgend etwas damit zu tun hatte, daß er sich umgebracht hat. Die Anklage, meine ich.«

»Wie kommst du darauf?«

»Weil er, nachdem es geschehen war, nachdem er angeklagt wurde, vollkommen glücklich wirkte. Er wurde sogar ein bißchen fröhlicher. Wenn er wirklich depressiv war, dann *vorher*. Das ist zumindest meine Meinung.«

»Ich weiß nicht«, sagte Emma traurig. »Ich weiß nicht, warum ich es tue. Es hat mich einfach so durcheinandergebracht. Ich kannte ihn nicht mal. *Du* mußt am Boden zerstört gewesen sein.«

»Das war schon ein Schlag, das muß ich zugeben«, sagte Hugh und schenkte ihnen beiden Wein nach. »Die Person, mit der du wirklich reden solltest, ist Aparna, aber sie ist offenbar fortgegangen. Aus dem Land geflohen.« Er hielt inne, die Flasche mitten in der Luft, nachdenklich, dann schenkte er weiter ein, schüttelte den Kopf. »Nein, das ist keine gute Idee.«

»Was?«

»Du kennst sie nicht, oder?«

»Nein. Was hast du gerade gedacht?«

»Ich hab mich nur gefragt... also, zwei Menschen allein in einer Wohnung im vierzehnten Stock eines Hochhauses: niemand weiß, was da eigentlich passiert ist, oder? Vielleicht haben sie gestritten, er ist auf sie losgegangen, es gab einen Kampf... wer weiß?«

Emma schien nicht überzeugt.

»Du hast mir versprochen, mir seine letzte Geschichte zu zeigen«, sagte sie.

»Gleich«, sagte Hugh. »Wie wär's mit etwas Obst?«

Sie aßen frische Ananas, Mandarinen, Käse und Kekse. Hugh kochte Kaffee und setzte sich anschließend wieder aufs Bett. Emma blieb am Tisch sitzen.

»Sitzt du bequem dort drüben?«

»Ja, danke.«

»Ist dir immer noch zu warm?«

»Nein, es ist angenehm.«

Er begann sich zu fragen, ob überhaupt eine Chance bestand, sie auf ein anderes Thema als Robin zu bringen. Verzweifelt sagte er schließlich: »Und, wie gefällt dir diese Wohnung?«

»Sie ist sehr hübsch. Gefällt sie dir nicht?«

»Nein, ich habe es satt, hier zu wohnen. Ich denke daran, umzuziehen.« Es folgte ein längeres Schweigen. »Ist es groß, dein neues Haus?«

»Nein, es ist ein kleines Haus.«

»Gerade richtig für eine Person? Oder gibt es Platz für noch jemanden?«

»Hugh, ich habe gar nicht gemerkt, wie spät es schon ist«, sagte Emma und blickte auf ihre Uhr. »Es war ein wunderbares Essen, wirklich. Und ich werde eine ganze Weile für den Rückweg brauchen, bei den Straßenverhältnissen. Kann ich jetzt die Geschichte sehen?«

Er stand auf und deutete auf seinen Nachttisch.

»Da liegt sie«, sagte er. »Ich werde das Geschirr spülen, während du liest.«

Er ging aus dem Zimmer. Emma trug ihre Kaffeetasse zum Bett und setzte sich. Eine Zeitlang hielt sie das Notizbuch in der Hand. Dann schlug sie es vorsichtig auf und begann so schnell zu lesen, wie es die schlampige Handschrift erlaubte.

Nach ungefähr fünfzehn Minuten kehrte Hugh zurück und

setzte sich neben sie aufs Bett. Emma schien zu Ende gelesen zu haben: sie starrte nachdenklich auf die letzte Seite.

»Nun, bist du schlauer als zuvor?« fragte er und lehnte sich an die Wand.

»Ja«, sagte Emma. »Ich glaube schon. Diese Dinge haben ihn offensichtlich beschäftigt. Die Stelle, an der Lawrence sagt, daß Selbstmord eine gute Idee ist, weil er beweist, daß man sein eigenes Leben unter Kontrolle hat... Die ist doch relevant für das, was Robin getan hat?«

Hugh schüttelte den Kopf.

»Er hat nur herumgespielt. Diese Geschichte hat am wenigsten Relevanz für Robins Gedanken. Da hatte er schon das Interesse verloren. Wenn er sie ernst gemeint hätte, hätte er sie völlig anders geschrieben: das sagt er mehr oder weniger hier.«

Er blätterte um und deutete auf ein paar mit Bleistift gekritzelte Zeilen.

> *DIESE GESCHICHTE STIMMT ÜBERHAUPT NICHT*, hatte Robin geschrieben.
> *Humpage muß weg. Muß mir was anderes einfallen lassen. Humor unangebracht.*
> *Handlung im Kern beibehalten, aber die letzten beiden Kapitel ausrangieren; Dreh- und Angelpunkt der ganzen Geschichte muß die letzte Unterhaltung zwischen Lawrence und Harold sein.*
> *Sie diskutieren die Vorteile von Selbstmord ausführlich und detailliert.*
> *Lawrence beginnt mit einem Zitat von Simone Weil, um ihre unterschiedliche Herangehensweise ans Leben zu erläutern:*
> *»Zwei Arten, sich zu töten: Selbstmord oder Ablösung.«*

»Wer ist das?», sagte Emma und deutete auf den ihr unbekannten Namen.

Hugh rückte näher und spähte auf die Handschrift.

»Eine Französin«, sagte er. »Ich hol noch etwas Wein.«

»Ich muß fahren«, sagte Emma zu spät, um ihn davon abzuhalten, ihr Glas zu füllen.

»Du mußt nicht fahren.«

Sie bemerkte nicht, was er gesagt hatte. Die restlichen Notizen schien Robin viel später hinzugefügt zu haben; sie waren mit Kugelschreiber geschrieben, die Schrift war größer, aber noch schwerer zu entziffern.

Weitere Zitate von SW. (Ist es das, was passiert ist?)
»Für die, deren Ich gestorben ist, kann man nichts tun, gar nichts. Man weiß jedoch niemals, ob bei einem bestimmten menschlichen Wesen das Ich gänzlich gestorben oder ob es nur leblos ist. Wenn es noch nicht gänzlich gestorben ist, so kann die Liebe es wieder beleben, wie durch eine Einspritzung, aber nur die völlig reine Liebe, ohne die mindeste Spur der Herablassung, denn die geringste Beimischung von Verachtung stößt dieses Wesen in den Tod.«

»Emma«, sagte Hugh. »Emma, sieh mich an.«

»Wird das Ich von außen verletzt, so bäumt es sich zuerst mit der äußersten Heftigkeit und Erbitterung auf wie ein Tier, das sich wehrt. Ist das Ich aber einmal halb gestorben, so ersehnt es den Gnadenstoß und versinkt in stumpfe Bewußtlosigkeit. Wird es in dieser Verfassung durch eine Berührung der Liebe geweckt, so empfindet es einen äußersten Schmerz, der sich als Zorn und bisweilen als Haß gegen den richtet, der diesen Schmerz hervorgerufen. Daher bei heruntergekommenen Wesen jene scheinbar«

Hier endeten die Notizen. Und während Emma versuchte, diese Worte zu verstehen, darüber nachzudenken, warum Robin sie abgeschrieben hatte, spürte sie, daß eine Hand ihre Schulter berührte. Eine Hand streichelte unter ihrer Bluse ihre nackte Schulter. Dann drängte sich Hughs schwerer Körper an sie, und die Hand glitt nach unten, nach unten zu ihrer Brust. Mit unerwarteter Kraft und einem unwillkürlichen Schrei stieß sie ihn von sich und stand auf. Sie starrte ihn an.

»Bist du verrückt?« sagte sie. »Bist du vollkommen verrückt?«

Hugh antwortete nicht.

»Meinst du, daß ich deswegen gekommen bin? Meinst du das?«

Hugh stand auf. Sie wich zurück.

»Es tut mir leid. Ich weiß nicht, was ich gedacht habe. Ich habe gar nichts gedacht.«

Schnell schnappte sie sich Pullover und Mantel vom Bett und wich zurück zur Tür. Sie ließ ihn nicht aus den Augen, bis ihr klar war, daß er ihr keine Gewalt antun würde. Dann zog sie ihren Mantel an und drehte sich um.

»Emma, bitte geh nicht. Bitte, bleib noch. Ich habe nicht nachgedacht.«

Sie wollte nicht wortlos gehen, aber alle Worte befanden sich außerhalb ihrer Reichweite. Sie lief bereits die Treppe hinunter, als sie wieder etwas herausbrachte.

»Dann fang jetzt an zu denken. Es ist schon spät, Hugh. Sehr spät. Fang jetzt an.«

In dieser Nacht schlief Emma nur schwer ein, aber nachdem sie eingeschlafen war, schlief sie tief und ruhig. Sie erwachte im hellen Mittagslicht, das die Wände und die Decke ihres Schlafzimmers in ein warmes, sauberes Weiß tauchte. Sie streckte sich genüßlich in ihrem Bett, sonnte sich in Wohlbehagen; und als ihr die Ereignisse des Vorabends wieder einfielen, schienen sie fern und irreal.

Sie frühstückte im sonnenhellen Wohnzimmer. Der Postbote hatte weitere Weihnachtskarten gebracht, und erst als sie alle gelesen und den Erinnerungen, die sie wachriefen, nachgehangen hatte, dachte sie an die Worte, die Robin seiner letzten Geschichte beigefügt hatte. Sie hatte sie nur vage im Gedächtnis behalten und wußte nicht mehr, was mit dem Notizbuch geschehen war. Sie hatte es eigentlich mitnehmen wollen, aber in ihrer Wut und Verwirrung hatte sie es vermutlich bei Hugh gelassen.

Bald lenkte Bewegung auf der Straße vor dem Fenster Emma von diesen Gedanken ab. Ein Motor heulte laut und beharrlich auf, angespornt von Anfeuerungsrufen einer kleinen Gruppe von Leuten. Sie ging zur Tür und sah hinaus. Direkt gegenüber ihrem Haus steckte ein Kombi, der über Nacht an der Steigung geparkt hatte, im Schnee fest. Die Hinterräder drehten durch, und acht oder neun Personen, darunter die Nachbarn von beiden Seiten, versuchten, ihn anzuschieben.

»Brauchen Sie noch Hilfe?« rief sie und rannte hinaus.

»Wir haben's gleich geschafft«, sagte der Mann, der im Haus gegenüber von Emma wohnte und dessen Sohn der Wagen gehörte. »Noch einmal schieben, und wir haben's geschafft.«

Mit lauten Rufen, Gelächter, Anweisungen, Keuchen und Ächzen, mit heulendem Motor und behindert von Schneefontänen, die die Räder in ihre Gesichter wirbelten, schoben sie den Wagen an und jubelten, als er sich in Bewegung setzte. Sie sahen zu, wie er den Hügel hinauffuhr und es schließlich auf die Kuppe schaffte.

»Fahr weiter, Ron!«

»Bleib auf Touren, Sohn!«

Und als der Wagen unter Hinterlassung dicker Abgasschwaden aus ihrer Sichtweite verschwand, klatschten alle und jubelten erneut.

Die Nachbarn blieben stehen, plauderten, traten in der Kälte von einem Fuß auf den anderen und verschränkten die Arme; ihr Atem bildete Dampfwolken in der Luft.

»Kommt alle rein«, sagte Rons Vater. »Kommt rein und trinkt was mit uns.«

Seine Frau sah, daß Emma zögerte, unsicher am Straßenrand stand, während die anderen den Schnee von ihren Schuhen traten und ins Haus gingen. Sie nahm sie sachte am Arm und lächelte sie an.

»Kommen Sie«, sagte sie. »Da wird Ihnen wieder warm.«

Emma war noch ganz schwindlig von der plötzlichen Kälte, dem Sonnenlicht, das von der eisigen Straße und dem Rückfenster des Kombis reflektiert worden war, von der überraschenden Heiterkeit der Menschen. Sie erinnerte sich vage daran, daß sie über etwas Wichtiges hatte nachdenken wollen, bevor sie das Haus verlassen hatte.

»Danke«, sagte sie. »Danke, das ist sehr nett von Ihnen.«

Postskriptum
von Aparna

Mittwoch, 28. Oktober 1987

Manchmal kehrt man nach langer Abwesenheit an einen Ort zurück, mit dem man schmerzvolle Erfahrungen verbindet, und das kann ein ganz unwägbares Erlebnis werden. Man hat gewisse Erwartungen: daß eine bestimmte Straße, ein bestimmter Raum oder ein bestimmtes Café bestimmte Gefühle hervorrufen wird, und man ist überrascht, wenn das nicht geschieht. Und noch überraschender ist es, wenn Schauplätze oder Orte, denen man diese Kraft zu verletzen nie zugetraut hätte, plötzlich Erinnerungen provozieren. So war es, als ich nach Coventry zurückkehrte. Die meisten Orte, die wiederzusehen ich mich gefürchtet hatte – meine Wohnung, die Straßen, durch die ich von der Bushaltestelle nach Hause gegangen war, das Universitätsgelände, wo die meisten meiner Sachen lagerten –, ließen mich kalt: ich ging hin und wieder weg, unaufgeregt, entschlossen. Aber am Nachmittag, als wir ein, zwei Stunden Zeit hatten, fuhren wir in den Stadtteil, in dem Robin gelebt hatte. Es war ein besseres Viertel, und in den gepflegten Reihenhäusern und behaglichen Einfamilienhäusern, in dem traurigen Trotz, mit dem sie ihren Platz in der Welt beanspruchten, fand ich Echos von Robins melancholischem Leben. Es war ein kalter, sonniger Herbsttag, ein Tag mit scharfen Konturen, und diese Straßen waren auf einmal sehr real: ich hatte schon angefangen zu hoffen, daß sie nur in meiner Einbildung existierten. Wir parkten das Auto, und ich nahm Josef bis vor die Tür von Robins Wohnung. Sie war wieder vermietet; der neue Mieter trat ans Fenster und starrte uns argwöhnisch an. Was konnte ich schon sagen? Ich hatte Josef die Geschichte bereits erzählt, und er wußte einiges von dem, was ich dachte, und versuchte nicht, mein Schweigen zu brechen.

Ein paar Monate nachdem Robin gestorben war, schrieb mir eine spanische Studentin, mit der ich an der Universität befreundet gewesen war, einen Brief, in dem sie mich zu ihrer Hochzeit einlud. Ich nahm die Einladung an und reiste nach Spanien, wohl wissend, daß ich nie zurückkehren würde, um meine Arbeit zu beenden. Ich lieh mir Geld von meinen Eltern und verbrachte fast zehn Wochen in Spanien, Frankreich und Deutschland, wo ich Josef kennenlernte. Er war mir ein guter Freund und machte mich sehr glücklich, so glücklich, wie ich es, nach allem, was ich durchgemacht, was ich gesehen habe, nie erwartet oder für möglich gehalten hätte. Es überrascht mich, daß ich nicht öfter an ihn denke. Jener Tag war unser letzter gemeinsamer Tag, und ich dachte nur noch an Robin, so daß ich nicht einmal mehr Gedanken für den Abschiedsschmerz hatte; aber dafür, glaube ich, waren wir beide letztlich dankbar.

Ich bin mir immer noch nicht im klaren über Robin. Ich weiß immer noch nicht, ob ich ihm hätte helfen können. Ich wollte ihm Freundlichkeit entgegenbringen, obwohl ich jetzt weiß, daß ich ihm nicht genug Freundlichkeit entgegengebracht habe, und das zu spät. Wir hätten weniger reden, weniger streiten, weniger Zeit über unsere Bücher und mehr über uns nachdenken sollen. Vielleicht hätten wir im selben Bett schlafen und uns nachts trösten müssen. Aber er suchte sich immer die falschen Freunde, und mich hätte er nicht aussuchen sollen. Als Freundin hätte ich ihm sagen müssen, daß die Natur ihn nicht zum Separatisten bestimmt hatte, daß ihn die Menschen, die er bewunderte, nie willkommen heißen würden, daß der Weg, auf dem er sich befand, lediglich in ein einsames Exil führte. Oder jemand anders hätte es ihm sagen sollen. Einer von seinen anderen Freunden.

In der Dämmerung kehrten wir zu unserem Auto zurück, und das letzte Stück unserer gemeinsamen Reise begann. Als wir aus

Coventry hinausfuhren, sagte ich still Lebewohl zu dieser Stadt, die zweimal zerstört worden war, einmal von den Bomben einer fremden Armee und einmal durch die Auswirkungen einer von Politikern inszenierten Rezession, die die Stadt in den letzten Jahren schwer in Mitleidenschaft gezogen und den Menschen Arbeit und Lebensunterhalt geraubt hat. Doch diese Menschen sind nach wie vor heiter und humorvoll; sie leben auf der Schattenseite des Lebens, aber sie jammern nicht mehr als alle anderen ihrer Landsleute. Als ich dort lebte, gewann ich den Eindruck, daß niemand wirklich nachdachte. Und als ich fortfuhr, wollte ich am liebsten das Fenster von Josefs Auto herunterkurbeln und so laut wie möglich schreien: Ihr solltet nachdenken, nachdenken, *nachdenken* darüber, was um euch herum passiert. Denkt nach, bis euch der Kopf weh tut vor Anstrengung und Sorgen. Nachdenken ist nicht immer gefährlich. Es hat Robin umgebracht, aber euch wird es nicht umbringen.

Ich habe nicht geschrien. Es war ein kalter Nachmittag, und wir haben das Autofenster nicht geöffnet. Auch im Flugzeug war es kalt, als es landete; als ich zum erstenmal wieder die Lichter meiner Stadt sah, begann ich vor Kälte am ganzen Körper zu zittern, und ich dachte mit einer Mischung aus Sehnsucht und Angst an die Gesichter meines Vaters und meiner Mutter. Ich hatte nicht vergessen, daß Zuhause der fremdeste Ort von allen sein kann.

*Dank*

Ich möchte Michelle O'Leary dafür danken, daß sie es mir ermöglicht hat, über eine Anwältin zu schreiben; und Pip Lattey dafür, daß er mich mit dem Werk von Simone Weil bekanntmachte, das dieses Buch beeinflußt hat.

Das Manuskript wurde in verschiedenen Stadien von verschiedenen Freunden gelesen, die alle sehr hilfreich waren; aber zwei Personen ließen mir besonders großzügig Unterstützung und Kritik zuteil werden. Es waren Nuala Murray (in der ersten Hälfte) und Ralph Pite (in der zweiten Hälfte). Ihnen schulde ich Dank und ebenso, etwas verspätet, Anna Haycraft, deren Vorschläge sowohl weitreichend als auch wertvoll waren.

Die Zitate auf den Seiten 174 und 175 stammen aus *Schwerkraft und Gnade* von Simone Weil, übersetzt von Friedhelm Kemp, als Taschenbuch 1989 erschienen im Piper Verlag, München.

Jonathan Coe

Allein mit Shirley

Roman. Aus dem Englischen von Dirk van Gunsteren. 565 Seiten. SP 2464

»Seien Sie vor meiner Familie gewarnt«, sagte der alte Mortimer Winshaw. »Sofern Sie es noch nicht gemerkt haben: Es ist die gemeinste, gierigste, grausamste Bande von berechnenden, niederträchtigen Schurken, die je das Angesicht der Erde beschmutzt haben.« Ausgerechnet der verträumte Jungschriftsteller Michael Owen erhält den Auftrag, die Biographie dieses ehrenwerten Clans zu verfassen.
Die Winshaws sind die exemplarischen Sieger der Gesellschaft: Hilary, die erfolgssüchtige Klatschkolumnistin; Roddy, der gerissene Kunsthändler; Henry, der Labour-Politiker, der im rechten Moment das Lager wechselt; Dorothy, die unerbittliche Regentin über ein Fast-food-Imperium. Im heißen Sommer 1990 beginnt der junge Schriftsteller Michael Owen seine Auftragsarbeit an der offiziellen Biographie des Winshaw-Clans. Je näher er der wahren Geschichte seiner skrupellosen Hauptdarsteller kommt, desto mehr entdeckt er erstaunliche Parallelen zu seinem eigenen Leben. Jonathan Coe hat mit seinem perfekt komponierten Roman ein bissiges, rasantes, sehr englisches »Fegefeuer der Eitelkeiten« entfacht.

»Die Ära Thatcher als Gruselkabinett! Sex und Crime, soweit das Auge des Lesers reicht, aber auch ein atemberaubend virtuoses Jonglierspiel mit sämtlichen Traditionen angelsächsischer Erzählkunst.«
Süddeutsche Zeitung

»Ein großer Wurf: intelligent, witzig und wichtig.«
Time Literary Supplement

»Eine perfekte Mischung aus Humor, Spannung und Polemik; ein Meisterwerk voll erzählerischer Raffinessen und rasanter Ironie.«
Sunday Times

SERIE PIPER

Miss Read

Winter auf dem Lande

Roman. Aus dem Englischen von Dorothee Asendorf. 218 Seiten. SP 2075

Winter in einem verschlafenen Dorf in der englischen Provinz: Die etwas skurrilen Dorfbewohner von Thrush Green sind mit Klatsch und Weihnachtsvorbereitungen beschäftigt, als ein Neuankömmling ihre Idylle stört und gar ein Denkmal errichten will. Turbulenzen sind angesagt!
Im Mittelpunkt dieses heiteren Romans steht das idyllische Dorf Thrush Green irgendwo in England, ein Mikrokosmos der englischen Provinz. Menschen aller Schichten der Gesellschaft leben in dem verschlafenen Dorf friedlich zusammen. Diese Idylle wird durch die überraschende Ankunft eines Fremden empfindlich gestört. Harold Shoosmith, der, aus Afrika heimgekehrt, in Conor House seinen Lebensabend verbringen will, wird sofort Mittelpunkt des Dorftratsches und weckt neugierige Spekulationen. Harold integriert sich schnell in die etwas skurrile Dorfgemeinschaft. Doch seine Idee, ein Denkmal für einen berühmt gewordenen Missionar errichten zu lassen, stößt nicht bei allen Bewohnern auf Gegenliebe. Ein luftig-amüsantes Stilleben einer beschaulich-konservativen Welt wird hier erzählt, bei der es einem warm ums Herz wird.

»Die Autorin ist Synonym für ein England, in dem die Werte wie Nachbarschaftshilfe, gegenseitige Rücksichtsnahme, Verständnis und Hilfsbereitschaft noch Geltung haben.«
Buchreport

Harold auf Freiersfüßen

Roman. Aus dem Englische von Dorothee Asendorf. 256 Seiten. SP 2474

Sommer in dem verschlafenen Dorf Thrush Green in der englischen Provinz: Die liebenswürdigen Dorfbewohner gehen ihren Beschäftigungen nach, werkeln im Garten und klatschen mit Leidenschaft. In diese etwas trügerische Idylle platzt eine äußerst attraktive Witwe, die sogar den eingefleischten Junggesellen Harold Shoesmith völlig aus dem Gleichgewicht bringt

Barbara Pym

Die Frau des Professors

Roman. Aus dem Englischen von Karen Lauer. 164 Seiten. SP 1447

»Barbara Pyms unaufdringliche, subtile, vollendete Romane sind für mich die herausragenden Beispiele der hohen Kunst der Komödie im England der letzten fünfundsiebzig Jahre.«

Lord David Cecil

Ein Glas voll Segen

Roman. Aus dem Englischen von Dora Winkler. 288 Seiten. SP 2151

Wilmet Forsyth ist eine schöne Frau von 33 Jahren, der es an nichts mangelt. Ihr Problem: sie fühlt sich nutzlos. Um Wilmet herum finden die merkwürdigsten Paare zusammen – die altjüngferliche Mary Beamish, die es auf einen gutaussehenden Vikar abgesehen hat, ihre scharfzüngige Schwiegermutter, oder Piers, ihr Schwarm, und dessen homosexueller Freund Keith. Nur an Wilmet ziehen die Liebe und das Leben vorbei…

»Wer Barbara Pym nicht kennt, weiß nichts über den ›British Way of Life‹.«

Willi Winkler

Das Täubchen

Roman. Aus dem Englischen von Dora Winkler. 219 Seiten. SP 1940

Eine ganz und gar britische Comédie humaine: Bei einer Auktion lernt Leonora Eyre, eine wohlhabende Dame Ende Vierzig, den Antiquitätenhändler Humphrey Boyce und dessen gutaussehenden Neffen James kennen. Beide sind von der distinguierten Leonora angezogen. Sie scheint jedoch das beharrliche Werben Humphreys kaum zu bemerken, denn sie hat nur Augen für den 24jährigen Neffen. Doch als sie von der Existenz eines jungen Mädchens erfährt, mit dem James eine kurze Affäre hatte, und er von einer Studienreise dann noch mit einem homosexuellen Freund zurückkehrt, beginnt sie an ihrer Attraktivität zu zweifeln…

Vortreffliche Frauen

Roman. Aus dem Englischen von Dora Winkler. 285 Seiten. SP 1288

»Barbara Pym erzählt witzig und in perfekter englischer Mischung aus Ironie und Sanftmut.«

Die Zeit

SERIE PIPER

Don Winslow

Ein kalter Hauch im Untergrund

Roman. Aus dem Amerikanischen von Ulrich Anders. 275 Seiten. SP 1895

Neal Carey, Sohn einer drogenabhängigen Prostituierten, schlägt sich als Taschendieb durch, ehe er die Aufmerksamkeit eines ebenso mächtigen wie undurchschaubaren Bankiers auf sich zieht. Dieser spendiert ihm eine Top-Ausbildung – Schwerpunkte: englische Literatur und geheimdienstliche Beobachtungsmethoden. Es kommt der Tag, da sein Gönner den Lohn seiner guten Taten einklagt. Neal soll in London die verschwundene Tochter eines wichtigen Kunden suchen, der gerade für ein hohes politisches Amt kandidiert und am Wahltag das Bild von der heilen Familie präsentieren will. Der Countdown läuft. Als er die Gesuchte schließlich im Londoner Drogen- und Punkmilieu aufspürt, kommen ihm Zweifel, ob er sie überhaupt zurückbringen soll. Und welches Interesse verfolgt eigentlich der edle Bankier?

Das Licht in Buddhas Spiegel

Roman. Aus dem Amerikanischen von Ulrich Anders. 317 Seiten. SP 1979

Neal Carey, ehemaliger New Yorker Taschendieb und Ziehsohn eines mächtigen Bankiers, muß für seinen Gönner wieder einen Detektivjob übernehmen: Er soll einen abtrünnigen amerikanischen Biologen suchen, der mit einer chinesischen Spionin auf der Flucht ist. Dr. Robert Pendleton, Experte für Düngemittel, hat eine sensationelle Erfindung gemacht, die den Welthunger besiegen soll. Neal Carey nimmt die Verfolgung auf. Doch die widerstrebenden Interessen verschiedener Regierungen, die dunklen Machenschaften der CIA und Neals Liebe zu der chinesischen Spionin und Malerin Li Lan erschweren die Recherchen erheblich.

SERIE PIPER

Rick Moody

Der Eissturm

Roman. Aus dem Amerikanischen von Nikolaus Stingl. 320 Seiten. SP 2277

New Canaan/Connecticut, im November kurz nach Thanksgiving: zwei ganz normale amerikanische Familien, ein Weekend, die versammelte Nachbarschaft und ein Jahrhundertunwetter – zu einem mörderischen 70er-Jahre-Endspiel wird die Eissturm-Party, die als Farce beginnt und als Tragödie endet. Benjamin Hood, leidlich erfolgreicher Geschäftsmann und Familienvater, den Job und unterkühlte Ehefrau gleichermaßen frustieren, sucht sich mit Alkohol und Nachbarin Janey Williams zu trösten. Doch der letzteren Interesse erlahmt, kaum daß die Affäre begonnen hat. Benjamins Tochter, frühreif und naiv zugleich, sehnt sich nach Gefühlen, einerlei ob romantisch oder vulgär. Auch die weiteren Helden macht der Autor zum beklemmenden Personal. Ein beißendes Familiendrama, in dem der amerikanische Traum zum kollektiven Alptraum mutiert.

»Ein intelligentes, manchmal hochkomisches Stück Literatur.«
Frankfurter Allgemeine Zeitung

Garden State

Roman. Aus dem Amerikanischen von Michael Hofmann. 223 Seiten. SP 1811

Das bemerkenswerte Debüt der neuen literarischen Entdekkung aus den USA. Eine atmosphärisch dichte Milieustudie der jungen Erwachsenen der neunziger Jahre in der amerikanischen Provinz.
Alice, wasserstoffblondiert, mit schwarzem Lippenstift und Minirock, und ihre Freunde leben in einem schäbigen Vorort in New Jersey. Leben ist eigentlich übertrieben, sie hängen herum, träumen von einer Karriere in einer Band, verwechseln Liebe mit Sex und nehmen Drogen. Gearbeitet wird nur sporadisch. Man wohnt bei den Eltern oder bei Freunden auf dem Sofa. Keiner hat Lust, erwachsen zu werden…

»In einer druckvoll-lakonischen Sprache porträtiert Rick Moody Gefangene einer ultracool inszenierten Sinnlosigkeit, die ihre Angst, erwachsen zu werden, obendrein mit Drogen, Sex und großen Sprüchen betäuben. Moodys erstklassiges Debüt liefert Milieubilder von atmosphärischer Stimmigkeit und Dichte; hitzig-anrührende Polaroids aus der klimatisierten Vorhölle Amerikas: direkt und unverkitscht.«
Weltwoche

SERIE PIPER

Francesca Stanfill

Das Labyrinth von Wakefield Hall

Roman. Aus dem Amerikanischen von Mechthild Sandberg. 446 Seiten. SP 2293

»Man stelle sich einen gemütlichen kalten Abend vor, an dem man im warmen Wohnzimmer sitzt und liest. Draußen heult der Wind, es regnet oder schneit. Man selbst aber fühlt sich geborgen in seinem Sessel. Und dazu einen Roman wie Francesca Stanfills ›Das Labyrinth von Wakefield Hall‹ – und der Abend ist gerettet. Dieses Buch ist nämlich genau die richtige Lektüre für jene Stunden daheim, wenn man mit einer spannenden Geschichte abschalten möchte. Im Mittelpunkt des 446 Seiten umfassenden Romans steht die junge Journalistin Elizabeth Rowan. Sie soll über die einstmals berühmte, unlängst verstorbene Schauspielerin Joanna Eakins, eine der besten Shakespeare-Interpretinnen des 20. Jahrhunderts, eine Biographie schreiben. Als sie das prächtige Anwesen der Verstorbenen besucht, spürt Elizabeth, daß das Leben der Frau, die lange Zeit in England lebte und in Amerika starb, von vielen Geheimnissen umgeben ist. Und einige dieser Geheimnisse involvieren Elizabeth, die erkennt, daß nicht nur die Karriere und das viel zu kurze Leben der Schauspielerin sie seltsam berühren und faszinieren, sondern daß sie die einzige ist, die die vielen Rätsel um Joanna lösen kann. Elizabeth stürzt sich mit solcher Energie auf die Biographie der mysteriösen Schauspielerin, daß ihr eigenes Privatleben darunter leidet und ihr Freund sie vor die Entscheidung stellt, entweder ihre Arbeit abzubrechen oder ihn zu verlieren. ›Das Labyrinth von Wakefield Hall‹ von Francesca Stanfill bietet alles, was ein guter Unterhaltungsroman haben sollte: Eine spannende Handlung, Figuren, deren Schicksal nicht kalt läßt, eine gehörige Portion Liebe und Leidenschaft und ein durch und durch befriedigendes Ende, obgleich nicht alle Rätsel um Joanna Eakins gelöst werden können. Aber gerade das läßt dem Leser die Möglichkeit, die eigene Phantasie ins Spiel zu bringen.«

Norddeutscher Rundfunk

Edith Wharton

Der flüchtige Schimmer des Mondes

Roman. Aus dem Amerikanischen von Inge Leipold. 320 Seiten. SP 2277

Scharfsinnig nimmt die »Grand Old Lady der Literatur« hier die amerikanische High Society in Europa aufs Korn. Susy und Nick Lansing, beide ebenso unternehmenslustig wie brillant auf gesellschaftlichem Parkett, haben leider ein großes Manko: Sie sind ohne einen Cent. Weil sie trotzdem das Leben im Luxus lieben, verlegen sie sich ungeniert aufs Schmarotzen – und machen sich damit abhängig.

»Die Menschen sind oberflächlich, je reicher desto mehr und nur ganz selten entstehen Augenblicke der wahren Empfindung. Wenn Edith Wharton diese raren Momente der Ungeschütztheit beschreibt, plötzlich inmitten der verlogenen und verschwätzten Sozialität, wird die ironische Gesellschaftskritikerin ganz ernst und melancholisch. Das sind – neben dem Vergnügen am (heute so sehr vermißten) Esprit – die großen Momente dieses heiteren Romans.«
Süddeutsche Zeitung

Zeit der Unschuld

Roman. Aus dem Amerikanischen von Richard Kraushaar und Benjamin Schwarz. 480 Seiten. SP 1264

Edith Whartons 1921 mit dem Pulitzerpreis ausgezeichnetes Meisterwerk ist heute inzwischen ein Klassiker der Weltliteratur. Der Roman erzählt die Geschichte des jungen New Yorker Anwalts Newland Archer, der aus gesellschaftlichen Gründen seine Leidenschaft für die unkonventionelle Ellen Olenska unterdrückt und damit das Glück seines Lebens verspielt.

»Ein facettenreiches und überaus präzises Bild der exklusiven Gesellschaftsschicht.«
Süddeutsche Zeitung

Sommer

Roman. Aus dem Amerikanischen von Michaela Nissen. 260 Seiten. SP 1263

Eine beklemmend schöne Liebesgeschichte von unglaublicher Dichte und Intensität.

Winter

Novelle. Aus dem Amerikanischen von Michaela Nissen. 160 Seiten. SP 1262